迦陵书系

唐诗
应该这样读

[加]叶嘉莹 著
张静 整理

中华书局

图书在版编目（CIP）数据

唐诗应该这样读/（加）叶嘉莹著；张静整理. —北京：中华书局，2024.10（2024.12重印）. —（迦陵书系：典藏版）. —ISBN 978 - 7 - 101 - 16772 - 6

Ⅰ. I207. 227. 42

中国国家版本馆 CIP 数据核字第 2024DB5681 号

书　　名	唐诗应该这样读	
著　　者	［加］叶嘉莹	
整 理 者	张　静	
丛 书 名	迦陵书系(典藏版)	
责任编辑	杨旭峰	
装帧设计	刘　丽	
责任印制	陈丽娜	
出版发行	中华书局	
	（北京市丰台区太平桥西里 38 号　100073）	
	http://www.zhbc.com.cn	
	E-mail：zhbc@zhbc.com.cn	
印　　刷	北京盛通印刷股份有限公司	
版　　次	2024 年 10 月第 1 版	
	2024 年 12 月第 2 次印刷	
规　　格	开本/880×1230 毫米　1/32	
	印张 9⅛　插页 2　字数 180 千字	
印　　数	6001-16000 册	
国际书号	ISBN 978-7-101-16772-6	
定　　价	48.00 元	

出版说明

　　2006年，叶嘉莹先生写毕"迦陵说诗"系列丛书的序言，连同书稿交给中华书局，开启了与书局的合作，至今已历一十八载。在这十数年间，书局先后出版了《叶嘉莹说汉魏六朝诗》《叶嘉莹说阮籍咏怀诗》《叶嘉莹说唐诗》《叶嘉莹说诗讲稿》《迦陵诗词稿》《迦陵讲赋》等十余部作品。这些作品不仅涵盖了先生的学术专著、教学讲义和她个人的诗词作品，也有先生专门为青少年所写的普及读物，是先生一生的学术造诣、教学生涯、人生体悟的全面展现。这些图书在上市之后行销海内外，深受读者喜爱，重印数十次，并经历数次改版升级。其中，《叶嘉莹说唐诗》后因体量较大，拆分成两部——《叶嘉莹说初盛唐诗》与《叶嘉莹说中晚唐诗》。《迦陵诗词稿》则以中华书局2019年增订版为基础，收入叶先生截至2018年的诗词作品，并经作者本人审定。

　　今年迎来先生百岁诞辰。在先生的期颐之年，我们特将先生在书局出版的作品汇于一系，全新修订，精益求精，采用布面精装，并将更新后的先生年谱附于《迦陵诗词稿》之后，以期为读者朋友们提供一个更加完善的版本。

《楞严经》中有鸟名为"迦陵"，其仙音可遍十方界，因与"嘉莹"音颇近，故而叶嘉莹先生取之为别号。想必此鸟之仙音在世间的投射，便是叶先生之德音。有幸，最初先生讲述"迦陵说诗"系列的录音我们依然留存，并附于书中，虽因年代久远，部分内容或有残损，且因整理与修订幅度不同，录音与文字并不完全吻合，但今天我们依然能聆听先生教学之音，本身便不失为一大乐事。愿此音永在杏坛之上，将古典诗词感发的、蓬勃的生命力，注入国人心田之中。

中华书局编辑部

2024年8月

原“迦陵说诗”系列序言

中华书局最近将出版我的六册讲演集，编为“迦陵说诗”系列，要我写一篇总序。这六册书如果按所讲授的诗歌之时代为顺序，则其先后次第应排列如下：

一、《叶嘉莹说汉魏六朝诗》

二、《叶嘉莹说阮籍咏怀诗》

三、《叶嘉莹说陶渊明饮酒及拟古诗》

四、《叶嘉莹说唐诗》

五、《好诗共欣赏》

六、《叶嘉莹说诗讲稿》

这六册书中的第二种及第五种，在1997及1998年先后出版时，我都曾为之写过《前言》，对于讲演之时间、地点与整理讲稿之人的姓名都已做过简单的说明，自然不需在此更为辞费。至于第一种《叶嘉莹说汉魏六朝诗》与第四种《叶嘉莹说唐诗》，现在虽然分别被编为两本书，但其讲演之时地则同出于一源。二者都是二十世纪八十年代中我在加拿大温哥华不列颠哥伦比亚大学讲授古典诗歌时的录音记录，只不过整理成书的年代不同，整理讲稿的人也不同。前者是九十年代中期由天津的三位友人安易、徐晓莉和杨爱娣所整理写定的，后者则是近年始由南开大学硕士班的曾庆雨同学写定的。后者还未曾出版过，而前者则在2000年初已曾由台湾之桂冠图书公司出版，收入在《叶嘉莹作品集》的第二辑《诗词讲录》中，而且是该专辑中的第一册，所以在书前曾写有一篇长序，不仅提及这一册书的成书经过，而且对这一辑内所收录的其他五册讲录也都做了简单的介绍。其中也包括了现在中华书局即将出版的《叶嘉莹说阮籍咏怀诗》和《叶嘉莹说陶渊明饮酒诗》，但却未包括现在所收录的陶渊明的《拟古》诗，那是因为"饮酒"与"拟古"两组诗讲授的时地并不相同，因而整理人及成书的时代也不相同。前者是于1984年及1993年先后在加拿大温哥华的金佛寺与美国加州的万佛城陆续所做的两次讲演，整理录音人则仍是为我整理《叶嘉莹说汉魏六朝诗》的三位友人。因此也曾被桂冠图书公司收入在他们2000年所出版的《叶嘉莹作品集》的《诗词讲录》一辑之中。至于后一种《拟古》诗，则是晚至2003年我在温哥华为岭南长者学院所做的一次系列讲演，而整理讲稿的人则是南开大学博士班的汪梦川同学，所以此一部分陶诗的讲录也未曾出版过。

回顾以上所述及的五种讲录，其时代最早的应是二十世纪六十年代中我在台湾为教育电台播讲大学国文时所讲的一组阮籍的"咏怀"诗，这册讲录也是我最早出版的一册《讲录》。至于时代最晚的则应是前所提及的2003年在温哥华所讲的陶渊明的《拟古》诗。综观这五册书所收录的讲演录音，其时间跨度盖已有四十年以上之久，而空间跨度则包括了中国台湾、美国、加拿大及中国大陆四个不同的地区和国家。不过这五册书所收录的讲演却仍都不失为一时、一地的系列讲演，凌乱中仍有一定的系统。至于第六册《叶嘉莹说诗讲稿》则是此一系列讲录中内容最为驳杂的一册书。因为这一册书所收的都是不成系列的分别在不同的时地为不同的学校所做的一次性的个别讲演，当时我大多是奔波于旅途之中，随身既未携带任何参考书籍，而且我又一向不准备讲稿，都是临时拟定一个题目，临时就上台去讲。在这种情况下就不免会出现了不少问题。其一是所讲的内容往往不免有重复之处，其二是我讲演时所引用的一些资料，既完全未经查检，但凭自己之记忆，自不免有许多失误。何况讲演之时地不定，整理讲稿之人的程度不定，而且各地听讲之人的水平也不整齐，所以其内容之驳杂凌乱，自是必然之结果。此次中华书局所拟收录的《叶嘉莹说诗讲稿》原有十三篇之多，计为：

1.《从中西诗论的结合谈中国古典诗歌的评赏》（这是我二十世纪八十年代初在四川成都所做的一次讲演，由缪元朗整理，讲稿曾被收入在河北教育出版社所出版的《古典诗词讲演集》。）

2.《从几首诗例谈中国古典诗歌中形象与情意之关系》（这是二十世纪八十年代初我在天津师范大学所做的一次讲演，由徐晓莉整理，讲稿亦曾收入在《古典诗词讲演集》。）

3.《从形象与情意之关系看三首小诗》（这是1984年在北京经济学院所做的一次讲演，由杨彬整理，讲稿亦曾被收入《古典诗词讲演集》。）

4.《旧诗的批评与欣赏》（这是我在二十世纪九十年代中在南开大学所做的一次讲演，此稿未曾被收入我的任何文集。）

5.《从比较现代的观点看几首旧诗》（这是二十世纪六十年代中我在台湾大学为"海洋诗社"的同学们所做的一次讲演，讲稿曾被收入台湾桂冠图书公司所出版的《迦陵说诗讲稿》。）

6.《漫谈中国古典诗歌中的感发作用》（这应是二十世纪八十年代末或九十年代初的一次讲演，时地已不能确记，此稿以前未曾出版。）

7.《从中西文论谈赋比兴》（这是2004年在香港城市大学的一次讲演，曾被收入香港城市大学出版之《叶嘉莹说诗谈词》。）

8.《古诗十九首的多义性》（这是2003年在香港城市大学的一次讲演，曾被收入《叶嘉莹说诗谈词》。）

9.《诗歌吟诵的古老传统》（同上。）

10.《杜甫诗在写实中的象喻性》（同上。）

11.《从西方文论看李商隐的几首诗》（这是2001年我在南开大学所做的一次讲演，未曾收入我的任何文集。）

12.《一位晚清诗人的几首落花诗》（这也是2003年在香港城市大学所做的一次讲演，曾被收入《叶嘉莹说诗谈词》。）

13.《阅读视野与诗词评赏》（这是2004年我在一次会议中的发言稿，未曾收入我的任何文集。）

以上十三篇，只从讲演之时地来看，其杂乱之情形已可概见，故其内容自不免有许多重复之处。此次重新编印，曾经做了相当的删节。即如前所列举的第一、第二、第四与第五诸篇，就已经被删定为一篇，题目也改了一个新题，题为"结合中西诗论看几首中国旧诗中的形象与情意之关系"；另外第六与第七两篇，也被删节成了一篇，题目也改成了一个新题，题为"从'赋、比、兴'谈诗歌中兴发感动之作用"。我之所以把原来十三篇的内容及出版情况详细列出，又把删节改编之情况与新定的篇题也详细列出，主要是为了向读者做个交代，以便与旧日所出版的篇目做个比对。而这些篇目之所以易于重复，主要盖由于这些讲稿都是在各地所做的一次性的讲演，每次讲演我都首先想把中国诗歌源头的"赋、比、兴"之说介绍给听众，举例时自然也不免谈到形象与情意之关系。而谈到形象与情意之关系时，又不免经常举引大家所熟悉的一些诗例，因此自然难以避免地有了许多重复之处。然而一般而言，我每次讲演都从来没有写过讲稿，所以严格说起来，我每次讲演的内容即使有相近之处，但也从来没有过两篇完全一样的内容。只是举例既有重复，自然应该删节才是。至于其他各篇，如《叶嘉莹说汉魏六朝诗》、《叶嘉莹说唐诗》、《叶嘉莹说阮籍咏怀诗》、《叶嘉莹说陶渊明饮酒及拟古诗》等，则都是自成系列的讲稿，如此当然就不会有重复之处了。

除去重复之缺点外，我在校读中还发现了其中引文往往有失误之处。这一则是因为我的讲演一向不准备讲稿，所有引文都但凭一己的背诵，而背诵有时自不免有失误，此其致误的原因之一。再则这些讲稿都是经由友人根据录音整理出来的，一切记录都依声音写成，而声音往往有时又不够清晰，此其致误的原因之二。三则一般说来，古诗之语言自然与口语有所不同，所以出版时之排印也往往有许多错字，此其致误的原因之三。此次校读中，虽然对以前的诸多错误都曾尽力做了校正，但失误也仍然不免，这是我极感愧疚的。

回首数十年来我一直站立在讲堂上讲授古典诗词，盖皆由于我自幼养成的对于诗词中之感发生命的一种不能自已的深情的共鸣。早在1996年，当河北教育出版社为我出版《迦陵文集》时，在其所收录的《我的诗词道路》一书的《前言》中，我就曾经写有一段话说："在创作的道路上，我未能成为一个很好的诗人，在研究的道路上，我也未能成为一个很好的学者，那是因为我在这两条道路上，都并未能做出全心的投入。至于在教学的道路上，则我纵然也未能成为一个很好的教师，但我却确实为教学的工作投注了我大部分的生命。"关于我一生教学的历程，以及我何以在讲课时开始了录音的记录，则我在1997年天津教育出版社为我出版《阮籍咏怀诗讲录》一书及2000年台湾桂冠图书公司为我出版《诗词讲录》一辑的首册《汉魏六朝诗讲录》一书时都曾先后写过序言，而此两册书现在也都被北京中华书局编入了我的"迦陵说诗"系列之中。序言具在，读者自可参看。回顾我自1945年开始了教书的生涯，至于今日盖已有六十一年之久。如今我已是八十三岁的老人，仍然坚持站在讲台上讲课，未曾停止下来。记得我在1979年第一次回国教书时，曾经写有"书生报国成何计，难忘诗骚李杜魂"两句诗。我现在仍愿以这两句诗作为我的"迦陵说诗"六种之序言的结尾，是诗歌中生生不已的生命使我对诗歌的讲授乐此不疲的。

　　是为序。

叶嘉莹

2006年12月

前　言

究竟应该怎样读唐诗

大家为什么要读唐诗？唐诗或诗歌对我们品性的养成、对青少年的成长有什么重要价值呢？《论语·阳货》中说："诗，可以兴，可以观，可以群，可以怨。"诗歌可以激发人们的精神，使其内心受到感动。叶嘉莹先生对此进行了更为现代化的解读：

> 在中国文化之传统中，诗歌最宝贵的价值和意义就在于诗歌可以从作者到读者之间，不断传达出一种生生不已的感发的生命。读诗的好处就在于可以培养我们有一个美好而活泼的不死的心灵。我们作为现代人，虽然不一定要再学习写作旧诗，但是如果能够学会欣赏诗歌，则对于提升我们的性情品质，实在可以起到相当的作用。

诗歌带给了叶先生"生生不已的感发的生命"，叶先生从小背诵、吟唱诗歌，诗歌是她形影不离的伴侣，诗歌是她安身立命之所在。她从古人的诗歌中获得了前行的力量：

> 我国古代那些伟大的诗人，他们的理想、志意、持守、道
> 德时常感动着我。尤其当一个人处在一个充满战争、邪恶、自
> 私和污秽的世道之中的时候，你从陶渊明、李杜、苏辛的诗词
> 中看到他们有那样光明俊伟的人格与修养，你就不会丧失你的
> 理想和希望。我虽然平生经历了离乱和苦难，但个人的遭遇是
> 微不足道的，而古代伟大的诗人，他们表现在作品中的人格品
> 行和理想志意，是黑暗尘世中的一点光明。我希望能把这一点
> 光明代代不绝地传下去。

古代诗人是如何通过诗歌来传达他们的情感志意的？今人应该
如何去阅读和赏析这些诗歌呢？叶先生认为诗歌中最重要的质素就
是那份兴发感动的力量："是不是果然'情动于中'，这是判断一首
诗歌的最重要的标准。"本书便以体认这种兴发感动之生命的能力
作为赏鉴唐诗的路径。

本书内容主要分为两部分。"追根溯源，走进诗歌"介绍了唐
诗的源流、如何评判一首好诗及诗歌的四声与平仄。"知人论诗，
以诗解人"对唐代二十位诗人的代表作品进行了详细的解读。先对
诗人的生平经历进行扼要介绍，接着结合诗人生平细致揣摩其作
品，中间穿插讲解一些诗歌的基础知识。

通过对比唐代不同诗人的品性、诗歌作品、诗歌风格，加深对
唐代诗人、诗作、诗风的理解和感知是本书的一大亮点。比如，说

李白是"仙而人者"，苏东坡则是"人而仙者"，巧妙地将两位诗人区分开来；将山水诗的不同风格进行对比，突出王维山水诗派的平静淡远、谢灵运山水诗派的密丽工整。或是对同一主题的古诗进行对比阅读，在讲授中教导我们如何辨别诗歌的好坏，如对比阅读《玉阶怨》。

在对比解读诗人和诗作的基础上，叶嘉莹先生也将品读唐诗的方法娓娓道来，比如什么是诗歌的风骨、欣赏诗歌要注意形象和结构、品读诗歌要品读诗歌的感发力等。我们在潜移默化中便能够学会更好地品读、感悟唐诗的魅力。

为了进一步加深读者对诗歌作品、诗歌风格和诗人的了解，我们在有的讲稿之后附了拓展阅读。其中有五篇为叶先生所写，分别是比较阅读《玉阶怨》一文，对《登幽州台歌》、《秋兴八首》（其八）、《寄全椒山中道士》、《安定城楼》四首诗的讲解与分析，其余内容皆为编辑部根据讲稿相关知识点进行的拓展与延伸。

最后，要衷心感谢叶嘉莹先生对本书的大力支持，感谢叶先生的助理张静教授为审定书稿所付出的辛劳。

中华书局编辑部

2024年8月

目　录

追根溯源，走进诗歌

唐诗的源流

  中国最早的一部诗歌总集是《诗经》，它收集了从西周初期到春秋中叶大约五百多年时间的诗歌三百零五篇，比较全面地反映了周代的社会面貌。《诗经》中的诗歌，每句从二言到八言字数不等，但是整体而言，它是以四言为主的。这是因为，四言诗句无论是在句法的结构还是节奏的顿挫方面，都是最简单而且初具节奏的一种体式。如果一句的字数少于四个字，其音节就不免有劲直迫促之失了。所以，《诗经》中的作品作为中国最早的诗歌，自然而然地形成了最简单的以四言为主的形式。

  继《诗经》之后，中国南方又产生了一种新兴诗体——《楚辞》。《楚辞》以屈原、宋玉的作品为主，也收集了后代一些文人模仿屈宋的作品。《楚辞》在形式方面对后世影响最大的有两种，一个是"骚体"，一个是"楚歌体"。"骚体"诗得名于屈原的《离骚》。屈原一生志洁行廉，忠于君国，却"信而见疑，忠而被谤"。所以，他在《离骚》中诉说自己遭遇忧患的悲哀，表现自己高洁的性情和理想，以及守正不移、虽九死而不悔的精神品质。《离骚》在内容和感情上的特色对后代诗人有很大的影响。这种特色主要表现为对理想的追寻、殉身无悔的志意、美人香草的喻托以及悲秋的摇落无成之慨。至于在形式上，《离骚》的句子较长，大致是"兮"

字的前后各六个字。因为句法的扩展，篇幅也随之延长，这就使得这种诗歌有了散文化的趋势。于是《楚辞》中的骚体，就逐渐从诗歌中脱离出来，发展为赋的先声。

《楚辞》的另一种形式是"楚歌体"。"楚歌体"主要指的是《楚辞》中的《九歌》这一组诗。它本是楚地祭祀鬼神时由男女巫师所唱的巫歌，多用爱情的口吻来叙写一种期待和召唤的浪漫感情，因而能够引发人们对理想、政治以及宗教等许多方面的联想。在形式上，《九歌》的句子、篇幅都比《离骚》短，最常见的形式是"兮"字前后各三个字。例如"悲莫悲兮生别离，乐莫乐兮新相知"，一句七个字，每一句的韵律节奏都是"四三"，这和后来七言诗的韵律节奏是一致的。所以，《九歌》成为后世七言诗的滥觞。

总之，"骚体"与"楚歌体"代表了《楚辞》中两种不同的形式。其不同之处已如上所述。另外，有一点值得注意的是，无论"骚体"还是"楚歌体"，都大量使用了"兮"等语气词。语气词的间用，给《楚辞》增添了一种飞扬飘逸的姿致。

春秋战国之后，秦统一天下。嬴秦传世很短，在诗歌方面并没有什么可以称述之处。到了汉朝，其初期的诗歌有以下几类：一类是模拟《诗经》的四言体。如韦孟的《讽谏诗》，唐山夫人的《房中歌》等，这种体式主要用于庙堂祭祀的场合，比较严肃而且公式化，艺术价值不高。还有一类是模拟《楚辞》的楚歌体。例如刘邦的《大风歌》，项羽的《垓下歌》，以及相传为汉武帝刘彻所作的《秋风辞》等等。这类诗歌大抵上是人们"情动于中而形于言”的一些即兴抒情之作。

后来，乐府诗兴起，从而一扫汉初诗坛的消沉气象，而有了新的开拓和成就。乐府诗的本义，原只是一种合乐的歌词。狭义上的乐府诗始于西汉武帝之时。史载汉武帝曾建立了乐府的官署，并且派人到各地采集歌谣，然后配上音乐来歌唱。此外，文士们也写了一些可以配乐歌唱的诗，这些歌诗后世通称为“汉乐府”。就歌词的体式而言，汉乐府有继承《诗经》的四言体，有继承《楚辞》的楚歌体，有出自歌谣，反映当时社会现实的杂言体。而最可注意的一种，则是由新声的影响而逐渐形成的一种五言的体式。当时，由于汉朝与西北外族的相互交往，使得西域胡乐传入中国。中国传统音乐受到外族音乐的影响，就产生了一种叫作“新变声”的音乐。而当初配合这种“新变声”的歌诗，就是最初的五言诗体。试以汉武帝时的协律都尉李延年所作的《佳人歌》为例：

> 北方有佳人，绝世而独立。
> 一顾倾人城，再顾倾人国。
> 宁不知倾城与倾国，佳人难再得。

全诗除了第五句因加了三个衬字而变成八字一句之外，其他各句都是五言。我们从中不难看出五言的体式受新声影响而逐渐形成的迹象，但这只是乐府诗的五言化而已，因为它的形式还没有完全固定。后来，五言体逐渐进步，就产生了《上山采蘼芜》这样比较整齐的五言体诗歌。再进一步发展，就有了《古诗十九首》的产生。《古诗十九首》出现后，五言诗就有了一个完全固定的体式，于是我们就称之为"古诗"，而不叫它"乐府"了。至于乐府诗对后世的影响，主要有以下几点：第一是对五言诗的形成有很大的影响；第二是使得后代出现了很多模仿汉乐府的作品。比如李白等诗人曾用乐府诗的旧题来写新诗，而白居易则模仿汉乐府的风格自命新题、自写新诗，创作了"新乐府"诗。

自从东汉五言诗形成以后，其作者渐渐增多。到了建安时期，曹氏父子风起于上，邺中诸子云从于下，不仅使得五言诗在形式上达到了完全成熟的境界，而且内容上也因作家辈出而有了多方面的拓展和完成，从而最终奠定了五言诗的地位，使之成为我国诗人沿用千余年之久的一种诗体。

汉朝以后，从魏晋到南北朝，是我国诗歌由古体到律体转变的一个时期。这种律化分两步走：一是对偶，二是声律。就对偶方面而言，早在一些很古老的书中就曾出现过，后来的《古诗十九首》中也有一些对偶的骈句，但这些都是自然而然形成的，并非出自作者有意识的安排。到了建安时期，曹植开始有心使用骈偶之句，以增加其诗歌的气势。不过，曹植诗中的对偶只是大体上的相称，并不十分严格。晋宋之间，谢灵运诗中的对偶数量进一步增加，形式上也更加严密了。可见，诗歌中对偶的运用是逐渐趋于工整的。关于声律方面，南北朝之前的一些文士，如西汉的司马相如、魏晋时期的陆机等人都曾经注意过这方面的问题，然而他们所强调的，只不过是自然的声调而已。到了魏晋以后，佛教盛行于世，于是译经、唱经等事业迅速发展起来。外来文化的刺激使得一些人开始对本民族的语言文字加以反省，声韵的分辨因此日趋精密。到了周颙作《四声切韵》，沈约作《四声谱》，四声的名称便由此确立了。

可见，对偶和声律两种说法的兴起，的确是对中国文字的特性有了反省与自觉以后的必然产物。而当对偶与声律日益得到讲求之时，中国的美文便得到一次大的进展。这主要表现在四六文的形成与律诗的兴起上。所谓律诗，一方面要讲求四声的谐调，另一方面要讲求对偶的工整。其相对的二联必须音节相等，顿挫相同，而且要平仄相反，词性相称。所以后来就逐渐形成了"仄仄平平仄，平平仄仄平"和"平平平仄仄，仄仄仄平平"两种基本的平仄格律。这两种基本形式再加以变化，就形成了平起仄起、律诗绝句等各种形式。这些新兴格式到了唐朝更臻于精美，而且最终得以确立。而魏晋南北朝则是格律诗由酝酿渐臻成熟的一个时期。我们从谢灵运、沈约、徐陵、庾信等人的诗作中，可以清楚地看到这种演进的轨迹。

关于魏晋南北朝诗歌在形式方面对后世诗歌的影响，大致已如上所述。如果就题材内容方面而言，建安时的曹植曾多次在诗歌中抒发自己渴望赴边塞为国家建功立业的壮志豪情。例如他在《白马篇》中说："控弦破左的，右发摧月支""长驱蹈匈奴，左顾凌鲜卑""捐躯赴国难，视死忽如归"等等。且不管曹植本人若真上了战场，到底能否像其诗中所说的那样骁勇善战，单是他那种叙写的口吻，便能给读者一种强大的震慑力。到了唐朝，当一些诗人如高适、岑参、王昌龄等人真的远赴塞外，并且对边塞生活有了深切的体验之时，便写出了许多真正意义上的边塞诗。这些边塞诗固然比前代诗人类似题材的作品发展了，但那种从军报国、建功立业、视死如归的英雄气概，无疑受到了前代诗人的影响。

另外，魏晋之际，政治斗争错综复杂，风云变幻，社会道德价值观念完全崩溃。很多士人不能在仕途上施展自己的抱负，于是转而清谈玄理。这种社会风气影响了诗歌作者，就有了后来玄言诗的产生。玄言诗的作者崇尚老庄玄理，而崇尚老庄思想的人一般都比较醉心于山林隐逸的生活。所以玄言诗中描写山水风景的分量日渐增多。到谢灵运出现后，这种情况发生了一个质的转变，谢灵运也成了中国山水诗一派的开山作者。后来发展到唐朝，王维、孟浩然、韦应物等人继承了这一派写山水林泉的传统，并做了进一步的拓展，从而写出许多风格各异、多姿多彩的山水诗来。

再有，南北朝时期还出现了一位非常值得注意的作者——庾信。庾信本生于南朝，曾做过梁武帝的文学侍从之臣。受当时柔靡诗风的影响，庾信写过不少轻靡浮艳的宫体诗。侯景之乱爆发后，台城失陷，庾信逃往江陵。后来，他奉梁元帝之命出使北朝，结果受骗做了羁臣，而梁朝最后还是灭亡了。羁留北朝期间，庾信怀国破家亡之痛，作悲哀危苦之词。他把南朝华艳绮靡的文风与北朝雄壮矫健的文风相结合，从而创作了清新老成、别具风格的诗文。杨慎在《升庵诗话》中曾谓庾信的诗赋"为梁之冠绝，启唐之先鞭"，确实如此。

以上，我们主要就诗体演进方面概括地谈了一下前代诗歌对唐诗的影响。不难看出，唐代以前，中国诗歌的主流是朝格律化的方向发展的。这本是一个必然的趋势，而魏晋南北朝是中国古诗格律化的一个形成阶段。当然，对偶和平仄的协调可以形成中国语言文字的一种特美。不过，任何一种新的文字体式在其形成之初，当人们还不能完全自如地运用它时，这种形式往往会成为作诗的一种限制。中国格律诗的发展也正是如此。所以在齐梁时代，当沈约的四声八病之说兴起后，诗人文士们便把注意力完全集中于对偶和平仄等方面。他们的诗作在形式上虽然精美了，可其内容却变得相对空泛，而缺少了一种感发的力量与生命。这种情况一直到了唐朝才得以改变。

到了唐朝，诗人们一方面继承了汉魏以来的古诗乐府，使之得到扩展而得以革新；一方面则完成了南北朝以来一些新兴的格式，使之更臻于精美而得以确立。那时，诗人们对格律的运用已经比较熟练而自如，格律已不再成为作诗的限制了。于是，一些诗人就用这种精美的形式写出内容非常丰美深厚的诗歌来。

唐朝，理所当然成了中国诗歌的集古今体式与南北风格的集大成的时代。

评判诗歌好坏的标准

　　我以为在批评、欣赏和学习中国古典诗歌方面，最重要的一个问题，也是大家常常讨论、常常觉得伤脑筋的一个问题，就是你究竟怎样衡量判断，哪一首诗是好诗，哪一首诗是坏诗？这不仅在中国，在西方也是很成问题的一件事情。你要给学生一首诗，告诉他作者是莎士比亚，他就盲目崇拜，认为是莎士比亚的作品就一定都好。如果你不告诉他作者是谁，你就给他几首诗，他就很难判断，那究竟是好诗还是坏诗。也许有一些人，他自己有一点点直觉感受，他说我喜欢这个，我不喜欢那个。可是你为什么喜欢，为什么不喜欢，你能说出那个缘故来吗？而且你所说的那个缘故，果然就是衡量一首诗歌好坏的正确标准吗？

　　中国古人说的"情动于中而形于言"（《毛诗序》），说到一首诗歌的好坏，先要看那作诗的人，是不是内心真正有一种感动，有要说的话，是不是有他自己真正的思想、感情、意念，还是没话找话，在那里说一些虚伪、夸张的谎话。就是说，是不是果然"情动于中"，这是判断一首诗歌的最重要的标准。既然要"情动于中"然后"形于言"，这"情动于中"是诗歌蕴育出来的一个重要的质素。那么什么东西才使你"情动于中"呢？晋朝的陆机有一篇《文赋》说过，"悲落叶于劲秋，喜柔条于芳春"。在那强劲的、寒冷的秋风之中凋零的落叶，人们看了，就有一种萧瑟的、凄凉的、悲伤的感觉。"喜柔条于芳春"是说，当芬芳、美好的春天，我们看见草木那些柔条发芽长叶了，我们就有一种欣喜，这是大自然给我们的一种感动。后来更有名的一本关于诗歌批评的书——钟嵘的《诗品》，它前面有一篇序，第一段开始就说："气之动物，物之感人，故摇荡性情，形诸舞咏。""气之动物"是外边的冷暖、寒暑，中国所说的"阴阳"二气，它感动了外物，所以有花开，所以有叶落。所谓"物之感人"，是说花开叶落的"物"的现象，就感动了人的内心。"摇荡性情"，所以就使你的内心有一种摇荡的感动。"形诸舞咏"，所以才表现在你的歌舞、吟咏的诗歌之中。所以，人心之动，是物使之然也，也就是说"情动于中"的一个因素是外在的大自然的物象。而如果说外在的，没有感情的，没有思想的草木的荣枯，都能感动你的话，那么跟你同样的人类的悲欢离合，难道不感动你吗？像孔子说的"鸟兽不可与同群，吾非斯人之徒与而谁与？"所以，杜甫在诗中才写下来"穷年忧黎元，叹息肠内热"（《自京赴奉先县咏怀五百字》），才写下来"三吏""三别"。人世间很多人生的事情当然就更使你感动，不只是你自己个人的死生离别感动你，你看到别人的死生离别也同样地感动你，而诗人是有锐敏的感受能力和丰富的想象能力的，于是就不只是你自己的生活遭遇感动你，也不只是你看到别人的生活感动你，不只是你今天看到的当代人的生活感动你，古人及千百年前发生的事件也一样地感动你。所以，中国才有咏史的诗，"万古长留楚客悲"，"楚客"——屈原的悲哀为什么万古之下还感动了后代的人呢？所以，诗人就是要有一种中国古人所说的"民胞物与"之心，是"民吾同胞，物吾与也"。

对事物我都以同情的心对它，更不用说与我同类的人类，我当然就更会有同情和关怀了。当然，最好的、最能感动人的诗篇是诗人从自己的喜怒哀乐，从自身的体验所写出来的。好的诗人有锐敏的感受能力，有丰富的联想能力，是"民吾同胞，物吾与也"。不只是草木，不只是现在的人事，我所没看见过的，没经历过的人事，都可以感动我，这才真正是一个有博大的感情、襟抱的诗人。所以，古人才会写出来很多美好的诗歌。白居易写了《长恨歌》，他是唐明皇吗？他不是。他是杨贵妃吗？他也不是。他说："在天愿作比翼鸟，在地愿为连理枝。天长地久有时尽，此恨绵绵无绝期。"他虽不是唐明皇或杨贵妃，但他能够想象唐明皇跟杨贵妃的死生离别的感情。

诗歌的四声与平仄

古代汉语分"平、上、去、入"四声，其中上声、去声、入声属于仄声，我们现在发音的一声和二声都属于古代的平声，三声和四声属于仄声，现代汉语已经没有入声。如果我们写诗时只管内容不注意声音的协调，诵读起来就不好听，比如我说"溪西鸡齐啼"，意思是说溪水西边的鸡都一齐啼叫起来。但由于它用的都是同声同韵的字，读起来像绕口令一样，都不知道说的是什么！当然，这是一个比较极端的例子。因此我们中国的格律诗在声调上注重平声字和仄声字的搭配，通过声调的交替变化形成诵读时的声音之美。古诗虽没有平仄的规定，但往往有一种自然形成的"天籁"之美。如《古诗十九首》的"行行重行行"，五个字都是平声，同一个调子一直拖长下去，这在格律诗里是不允许的。然而正是这种单调的声音，与行人越走越远一去不回的内容结合起来，就自然产生了一种令人感动的力量。这是天籁，不是用人工技巧能够做到的，对作者来说可遇而不可求。所以有人说，古诗其实比格律诗更难写，因为它那种自然的声音之美没有一个人工的规律可循，所以更难掌握。

中国人注意到汉语语言的声调，并将其应用于诗歌，是从南北朝的齐梁时代开始的。在齐梁时代，中国人对自己的语言开始有了一个反省。为什么到齐梁之间才有反省呢？因为那时佛教已经盛行。梁武帝不是曾经舍身同泰寺吗？杜牧之的诗不是说"南朝四百八十寺，多少楼台烟雨中"吗？佛教如此之盛，大家都去念经，都去学习佛教的梵唱，因此语音的问题就提到了日程上。而且齐梁之间翻译了大量的佛经，这又涉及对印度梵语的学习。学习一种外语首先要注意它的读音，当人们研究梵语读音的时候，对我们自己的汉语读音也就会有一个反省。翻译有的时候是音译，比如"菩萨"就是梵语"菩提萨埵"声音的简化。有些外语字的发音，我们中国不一定有一个字跟它同音，那就要用两个字合起来，取上一个字的声，下一个字的韵，于是就产生了"反切"的拼音方法。以"东"字而言，它是由声母"d"和韵母"ong"结合而成的，用"反切"的拼音方法来表示就是"德洪"切。"德"的声母是"d"，"洪"的韵母是"ong"，快读就是"东"。

这种反省很快就影响到了诗歌。因为人们发现，一句诗如果所有的字都是平声或者都是仄声，读起来是很不好听的，一定要平仄间隔才好听。所以从齐梁开始，诗歌逐渐就走向了格律化，到初唐时就形成了"近体诗"。所谓近体，是相对古体而言。古体诗不讲究平仄也不讲究对偶，近体诗讲究平仄和对偶。对偶，其实也是由中国语言文字的特质而形成的。英文单词长短不齐很难对起来，而中国文字单音独体，天生来就适合对偶。《易经》的"乾卦"说："水流湿，火就燥；云从龙，风从虎。"那时候的作者还没有后来这种对语言文字的反省，它是自然而然就对上的。而到了六朝的时候，对偶就成了很多诗人自觉的追求，像谢灵运的《登池上楼》，从头到尾都是对偶，虽然还不是格律诗，但与汉代那些质朴的古诗相比已经大不相同了。

到了齐梁时期，诗歌在声音上已经很讲究，只不过还没有形成近体诗的格律而已。近体诗的格律是什么样子呢？除了在句数、字数和对仗等方面的规定之外，最主要的就是声音的平仄了，比如"客路青山下，行舟绿水前"两句，就是唐代五言律诗中的一联，它的平仄声音是"仄仄平平仄，平平仄仄平"。律诗的平仄当然有它的规律，但也不是完全死板的，有的地方平仄可以通用，有的地方就不可以。另外还有所谓"拗句"，有的地方可以"拗"，有的地方不可以"拗"，有的地方"拗"了还可以"救"。于是有人就说，格律诗变化这么多，太伤脑筋，学作诗不是太难了吗？其实只要通过吟诵把握了它的基本规律就一点儿也不难。"客路—青山—下，行舟—绿水—前"，你要注意它节奏的停顿：五言中的第二个字是一个停顿的所在，第四个字是一个停顿的所在，第五个字则是整个一句的停顿所在。凡有停顿的地方，就是一个音节的节拍落下的地方。所以除了结尾的那个字之外，这第二个字和第四个字是最重要的，在这几个字的地方一定不能够把声音的平仄搞错。七言律诗也是一样，比如杜甫《秋兴》（其二）的"夔府—孤城—落日—斜，每依—北斗—望京—华"，除了结尾的韵字之外，节拍的停顿分别在第二、第四和第六个字。这就是人们常说的所谓"一三五不论，二四六分明"。

说到节奏的停顿，我还要说明一下：五言诗的节奏是"二、三"的停顿，细分为"二、二、一"；七言诗的节奏是"四、三"的停顿，细分为"二、二、二、一"。但文法上的停顿和声音上的停顿有时候是不统一的。比如欧阳修有两句诗说"黄栗留鸣桑葚美，紫樱桃熟麦风凉"。"黄栗留"是鸟的名字，就是黄莺，"紫樱桃"则是一种水果的名字。按照文法应该是"黄栗留—鸣—桑葚—美，紫樱桃—熟—麦风—凉"。但这样读是不对的，读诗一般不按文法来读，而按声音节奏的停顿来读。所以这两句应该读作"黄栗—留鸣—桑葚—美，紫樱—桃熟—麦风—凉"。讲诗的时候当然要以文法为准，但读诗的时候就要以音节为准了。

另外，不管格律诗还是古诗都要押韵。格律诗如杜甫的《秋兴》（其一）："玉露凋伤枫树林，巫山巫峡气萧森。江间波浪兼天涌，塞上风云接地阴。丛菊两开他日泪，孤舟一系故园心。寒衣处处催刀尺，白帝城高急暮砧。"双数句结尾的字一定要押韵，首句结尾的字可以入韵也可以不入韵。这首诗首句入韵，所以一共有五个韵字："林""森""阴""心""砧"。需要说明的是：在诗、词、曲中，诗的押韵要求最严，一定要押同一个韵部的字，不可以出韵也不可以四声通押。曲是可以四声通押的，词则只可以上、去声通押。什么叫"四声通押"呢？举个例子，如马致远的曲子《天净沙》："枯藤老树昏鸦，小桥流水人家。古道西风瘦马。夕阳西下，断肠人在天涯。""鸦""家""涯"都是平声，"马"是上声，"下"是去声，平声和仄声都押在一起了，所以叫四声通押。"四声通押"不同于古诗的"换韵"。古诗在押韵上比近体诗稍微宽松一点儿，它可以"换韵"。比如白居易的《长恨歌》："汉皇重色思倾国，御宇多年求不得。杨家有女初长成，养在深闺人未识。天生丽质难自弃，一朝选在君王侧。回眸一笑百媚生，六宫粉黛无颜色。"这八句押的是仄声韵，下边就换押平声韵："春寒赐浴华清池，温泉水滑洗凝脂。侍儿扶起娇无力，始是新承恩泽时。"每四句、六句或者八句从平声换韵仄声或从仄声换韵平声，这叫换韵，不叫四声通押。

因此，清朝的声韵学家江永在其《古韵标准例言》中就提出来一个问题说："如后人诗余歌曲，正以杂用四声为节奏，诗歌何独不然?""诗余歌曲"就是词曲。他说既然词曲可以四声通押，为什么诗歌就不能够通押? 这个问题郭绍虞先生做过解答，他在《永明声病说》一文中说："四声之应用于文词韵脚的方面，实在另有其特殊的需要。这特殊的需要，即是由于吟诵的关系。"又说"歌的韵可随曲谐适，故无方易转"，而"吟的韵须分析得严，故一定难移"。他说因为歌要配合音乐来唱，因此可以随着音乐转变字的声调，所以在韵字声调的要求上也就不那么死板。可是诗是吟诵的，韵字及其声调就显得更为重要，所以四声不能混用，诗歌是从体式的形成上就受到了吟诵之影响的。

知人论诗，以诗解人

用律谨严的杜审言

杜审言，字必简。要推求他的祖先，最有名的一个人是晋朝的杜预。杜预是杜审言十一代的远祖，他本是一位名将，平吴有功，封为当阳侯；同时也是一个大学问家，为"十三经"里边的《左传》作过注解。据史传记载，杜预是京兆长安人，当时西晋建都也是在长安。后来到了南北朝的时代，北方大乱，杜审言的一个先世的祖先就迁居到湖北的襄阳。再到后来，杜审言的父亲杜依艺，在巩县做县令，又迁到了河南的巩县。所以他的籍贯是相当复杂的。

杜审言诗歌的主要成就体现在五言律诗上。明朝的一个文学批评家胡应麟在其文学批评著作《诗薮》中说："唐初五律，必推杜审言为作者。"为什么要这样说？难道在唐朝初年就没有其他人写五律了吗？当然不是。我以前曾经多次说过，中国的文字是单形体、单音节，而且中国的文法也不像西方那么严格，所以特别适合于对偶。可刚刚尝试运用对偶的人，他们对于句法结构怎么样变化，安排得不是很好，因此，他们虽然也对偶，却总是对得太平顺。我们知道，对偶的复杂化是律诗发展的一个必然趋势。虽然一段历史的演进很难说是从某一个人才开始的，可整个的、根本的潮流必然有某种趋向，而杜审言的五言律诗很明显地体现了这种趋势，所以我们才说杜审言是初唐近体诗完成的一个重要作者。

　　我们说杜审言重要，不仅是因为他在整个唐朝的诗歌演进上有重要的地位，而且因为他对后来的杜甫也产生了很大的影响。杜审言是杜甫的祖父。你要知道，天下很多事情都是有一定因缘的。一件事情的出现，一个天才人物的完成，往往是由种种机会、种种因素促成的。杜甫之所以成为唐代的一个最重要的作者，我以为这与他的家学有很密切的关系。

　　为什么这样说呢？杜甫出现以后，他不仅对于古体诗的好处、思想性这方面有充分的认识，而且对于近体诗的好处、艺术性这方面也能够接受。长远的眼光和博大的胸襟，对于诗歌的各方面兼容并蓄，使他成为唐朝的一个真正的大家。

　　杜甫不轻视律诗，他的律诗成就非常高，可以说，中国的七律是从杜甫才写出最好的作品。而杜甫之所以能把律诗写得这样好，这与他祖父的律诗写得好有相当大的关系。他在给他儿子所写的一首诗中曾经得意地说"诗是吾家事"，他叫他儿子也作诗，说作诗就是我们家的家传，可见他是很尊重其祖父的。不但如此，在他早年刚刚学习写律诗的时候，就已经明显受到了杜审言的影响。比如杜审言写过这样两句诗："绾雾青条弱，牵风紫蔓长。""绾"就是拿一块很软的丝绸或丝线，把一个什么东西缠绕起来；"绾雾"指缠绕着烟雾。被烟雾缠绕的是什么？是嫩绿的枝条。因为刚刚长出来，所以还很"弱"。这个"弱"就是说枝条 very soft, very gentle，还是很柔嫩的。"牵风"是被风牵引，是什么被风牵动了？是紫色的藤蔓。我不知道大家注意过没有，一些草木刚刚长出来的柔嫩的枝条是有点紫色的，然后才慢慢变成绿色，所以称为"紫蔓"。如果让我们用通顺的句法来说，这两句可以说是：柔嫩而碧绿的枝条被烟雾缠绕着；紫色的刚长出的藤蔓被风牵引得很长。可以看出，他在对偶之中不像"树树皆秋色，山山唯落晖"那样很平顺地展开，而是有了一种颠倒——他可以把动词或形容词搬到前面去说；另外，他把用散文需要很长句子才能说明的，只用很短的两句就说清楚了，把文法浓缩而且简化了。于是有了一种颠倒错综的变化，这是杜审言在五律创作中最可注意的一点。

我们从杜甫早期的诗里边可以清楚地看到他受其祖父影响的痕迹，比如杜甫曾写过这样两句诗："林花着雨燕支湿，水荇牵风翠带长。"（《曲江对雨》）"着"是沾湿了，"林花着雨"就是说林子里边红色的花朵沾湿了雨点；"燕支湿"——朵朵红花好像是女子脸上所擦的胭脂，而那沾湿的雨点就像是胭脂色的脸上被泪痕染湿了。"水荇"，《诗经·关雎》上说："参差荇菜，左右流之。""荇"是水里的一种植物。这句是说，因为风吹着水，水就向一个方向流得很快，所以水中的荇菜也被风牵动，像翠色的带子一样流得很长。前面杜审言那首诗说是"牵风紫蔓长"，这里杜甫就变成"水荇牵风翠带长"了。你看他的变化、他的继承，他不是死板地继承，但这中间的确有受到影响的痕迹。

我们来看杜审言的一首《和晋陵陆丞早春游望》：

和晋陵陆丞早春游望

独有宦游人，偏惊物候新。

云霞出海曙，梅柳渡江春。

淑气催黄鸟，晴光转绿蘋。

忽闻歌古调，归思欲沾巾。

　　这首诗题目的第一个字"和"，我念的是hè。你要读中国的古书，特别是古代的诗歌，对于每一个字的声音一定要很讲究，因为它的平仄都非常重要。比如这个"和"字，当它是形容词的时候，像温和、和暖，这个我们念hé；当它是动词的时候，我们就要念hè了。

　　那什么叫"和"呢？你要知道诗歌后来发展了，不但注重格律，而且成为一种应酬的艺术。《诗品·序》里说"嘉会寄诗以亲"，就是当你有了好朋友时，你就把你的感情寄托在诗里边，表示你们之间亲近的感情。所以你作一首诗给我，我便作一首诗回答你，这个就叫作"和"。另外，音乐里边不是常常有"和声"吗？就是说你这里有一个声音，那里就有一个反响；同样，作诗的时候，如果第一个作者作诗了，然后有第二个作者就酬答他一首诗。可是我们不说是酬答，而说是"和"，这里边就有点分别了。因为酬答是自由的，你写五言的，我可以回答你七言的；你写的是七言，我回答可以是五言的，这都没有关系。我不一定跟你一样的体裁。另外，酬答里边也有比较严格的，就不单是酬答，而是"酬和"了。"酬和"的诗有几种不同的层次，第一种是用同一的形式：你用的是五律，我也要用五律。第二种是不只用同一的形式，而且是同一个韵目。什么是"韵目"呢？"韵目"就是给某一类同韵的字定一个题目，好管它叫什么韵。中国诗歌在南北朝时期就已经注重声韵了。发声的子音，像b、p、d等就是声，a、o、e等就是韵。比如说东、红、中、通、风，这些字都是"嗡嗡"的声音，它们都是同一个韵。可是同一个韵的字很多，那么多归成一类，就是一个group，给它起什么名字呢？于是有人把这些同韵的字排列起来，恰好第一个字是"东"，他们便把这一堆字都叫作"东"韵的字，这就是所谓的"韵目"了。刚才我们讲和诗要用同一韵目，也就是说在押韵的时候，如果你的原作押的是东、红、风等字，我的和诗不必也用这几个字，我可以用中、通、空等等，我们用的韵字虽然不同，可这些字都是同一韵目里边的，这是一种和法。第三种和法是不仅用同一个形式、同一个韵目，而且要用同样的韵字。就是说你第一句如果押的是"东"字，我也要押"东"字；你第二句是"红"，我也用"红"；第三句不押韵，你第四句是"中"，我也用"中"：凡是你用什么字，我也用什么字。这是最严格的一种和法，它另外有一个名字叫"步韵"，也就是Step by Step，一步一步的意思。杜审言这首诗是和人家的，因为原来那首诗没有传下来，所以它究竟属于哪一类的和诗，也就不清楚了。

大家知道，近体诗的形式在初唐就已经完成了，所以初唐诗歌特别重视艺术性。重视艺术性不只是说要重视形式，而且要透过艺术的形式，在内容上也注重一种配合的艺术。什么叫配合的艺术呢？我们看这首诗的题目是《和晋陵陆丞早春游望》，"晋陵"是江苏的一个地名；"陆丞"是在晋陵做县丞的一个姓陆的人，是这位陆丞早春时到外边去游春远望，先写了一首《早春游望》，然后杜审言也要写一首《早春游望》来和他。既然这样，他就要把回答的意思写出来，不但是写《早春游望》，而且是回答一个在外面做官的人的《早春游望》，你一定要看他回答的是什么人，这个对象是怎样的身份。这就是初唐的诗歌，它既要讲究格律及押韵等问题，又要非常切合题目的意思。现在我们就来看一看，在这么严格的形式之中，杜审言是怎么样写的。

这是一首律诗，律诗一共八句，分成四联：一、二句叫"首联"；三、四句叫"颔联"；五、六句叫"颈联"；七、八句叫"尾联"。当然我们也可以分别说成是第一联、第二联、第三联和第四联。

我们先看首联："独有宦游人，偏惊物候新。"诗的好坏，它能否使人感动，一个是看它有没有可以使人直接感受到的鲜明的形象，另一个是看它叙写的口吻和句子的结构。在这一联中，"独有"与"偏惊"相呼应，他的口气是加重的。什么叫"宦游人"？我们说"游"，你可以出去旅游观光、游山玩水，这都叫"游"，可是"宦游"呢？"宦游"是因为做官的缘故而远行在外。古代做官的人，朝廷派你到哪里去，你就应该到哪里去。而且那时也不像现在交通这么方便，你虽然离开很远，却随时可以回来。在古代，到一个地方去是很艰难的，你去了之后，就要担当起那里仕宦的责任，不能够随便探亲就回来了，因为你的身体是不自由的。

中国诗歌里有仕与隐这样一个重要的传统，用弗洛伊德的话说，就是有一个情结。我们说仕与隐这两方面都不是很单纯的，并不是说我做官就是做官，隐居就是隐居。其实，仕宦这方面有仕宦的欢喜和悲哀，隐居这方面也有隐居的欢喜和悲哀，这中间是非常复杂的。我们还是看这两句诗，他说，单单只有那些因为仕宦而漂泊在外的人，才"偏惊物候新"，"偏"就是特别（especially），他们就特别觉得"惊"，to be moved——感动、惊心。被什么感动惊心？是"物候新"。

"候"是节候，指季节和气候。钟嵘在《诗品·序》中说："气之动物，物之感人，故摇荡性情，形诸舞咏。"中国古人认为，是宇宙间阴阳二气的运行，才产生了天地万物与四时晨昏，而外物节候的转变会使人的内心也受到感动。春天是万物更新的季节，草又绿了，花又开了，而对于"春花春鸟"感慨最深的是谁？是那远行在外的游子。我可以举一个例证，晚唐诗人李商隐一生很少有机会留在中央政府做官，他一直都是在各地宦游，他曾经写过这样一首诗："春日在天涯，天涯日又斜。莺啼如有泪，为湿最高花。"（《天涯》）他说，又是一个春天来到了，在这美好的季节，我本该跟自己亲近的家人在一起欢聚，可现在我流落天涯，更何况又到了日落黄昏的时候，一天又过去了。"莺啼"的"啼"本来是说鸟鸣，可"啼"字也可以使人想到啼哭，所以他接着说：假如黄莺鸟的啼叫真是哭泣，真有眼泪的话，那么请为了我的缘故，为我这有家不得归的游子，把你的眼泪沾湿到最高枝的花朵上——这正是"宦游人"之"偏惊物候新"，说的是春天节物惊心，宦游人在天涯的悲哀。

在杜审言这首诗中，他和的是"晋陵陆丞"，对象的身份是"宦游人"，节候是"早春"，而他把形式跟内容、跟作诗的对象结合得这么好，写得这么美！当然，"物候新"是望中所见的景象，那"物候"怎么新？他要写早春，还要游，还要望哪！你早春时如果关在家里闭门读书，那就什么也看不到了，连谢灵运都要"褰开暂窥临"——拉开窗帘一看，才看见"池塘生春草，园柳变鸣禽"（《登池上楼》）的，所以接下来他就要写"游望"了。

"云霞出海曙，梅柳渡江春。"这是很有名的两句诗。西方语言学家把语言传达情意的主要作用分为两种：一种是语序轴上的作用，一种是联想轴上的作用。语序轴就是说你叙述的口吻，句法、章法的结构（structure），你怎么样说的；联想轴是说语言中的每一语汇都可能引起读者的多种联想。从语言学的角度来说，中国诗歌的语言在语序轴上比西方诗歌的语言更富于变化。因为西方的文法很严格，什么都要说得很清楚，而中国的文法是非常宽松的，一句话你可以颠来倒去地说，这样自然就比较适合于对句，这是中国语文的一个特色。我们一定要知道我们自己的语文特色是怎样的，才可以把它写得更美、更丰富，也更具艺术性。

"云霞出海曙，梅柳渡江春"就是一个很复杂的对句，"曙"是晨光，因为江苏晋陵靠近海边，所以是"海曙"。他说，你破晓之前去登山临水向远处眺望，你看到太阳是怎么样出来的？是从海上出来的。你先是看到东方灰蒙蒙的一片天空，然后从海面上透出一点红光，接着越来越亮，最后，一个大火球就跳出来了！这时，满天的云彩在朝日的映照下，金色的、红色的、黄色的变幻着丰富的色彩，这一句写的是晨光之美。接着，"梅柳渡江春"。他说，你就看到春天来了。春天是怎么样来的？是从梅花开、柳树绿看出来的。因为中国的气候总是南方比较暖，北方比较冷，所以是江南的梅花先含苞，江南的柳树先有了朦胧的绿色，然后春天的脚步才慢慢地渡过江来，接着，江北的梅花也开了，柳树也绿了，春天也来到了。你看这真是艺术！有时候你要仔细观察就会发现，即使同一棵树，也是向着太阳的树枝先开花，背着太阳的树枝晚开花，大自然的现象确实是如此，而诗人就把这种细致精微的感受表达出来了。这一联描写的景物很复杂，但是他写得很浓缩。

　　同时你还要注意，这两句写了早春游望所见，他一方面写得非常精美，另一方面又写得非常开阔，有一种"气象"在里面。什么是"气象"呢？"气"就是一种精神，是精神上有一种开阔博大的规模、形式，所以叫"气象"。同样是写早春，南宋的词人说："小叶两三，低傍横枝偷绿。"他说春天刚刚来，叶子开始绿了。叶子是怎么绿的？是有两三个低低的叶芽在一个横的树枝上偷偷地绿——在没有人注意到的时候，它变绿了。也是写"物候新"，也写得非常精美真切，可是你看他写的就显得太狭窄了。人家杜审言那真是有气象！有时气象很难说，中国常常说一个人作诗，就可以从诗中看出你这个人的胸襟、怀抱、品行，甚至于命运和未来。所以有人认为，人在小时候作一首诗，如果开阔博大，那他将来的前途就会远大；如果一下笔就显得没有生气，那他就不会有什么前途了。这个很难说，但这一定是关乎作者的。就作者个人而言，这与你自己的胸襟、气度、怀抱、修养有关系；同时，就整个时代而言，一个走上坡路的兴盛的时代与一个走下坡路的没落的时代，其作品的气象是不同的。南宋的后期已经是将近灭亡了，所以这时的作品缺乏一种气象；而初唐是一个大一统的时代，经过六朝对四声八病的讲求，经过了南北文化的集大成，诗人们对于自己的语言文字的反省，对于其特美的认识越来越清楚，所以初唐诗歌从一开始就表现出一种开阔博大的气象，形成了这样一个好的形势。

"淑气催黄鸟，晴光转绿蘋。"什么是"淑气"呢？《诗经》上说"窈窕淑女，君子好逑"，"淑"，是和柔美善的意思；我们说"气之动物，物之感人"，春至则阳生，所以"淑气"指的是春天和暖的阳气。"淑气"就"催黄鸟"，"黄鸟"即是黄莺，这一句是说，春天那和暖的阳气使得黄莺鸟的叫声一天比一天多，也一天比一天好听了。"晴光转绿蘋"，"晴光"就是日光。日光在哪里转动？在绿色的蘋草上。"蘋"是水中的一种植物。他说，水面上绿色的蘋叶随着水波的流动而摇荡，阳光就在蘋叶上闪动，在水波中反射出美丽的光影。这一联也是一个很复杂的对句。"淑气催黄鸟"，你可以说"淑气"是subject，"催"是verb，"黄鸟"是object，是"淑气"催促得"黄鸟"都开始叫了；可是"晴光转绿蘋"并不是说"晴光"转动了"绿蘋"，而是"晴光"在"绿蘋"上转动。可见，如果详细地分别起来，这两句的性质本来不是完全相同的，只是因为中国的文法比较宽松，这个动词可以颠来倒去地用，所以这两句也就可以对起来了。

另外，这两句中"催"和"转"两个字用得非常好。在诗里边常常会有一个最重要的动词，能够使这首诗活起来，我们就管这个字叫"句眼"。人常认为眼睛最重要，孟子说："存乎人者，莫良于眸子。"用现在比较摩登的话说即"眼睛是心灵的窗口"，就是说一个人，你内心里有什么思想、什么感情，你的眼睛最能够将它表露出来。同样，诗的句眼能够把一首诗的精神，把那个感发的生命传达出来。有一个故事，说宋朝的王安石曾经写过这样一句诗"春风又绿江南岸"，当然这是最后改定的一句。在此之前，他写过"春风又过江南岸""春风又满江南岸"，他换了很多字，可都没有这个"绿"字好。因为说"过"或者说"满"，那只是说明春风经过江南岸了，而用一个"绿"字，就把它形象化了。因此，"绿"就是这句诗的句眼。同样，在"晴光转绿蘋"这一句中，"转"是句眼。你如果换成"在绿蘋"，那就显得很死板了。所以王国维在《人间词话》中特别标举"境界"一词。所谓"境界"，就是能够引起人感动和感发的这样一个作品中的世界。他在批评宋人的词时说："'红杏枝头春意闹'，着一'闹'字而境界全出。""闹"表示花开得很繁盛、颜色很丰美的样子，他说，宋祁只用了一个"闹"字，就把那种具体而真切的感受完全表达出来了。接着他说："'云破月来花弄影'，着一'弄'字而境界全出矣。"——云彩散开后，月亮出来了。你如果说"花有影"，那等于废话，花当然有影子了；可若是说"花弄影"：花在风中摆动，好像花自己在舞弄它的影子一样，这就使境界活泼起来了。知道了这些，我们再来看杜审言的诗就会发现，他往往能够找到几个最恰当的字，把一个原本很复杂的景象写得那么浓缩，这是杜审言五律的一个好处。

还不止如此，刚才我们说初唐诗歌讲究一种配合的艺术。其实，晋代著名文学批评家陆机在其《文赋》的序中也曾说过类似的问题。他说自己写文章的时候，"恒患意不称物，文不逮意"——

使我常常感到烦恼的有两个问题：一个是没有适当的意思来配合所要写的题目；一个是有了好的意思，却不能够用文章恰当地把它传达出来。而杜审言诗的另一个好处就是他的"意"跟他的"物"是相称合的；他的"文"也是能够恰到好处地传达他的"意"的。这首诗的题目是《和晋陵陆丞早春游望》，首联的"宦游人"点出来和诗的对象是"晋陵陆丞"，"物候新"点出"早春"的季节；颔、颈两联都是写"游望"所见的景色，现在就只剩下"和"了。

"忽闻歌古调，归思欲沾巾。""歌"就是吟，指吟诵一首诗；"古调"在这里指晋陵陆丞的原作。中国儒家尊重古代，常常以古为美。比如赞美一个人，说你高古，说你的作品大有古意等等。当然，我们不能忽视古代的传统，但是你也要瞻望未来，从这个传统中向前走出去，只不过习惯上以古为美所以这么说罢了。"思"在这里读sì，中国的文字词性不同时，读音就不同，刚才我们已经强调了"和"字的读音。同样，"思"是动词时，比如思考一个问题，我们就念sī；如果是名词，说你有一种情思，这时就要念sì了。"忽闻歌古调"就是说，我忽然间听到你作了如此高古的一首诗，于是引起了我的感动。我们可以想象，一定是晋陵陆丞的诗里边写了怀念家乡这样的感情，所以引起了作者的"归思"——我什么时候才能回到我的家乡去？于是"欲沾巾"——吟诵了你的诗，我忍不住要流下泪来，沾湿了我的巾帕。最后这个"巾"是手巾的巾，有的本子把它写成"襟"，是不对的。因为这个"襟"跟这个"巾"不在一个韵目里边，这点我们一定要注意。

附：

杜审言传

　　杜审言，字必简，襄州襄阳人，晋征南将军预远裔。擢进士，为隰城尉，恃才高，以傲世见疾。苏味道为天官侍郎，审言集判，出谓人曰："味道必死。"人惊问故，答曰："彼见吾判，且羞死。"又尝语人曰："吾文章当得屈、宋作衙官，吾笔当得王羲之北面。"其矜诞类此。

　　累迁洛阳丞，坐事贬吉州司户参军。司马周季重、司户郭若讷构其罪，系狱，将杀之。季重等酒酣，审言子并年十三，袖刃刺季重于坐，左右杀并。季重将死，曰："审言有孝子，吾不知，若讷故误我。"审言免官，还东都。苏颋伤并孝烈，志其墓，刘允济祭以文……

　　初，审言病甚，宋之问、武平一等省候何如，答曰："甚为造化小儿相苦，尚何言？然吾在，久压公等，今且死，固大慰，但恨不见替人"云。少与李峤、崔融、苏味道为文章四友，世号"崔、李、苏、杜"。融之亡，审言为服缌云。

　　……

　　审言生子闲，闲生甫。

（节选自《新唐书·文艺·杜审言传》）

杜审言，字必简，襄州襄阳人，是晋代征南将军杜预的后代。他中了进士后，当了隰城县尉。他依仗自己才学高深而傲岸自大，瞧不起别人，因而很为当时的人们所忌恨。苏味道任吏部侍郎时，杜审言参加铨选考试，答完卷子一出来，便对人讲："味道必死！"人们很吃惊地问他什么原因，他说："他看了我的卷子，肯定会羞愧而死。"又曾对人说："我的文章应当让屈原、宋玉做我的属官，我的书法应当让王羲之俯首称臣。"他的骄傲放荡大致如此。

杜审言屡次升迁担任洛阳丞，因事获罪被贬为吉州司户参军。司马周季重、司户郭若讷罗织他的罪名，把他关在监狱里，将要杀他。季重等人喝酒正酣畅时，审言的儿子杜并，只有十三岁，衣袖里藏着刀，在座位上刺死了季重，左右的人也杀死了杜并。季重将死，说："审言有孝子，我不知道，若讷故意耽误我。"审言因此被免去官职，回到东都洛阳。苏颋哀痛杜并孝顺刚烈，题写了他的墓志，刘允济撰写了祭文祭奠他……

当时，审言病重，宋之问、武平一等人去问候他怎么样了，杜审言回答说："我很被命运那小子忌恨，还有什么可说的呢？然而由于我的存在，也把你们大家久久地压在了下边。如今我要死了，你们当然会感到快慰，但遗憾的是尚未见到替代我的人出现。"他年轻时与李峤、崔融、苏味道被称为文章四友，世人称他们"崔、李、苏、杜"。崔融死的时候，审言为他穿了丧服。

……

审言生了儿子杜闲，杜闲生了杜甫。

工整之中寻突破的王勃

王勃，字子安，生于650年，死于676年，他只活了二十几岁。所以，他虽然很有才华，在艺术性方面表现得非常好，可他对于人生没有太深入的了解，在思想性方面并没有什么深度。而且，王勃还有最应该注意的一个缺点，就是如《孟子》中所说的："其为人也小有才，未闻君子之大道也，则足以杀其躯而已矣。"（《孟子·尽心下》）他是王绩的侄孙，年少而多才。当时很多王公贵人都想罗织人才，沛王看中了王勃的才华，就把他纳入自己的门下做了修撰。那时的王公贵人们喜欢"斗鸡"这种游戏，有一次沛王与英王斗鸡，王勃竟然为沛王写了一篇檄文（《檄英王鸡文》），来讨伐英王的鸡！结果，皇帝看见后就不高兴了，说王勃这样做，会增加两个王子之间相互争斗的心。所以王勃被革职离开了沛王，到虢州去做参军。到虢州后，有一个官奴，也就是因犯法而被政府收容管教后来做劳工的人，这个人名叫曹达。他又犯了法，于是跑到王勃那里请求保护。当时王勃觉得自己很有办法，就接受了曹达，并把他藏了起来。可是后来，他觉得藏不住了，恐怕连累了自己，就暗地里把曹达杀死了。王勃因此犯了死罪，幸遇大赦，没被处死。他的父亲受其连累被贬官。王勃出狱后在探望父亲的归途中溺水惊悸而亡。

在艺术性方面，王勃确实是非常有文采的。据说他写文章时不打草稿，有时蒙上被子，像是在睡觉，起来后下笔立成，被时人谓之"腹稿"。他不但诗写得好，文章也写得很不错。我们知道，唐朝初年是近体诗完成的时代。近体诗讲求对偶的精工与平仄的谐调，这种风气影响到文章的写作，所以那时的文章也要对偶，也有很严格的规律，被称为"骈文"。"骈"字从马，本来是说车子由两匹马或四匹马并排来驾，这叫作"骈"；做文章也是一对一对地对起来写，这样的文章就叫作"骈文"。初唐是律诗与骈文流行的时代，王勃的骈文就写得很出色。《古文观止》这本书中收了他的一篇文章，就是非常有名的《滕王阁序》。滕王阁建在江西南昌附近，有一次，南昌府的都督在滕王阁宴请宾客，宴会上，大家饮酒作诗，收集起来，前面还要写一篇序文。本来，那个都督事先已经让他的女婿准备了一篇序文，以便在这次盛会中表现自己的才能。没想到席间王勃竟自告奋勇地写了一篇序，都督一生气，就回去了，可他叫人随时将王勃所写的内容告诉他。结果，他发现王勃的文章写得确实是好，远在其婿之上。这篇文章里最有名的两句是"落霞与孤鹜齐飞，秋水共长天一色"，说的是黄昏时分，将要沉落的晚霞在天际飘飞，伴着一只独自飞翔的鹜鸟；澄澈明净的秋水与高爽蔚蓝的秋空相互映照，水光天影融为一色。这两句当时就深为人们喜爱，传诵于众口之中。

由此可见，王勃确实是很有文采的一个人。我们一方面要承认他在艺术上的成就，另一方面也要看到他在思想方面的不足。我常常说，诗里面要传达一种感发的生命。同样使人感动，而这种感发的生命却有厚薄、大小、深浅、高低等种种不同。王勃的诗虽然在艺术性上非常不错，但他永远不能成为真正好的第一流诗人，因为他本身感发的生命不够。这与他死得太早有关，也与他自身性格方面的缺点有关。我们现在是借着这些诗人来看中国近体诗的完成，你一定要等到讲李白、杜甫这些人时，才能够真正认识到中国诗歌里边那种博大深厚的感发的生命在哪里。

另外，要衡量批评中国的文学，不仅要有微观的认识，还要有宏观的认识。前者是说，你要对文学作品有很细微的观察，对于其艺术性的每一个字、每一个词，以及这些字、词的每一个作用，都能够有清楚的了解与分析；后者是说对于文学要有整体性的理解与把握。做文学批评一定要有宏观与微观这两方面的眼光才够。如果我们以这样的眼光来看初唐这些写近体诗的诗人，就会发现：在整个文学史发展的长远的洪流中，这些诗人是不能够缺少的。假如没有他们对于声律的完成，以及对于各种艺术方法的运用，就不可能产生后来像杜甫的《秋兴八首》《咏怀古迹》那样博大深厚的律诗。他们是诗歌发展旅程上的垫脚石，是一个过渡的桥梁。

我们再讲王勃的一首诗，这首诗是他送给朋友的一首应酬之作。

送杜少府之任蜀州

城阙辅三秦，风烟望五津。

与君离别意，同是宦游人。

海内存知己，天涯若比邻。

无为在歧路，儿女共沾巾。

我们先看题目。少府，是唐朝的一个官职的称呼。按照唐朝的习惯，一县的最高长官——县令，其尊称是明府，而对县尉则称为少府。蜀州，有的版本是蜀川，但无论哪一个，都说的是四川这个地方。在这里，作者是在首都长安送别一个将要到四川去做县尉的友人，这个人姓杜，但究竟是谁，已经不可考了。我们知道初唐五律比较注重艺术性，当时的一些诗人常常用这种体式来写酬赠、应和的诗篇。他们一方面写得精美而切合题目，另一方面又表现出一种开阔博大的气象，这真是一个良好的开端。下面我们就具体来看一下这首诗。

"城阙辅三秦，风烟望五津。""城阙"指的是城楼，城楼通常有两层，其下"阙然为道"，它的下面有一个缺口，是一条通道，这两个字交代了送行的地点。那么什么又是"三秦"呢？大家知道，长安在今陕西，陕西在那个时候被称为关中之地，即函谷关以西的地区，这里是旧日的秦地。秦朝末年，各路诸侯纷纷起兵，其中，项羽的势力最大，成为诸侯的盟主。项羽灭秦后，就将天下分封给当时起兵的十八个诸侯，而且把旧日的秦地分为雍、塞、翟三国，分给了三个秦国的降将，故称"三秦"之地。"三秦"是何等的地势？人常说"关中八百里平川"。我在旅行的时候，曾经坐飞机经过西安附近，那时正值夏天，只见一望无际的平原上生长着大片大片碧绿的庄稼。"辅"，本来指车辅，有辅佐之意，这里有环绕的意思。作者说，今天我送你远行，我们登上长安城城楼向下一望，但见四面环绕着的，是三秦广袤的土地。接着，"风烟望五津"。"五津"，就是杜少府要去的地方，指四川的岷江自灌堰至犍为一段的五个渡口，包括白华津、万里津、江首津、涉头津和江南津，合称"五津"。这句是说，你就要到四川去了，我向西南望去，望不到你所去之处，那茫茫的遥远的地方，只有一片风烟而已。杜甫晚年旅居四川时，怀念首都长安，曾写过《秋兴八首》，其中第六首有两句说："瞿塘峡口曲江头，万里风烟接素秋。"他说，我站在瞿塘峡口，遥望长安的曲江江头，但见一片风烟相连。我的心是跟长安连在一起的，从瞿塘峡口到曲江江头，在我的感情上是可以接连起来的，而无论是瞿塘峡口也好，曲江江头也好，现在都被笼罩在凄凉萧索的秋色之中。

王勃的诗在艺术性这方面表现得非常好。所谓艺术性，就是说你怎么样能够把它说得好，说得美，说得富于感发性。文学很奇妙，有的时候，它不在于你说的是什么，而是在于你怎样去说，说出来以后的风格是怎样的。以王勃这首诗为例，首联二句说的就是在长安送友人到四川去这样一个简单的意思，可他语汇丰富，用了一个"三秦"，一个"五津"，这样就好像有了典故、出处，就显得文雅了。不止如此，"三"跟"五"都是数字，而数字往往给人一个"数量"的感觉，一种"多"的感觉。李太白不是也常常在诗中用些数字，说什么"白发三千丈"（《秋浦歌十七首》其十五），还说什么"百年三万六千日，一日须倾三百杯"（《襄阳歌》）吗？还不止如此，"城阙"是很高的，登上城楼去望，能望到很远的地方。先是"城阙辅三秦"，一下子就给它提高了；然后是"风烟望五津"，一下子又将它推远了。所以，这两句诗就使人感觉到有一种气势。虽然他只是说在长安送友人赴四川，但他说得好，有一种开阔博大的气象。

颔联写二人离别的情事，也写得非常切合："与君离别意，同是宦游人。"他说，今天我跟你在长安城楼分别，我们心中都充满着离情别绪，而且我们有共同的一点，即"同是宦游人"——你是我的好朋友，我不愿意你离开，可你又不能不离开；作为好朋友，我愿意随你而去，可我却不能随你而去。因为，我们都是仕宦而漂泊的不自由之人，都是身不由己的。在这里，与朋友离别是第一层悲哀，可如果离别是自由的，二人分别后想什么时候去看对方就尽管去看，那也可以。只是"同是宦游人"，因为此身不自由，所以此地一别，将来能否再相聚，都是渺不可知的，这是第二层的悲哀。

我们知道，如果一首诗是绝句，那么它的四句是起承转合的关系；如果是八句的律诗，则首、颔、颈、尾四联也是起承转合的关系。对于本诗而言，颔联写离别的情事，写得很悲慨，可到颈联，他突然间一转，说："海内存知己，天涯若比邻。"中国古代的人总以为自己在世界的中央，周围都是大海，所以，"海内"是指整个中国。这两句是说，虽然离别了，可四海之内只要有一个知己存在，那么即使是远隔天涯，我们仍旧像是亲近的邻居一样。

凡是真知己的了解和认识都不是表面上的，那是人与人之间在精神、心灵或是品格方面最精微、最深刻之处的一种相通与默契。不管你的年龄、身份、地位如何，它完全不在这一切外在条件的限制之下。人一旦有了这样的朋友，即使你在天的那一边，我在天的这一边，那又有何妨呢？因为我们在心灵上是相通的。所以他接着说："无为在歧路，儿女共沾巾。""无为"是说不要这样做，后边的"在歧路"应该与"儿女共沾巾"连在一起。"歧路"就是岔路，指分手的地方。"儿女"在这里是指年轻的男女。我们常常说"儿女之情"，就是年轻人彼此之间的恋情。这两句是说，我们虽然离别了，但是我们应该把眼光放得远一点，不要在临分手的路上，像那些自命为多情浪漫的少男少女们一样，一下子就伤心落泪了。

通过以上的讲解，我们也能看出，王勃这首诗所描绘的形象和叙写的口吻都很感人，具有很高的艺术性。同时，他在形式上的变化也有一些值得注意的地方。下面，我们就先来看一看他在声律上的变化。

我们知道，按照基本形式，律诗的第一句不押韵。如果第一句押韵了，那么这句的最后一个字就变成了平声。为了保持平衡，就要使这句的第三个字，也就是可平可仄的那个字必须是仄声。这个问题，我们在讲杜审言那首诗时已经说过了。王勃这首诗的第一句同样如此："城阙辅三秦"，按照仄起仄收式，本应该是｜｜－－｜，可是经过上述变化后，就成了－｜｜－－，第一个字可平可仄，可以不管。接着，从第二句到第六句，依次是：－－｜｜－。｜－－｜｜，－｜｜－－。｜｜－－｜，－－｜｜－。这都是符合基本格律形式的。最后两句"无为在歧路，儿女共沾巾"，问题又出现了。如果按照基本形式，这两句的平仄应为：－－－｜｜，｜｜｜－－，可是，这第七句却变成了－－｜｜｜。我们知道，律诗中每句的第二、四个字的平仄是不可以随便换的。现在，这句的第四个字由仄变成了平，为了保持平衡，就要把上边一个字跟着它改过来，也就成了——｜—了。这种情形有一个特别的名字，叫"拗救"。"拗"是曲折的意思，也就是说，它不是很顺利地下来，而是在中间有一个曲折、倒转之处。当然，拗句不是随便在哪里都可以出现的。一般而言，凡是你要用拗句的时候，一定是在倒数的第二句，拗的那个字一定是倒数的第二个字。如果这个字由仄变成了平，它就叫作"拗"；上边一字随着由平变成了仄，它就叫作"救"。你这里拗折了，格律不合了，就要在另一个地方把它救回来。有"拗"就必须有"救"，原则上是要keep一个balance，这是中国诗的一种格律变化的情形，现在我就以王勃这首诗为例，简单给大家介绍一下。

除了声律上的变化技巧之外，王勃这首诗在对偶上也玩了一些花样。大家知道，凡是律诗，其颔联、颈联应该是对偶的。可是，王勃这首诗的首联就对起来了。"城阙辅三秦，风烟望五津。""城阙"对"风烟"，"三秦"对"五津"，"辅"对"望"，每一对词都是平仄相反，词性相同。接着二句，"与君离别意，同是宦游人。"在这一联中，"离别意"与"宦游人"还可以说是相对的，可"与君"跟"同是"则是完全不对的。因为他在首联先对了，所以颔联就放松了。这种形式有一个特别的名称，叫作"偷春格"。春天是美好的意思，把本来应该等到颔联才出现的美丽的对偶"偷"出来提到首联先对了，就是"偷春"。可是，你如果首、颔、颈三联都是对偶，那又太多了，所以颔联就要放松一步。放松一步是否就完全不对了呢？也不是，其"离别意"与"宦游人"还是对的，这中间有着非常微妙的变化。最重要的一点是：凡是你要把格律破坏的时候，你一定要知道从哪里把它抓回来。

颈联二句，"海内存知己，天涯若比邻。"同样是对句，这两句与王绩《野望》中的两组对句不同。王绩的《野望》中，"树树皆秋色，山山唯落晖"，分别说的是两种景色；"牧童驱犊返，猎马带禽归"，前一句说的是牧童的事情，后一句说的是猎人的事情，二句之间是平衡的，彼此不必有什么关系。王勃这两句则不然。他说，只要海内有一知己存在，虽然我们远隔天涯，也像是亲近的邻居。二句在形式上对偶，可意思上却是上下相承的关系。这样的对偶也有一个特别的名称，叫作"流水对"。由此可见，王勃的诗在对偶方面也是有许多变化技巧的。总的来说，唐诗在开始时非常注重工整切合，然而天下事分久必合合久必分，所以当一些诗人在注重工整切合的同时，就已经发现了可以从这种工整之中有一个突破。

　　附：

别薛华

送送多穷路，遑遑独问津。

悲凉千里道，凄断百年身。

心事同漂泊，生涯共苦辛。

无论去与住，俱是梦中人。

这首诗作于王勃因戏撰《檄英王鸡文》被革职的失意落魄之时。诗歌表面着意于与友人的惜别之情，实则蕴含着深厚的自我意识。本诗首联采用单音叠词"送送"和"遑遑"，前者抒写了送别路上的难舍难分，渲染了穷路送挚友的悲苦；后者表现了踽踽独行的无助和心事重重。颔联"悲凉千里道，凄断百年身"，诗人深知出蜀的路途多艰，然而想想此刻的别离，想想友人的漂泊在外，想想今生都有可能独自前行，悲切的身世之感令人神伤。"生年不满百，常怀千岁忧"，在诗人眼中人生不过是悲凉与凄苦同在，这份凄苦会迫使你不得不放弃长生之念。尾联"无论去与住，俱是梦中人"看似宽解之语，却反将悲切的身世之感推至无所不在。

　　讲究"炼字"亦是本诗的突出特点，"穷"与"独"两字既是作者心境，也是友人薛华心情的写照；"同"与"共"两相照应，既是同情与劝慰对方，也聊以自慰。

　　与《送杜少府之任蜀州》比较，两首离别诗各有千秋，一首凄苦绵长，颇具情韵之美；一首豁达明朗，颇具风骨之美。

少即有才的骆宾王

骆宾王（640—684），婺州义乌（今属浙江）人。曾为道王下属，后来入朝为侍御史。我们知道，王勃做过沛王的下属，他曾经替沛王写了一篇檄文《檄英王鸡文》，来讨伐英王的鸡不是吗？你看王勃在沛王府的时候，那是处处炫耀自己的才能，而骆宾王在道王府又是怎么做的呢？有一次，道王下了一个命令，让所有在他王府的属官每人写一篇文章，而且特别要表现出自己的才能，把自己的好处、优点都说出来，于是大家纷纷说自己怎么好怎么好。当时只有骆宾王认为这种竞争不好，所以坚持不写。当然，在现在的西方社会看起来，这种竞争也没有什么不对。你自己有才能，你可以表现出来。在外国，这是很公平的竞争。可是有的人，他们炫耀自己，就一定要把别人打倒，或者是说得很不真诚，或者是很夸大。所以，骆宾王拒绝做这种事情。

后来，骆宾王入朝做了侍御史，曾经屡次谏劝过武则天，因为不合乎当时的潮流，被贬为临海的县丞。那时，有一个名叫徐敬业的人要起兵讨伐武氏。这个人的祖父叫徐勣，又叫李勣。他曾跟随唐高祖、唐太宗等人争夺天下，有战阵的功劳，后来封赠的官位很高，而且被赐姓李。李勣死后，他的孙子复姓为徐，并起兵讨伐武则天。骆宾王也反对武氏专权，于是投到了徐敬业的手下，还写了一篇传诵一时的文章——《讨武曌檄》。徐敬业失败后，骆宾王下落不明。有人说他被杀了，有人说他自杀了，还有人说他逃走后不知所终了。

清代陈熙晋的《骆临海集笺注》是最好的本子，其中记载了一段关于骆宾王逃亡以后行踪的传说。相传武则天失败以后，曾依附她的宋之问被贬得很远。有一次，他经过杭州，在灵隐寺里过夜。那天晚上的月色很好，他出来散步时，突然间得了两句诗："鹫岭郁岧峣，龙宫锁寂寥。""鹫岭"，就是灵隐寺对面的一座山峰，据说是从印度的灵鹫山飞到杭州来的，所以叫"飞来峰"；"岧峣"是山高的样子。他说，在灵隐寺就看到对面高大雄伟的鹫岭。"龙宫"，由于灵隐寺在西湖旁边，而西湖的水中相传有龙王，又因为是夜里，所以显得格外寂静、寥廓。这两句诗气象确实不错，可是他怎么也作不出下两句来了，就在走廊上一边徘徊一边念诵。这时，过来一个老和尚，问宋之问在干什么。等他说明情况后，那老和尚就说："好，我给你接两句：'楼观沧海日，门对浙江潮。'"他说，站在寺楼上可以看到东海的日出，而灵隐寺的寺门正对着那边的浙江潮，是那海水入潮的地方。宋之问认为这老和尚的诗作得果然是好，第二天早晨打算再去拜望此人，却不知道他到哪里去了。有人传说这老和尚就是当年的骆宾王，他讨伐武则天失败后，就隐藏起来做了和尚。当然这只是一个传说，正史上并没有记载，我们不可完全取信。

总而言之，这是骆宾王的一段简单生平。下面我们要讲的是他的《在狱咏蝉》。

在狱咏蝉

西陆蝉声唱，南冠客思侵。

那堪玄鬓影，来对白头吟。

露重飞难进，风多响易沉。

无人信高洁，谁为表予心？

这是作者在唐高宗仪凤三年（678），因为上书议论政事，触忤了皇后武曌，因此被诬以贪赃的罪名而下狱，在狱中所作的一首诗。在初唐那种复杂的政治背景下，读书人所采取的立场是不同的。有的人站在中间的立场；有的人看到武后的权力大，就去依附她；而还有一些人比较正直，他们看到当时的政治有不对的地方，就上书谏劝，结果往往因此而获罪，被那些一心想讨好武后的人打到监狱里边去。骆宾王就属于最后一类人，他遭陷害而入狱的那一年秋天，有一次听到外面蝉叫的声音，就写了这首《在狱咏蝉》。

他说："西陆蝉声唱，南冠客思侵。"这两句是相对的。"西陆"对"南冠"，"西""南"都表示方向；"陆""冠"都是名词。"蝉声"合起来是个名词，指蝉的叫声；"客思"也是名词，指这个人内心的情思。"唱"是动词；"侵"，当然也是动词，可有的版本是"深"，好像是个形容词的样子。这里你要注意，在中国的诗歌里边，无论形容词或者动词，它都是一个述语——可以补足完成一个叙述的，所以它们的性质相近，可以相对。这首诗的首联就是对句，我们上次已经讲过，这叫"偷春格"。

另外我们知道，中国诗歌有赋、比、兴三种写作方法，而这首诗是属于比的。为什么这样说呢？从形象上看，他虽然是从蝉声写起的，可是他实际是用蝉这个形象来比喻人，来寄托自己的情志。从结构上看，第一句"西陆蝉声唱"写的是"物"，也就是蝉；第二句"南冠客思侵"写的是"人"，即作者自己。在这两句之间，人与物是对举的。当然，你要欣赏诗歌，就必须注意它的形象和结构，这是古今中外之所同。不过，欣赏中国的诗还要注意一点，就是以前我常常提到的"传统"的问题。这在西方诗歌中也有，但与中国不同。因为中国古代的诗人都是由同一种教育培养训练出来的，他们读书的背景也大致相同，因此阅读时能产生一种传统的共鸣。这是欣赏中国诗歌很重要的一点，也是西方人读中国诗歌感到困难的一点。

　　我们来看骆宾王的这首诗，他说"西陆蝉声唱"，"西陆"指秋天，"西陆蝉声"说的是秋天的蝉声。在中国古典诗歌里边，"秋蝉"是有一个传统的。汉代的《古诗十九首》中就说过"秋蝉鸣树间"，这首诗写的是孤独、寂寞与悲哀；到了曹魏时期，曹植在《赠白马王彪》中也写道"寒蝉鸣我侧"，而这首诗同样表现的是悲哀的情感。还不止如此，如果我们考证一下这首诗的写作背景就会发现，曹植在表现这种悲哀之中还有一点暗示的意思。因为当时曹丕做了皇帝，非常担心他的兄弟们跟他夺权，他对于曹植、曹彪很不谅解，处处监视他们的行动，限制他们的自由，所以曹植这首诗在表现悲哀中还暗示了受迫害的意思。这就是"秋蝉"在中国诗歌中的传统——凡是说到秋天的蝉，就会使人联想到悲哀、孤寂，联想到受迫害。在这首诗中，作者骆宾王在狱中听到蝉的鸣叫，同样引起了这样一种共鸣，所以他接下来说"南冠客思侵"。"南冠"是囚犯的代称；"客"是一个人，实际上就是作者自己，但他不说"我"，而说"客"，是为了推远一步距离。中国人常常用一两个别的字来代替"我"，比如有些女孩子在男友面前撒娇，她不说"你为什么不给我怎么样"，而是说"你为什么不给人家怎么样"，"人家"其实就是她自己！

"西陆蝉声唱，南冠客思侵。"这两句是说，我听到秋蝉的鸣叫，就引起我做囚徒的客思。"侵"是扰乱的意思，作者的情怀显然被蝉鸣声扰乱了，这还不只因为"蝉声"这一典故能引起人悲哀的感觉。如果你在中国北方住过的话，你就会发现，夏天的蝉，它吵得很响，而秋天的蝉，它总是这么断断续续地叫，那个声音本身就给人一种凄凉的感觉。所以在这样的背景下，那凄凉的蝉声自然引起了作者内心的许多感慨。

现在就有一个问题出现了，因为这样说起来，由西陆的蝉声引起我内心的愁思，这不是"兴"吗？可是，你若从整首诗来看就会发现，他不是很自然的感发，而是有心地在"比"，他是用蝉来比喻人。比与兴有时候很难截然划分开，如果用两个圈来代表，它们中间是可以交叉在一起的。你看朱熹在讲《诗经》的注解时说"兴而比也"，"比而兴也"。他认为"比"和"兴"可以结合起来：它是"兴"，但它中间有"比"的意思，这是"兴而比"；有时候，它虽然是有心在"比"，可它是用感发的形式表现出来的，这是"比而兴"，骆宾王这首诗就是这样的。

颔联两句："那堪玄鬓影，来对白头吟。"上次讲王勃的那首《送杜少府之任蜀州》时，我们说它的首联相对，用的是"偷春格"，所以其颔联的对仗就相对放松了一些；还说其尾联的"无为"两个字贯穿下来，"无为"什么？是"在歧路儿女共沾巾"，是不要这样做。现在骆宾王这首诗也是如此。他说"那堪"——使我悲哀到不能忍受的是什么？是"玄鬓影来对白头吟"。可以看出，这两句不是左右的平衡，而是上下的相接，属于"流水对"。"玄鬓"，曹魏时有一个宫女，把头发梳成蝉翼的样子，被称为"蝉鬓"；蝉是黑色的，人的头发也是黑色的，所以他这里就用"玄鬓"——黑色的鬓来代表蝉了。"玄鬓影"，中国古人说到好的头发，常常说是"鬓影"，比如形容一个女子，说她有"衣香鬓影"。对于蝉本身而言，当然无所谓什么影不影，可是他用"玄鬓影"代表蝉，是来对"白头吟"的。这个"白头"指的是人，"玄鬓"指的是蝉，两个连起来：我所不能忍受的，就是它对着我鸣叫。你看，首联那两句之间虽然有关系，是蝉声引起我内心情思的扰乱，可它的关系不是明白的，你可以把它分开："西陆蝉声唱"是一件事情，"南冠客思侵"是另一件事情。但是在颔联这两句中，物与人结合起来，他们之间就有了一个比较直接的关系了。

　　另外，关于"白头吟"还有两个出处。一个是汉乐府的杂曲歌辞中有古歌一首："座中何人，谁不怀忧？令我白头！"他说，座中之人谁的内心没有忧伤呢？而忧伤使得我的头发都白了。当然他此时并不见得真的"白头"了，这只是以白头来表示他忧心的深重。还有一个典故是西汉卓文君的故事。卓文君本是四川大富商卓王孙的女儿，新寡后回到娘家居住。有一次卓王孙在家里宴请当时一个很有名的文学家——司马相如，其间司马相如弹奏了一支《凤求凰》的曲子。那卓文君早就听说过司马相如的文名，这次偷偷一看，结果发现这个人的人品、才华、琴艺，一切都好！于是半夜跑到司马相如那里。后来两个人就结婚了，可是不久，司马相如喜欢上了另外一个女子，卓文君很悲伤，就写了一首题为《白头吟》的诗。诗中说，我本希望能跟你白头偕老，可没想到现在你对我的感情竟然改变了！所以，这"白头吟"三个字还是一首诗的题目。"那堪玄鬓影，来对白头吟"，如果按照严格的文法，"影"是名词，"吟"是动词，二者不能相对。可是在这里，"玄鬓影"之所以能与"白头吟"相对，是因为"玄鬓影"三个字结合，可以成为一个名词；而"白头吟"因为有一个出处，它同时也就相当于一个名词了，这就是中国诗歌复杂的变化之处了。

这首诗确实很妙！我们说首联一句写物，一句写人；到了颔联，人、物并举，彼此之间发生了直接的关系，但蝉还是蝉，人还是人，二者仍旧可以分开。

现在我们来看颈联两句："露重飞难进，风多响易沉。"这两句的结构，以及整首诗的变化，就又深一层了。"露重"是景物，到了秋天，晚上的露水已经很浓了。那浓重的露水沾湿了蝉的翅膀，它要想飞起来的时候，是"飞难进"——再也飞不动，不能向前进了；秋季多风，秋风的力量越来越强，所以蝉所发出来的悲哀的鸣叫就"易沉"，它很容易被风吹散，没有人再听得到了。这两句表面上写的都是物，可实际上完全在喻托，是即物即人。他所说的是什么？"露重"，其实就表示他当时所处环境的恶劣——武则天专政，政治方面的压力很重，他想要有所作为，却不能够成功。所以说蝉"飞难进"，就是说他自己没有办法在政治上进取；"风多"，这个"风"表示外界对他的迫害和摧残，他不是被人诬陷而下到监狱里了吗？"响易沉"，他不是也曾上书武则天，提出来一些忠言的劝告吗？但结果怎样？还不是一样没有人听，一样沉落消散了！可见，他虽然表面上是在说蝉，而事实上每一句说的都是他自己。

最后两句："无人信高洁，谁为表予心？"好，他现在是写人了，"予"，明明就是"我"的意思嘛。不过，他虽然表面上像是在写人，但实际也是在写蝉。他说，没有人相信我的高洁，同时也可以指蝉的高洁。为什么说蝉高洁呢？因为蝉住在树枝上，当然是高了。而且，据说蝉餐风饮露，从来就不吃昆虫之类的东西，所以它没有污秽。我们知道，老虎是肉食动物，它不吃肉就不能生活。你如果与那些非吃肉不可的老虎说居然可以不吃肉，它决不会相信的，这怎么可能呢？同样，蝉从不吃污秽的东西，可谁又相信它的高洁呢？

讲到这里，我想起我从前看过的一本小说，是一个犹太裔的德语作家 Franz Kafka（弗兰茨·卡夫卡）所写的，名为《饥饿艺术家》。他说有一个艺术家从来不吃饭，结果大家都不相信，就把他送到马戏团，用铁笼子圈起来，当作一个怪物来展览。没有人给他送饭吃，他自然也不能出来。就这样，大家还是猜测，说一定是夜里有人趁我们都不在的时候，偷偷地给他送饭了。后来，这个艺术家被放出来，人们拿了很多好东西给他吃，他说："我不是故意不吃，也不是故意要表演我的不吃给你们看，而是我看到这些食物就呕吐——我根本不能吃！"卡夫卡的这篇小说完全是一个比喻。《左传》上就说过"肉食者鄙"——那些每天只知道搜刮钱财、争权夺利的人是卑鄙的。如果周围都是些争权夺利之人，而你却说你不争权夺利，你有你的理想，那些人是不会相信的。

所以骆宾王说："无人信高洁，谁为表予心。"我真的是高洁的，可是没有一个人相信我的高洁；我真的不吃肉，可是也没有人相信我不吃肉。我为了谁，又向谁来表白我这一份高洁的情意呢？"予心"，这个"予"指的是骆宾王自己，同时也是蝉，是即人即蝉。

在这首诗中，物与人起初是分开的，然后慢慢地并举，慢慢地合拢，最后蝉与人完全混合在一起，即蝉即人，即人即蝉，他是一步一步向前推进的。

附：

骆宾王的《帝京篇》与卢照邻的《长安古意》交相辉映，堪称歌行双璧。《帝京篇》为乐府曲辞名，唐太宗曾作《帝京篇》十首，为五言八句。骆宾王则将《帝京篇》扩展为长篇巨制。诗歌突破了乐府旧题歌功颂德的束缚，描绘京城的繁荣、宫室的华美、贵族的奢靡、官场的倾轧、世情的无常等等，内容丰富，展示了全盛时代的气度风貌，又给予世人居安思危的警示与思考。因文采出众，当时传遍京城，被誉为"绝唱"。

帝京篇（节选）

古来荣利若浮云，人生倚伏信难分。

始见田窦相移夺，俄闻卫霍有功勋。①

未厌金陵气，先开石椁文。

朱门无复张公子，灞亭谁畏李将军。②

相顾百龄皆有待，居然万化咸应改。

桂枝芳气已销亡，柏梁高宴今何在？③

春去春来苦自驰，争名争利徒尔为。

久留郎署终难遇，空扫相门谁见知。④

莫矜一旦擅豪华，自言千载长骄奢。

倏忽抟风生羽翼，须臾失浪委泥沙。⑤

---

①这两句写刚见田蚡和窦婴相互争权，不久便听到卫青和霍去病得封将军。

②这两句大意是显贵之中再无张放张公子，灞亭无人惧怕李广李将军。

③这两句大意是美人香消玉殒，置酒柏梁台、群臣和诗的盛况不再。桂枝，指贵夫人。汉武帝《伤悼李夫人赋》："桂枝落而销亡。"

④这两句中诗人借颜驷"三世不遇，老于郎署"，魏勃为丞相扫门以求引荐来表达自己怀才不遇。

⑤这两句大意是沉浮在顷刻之间。抟风，旋风。失浪，比喻失势。

"才名括天地"的陈子昂

陈子昂，字伯玉，梓州射洪（今四川射洪）人。射在这里不念shè，做地名时应念yè。他在武后初当政时，上《大周受命颂》，得到武后的重视，并授以官职。初任麟台正字，后迁右拾遗。"遗"就是遗失、遗漏；"拾"是把它捡起来。也就是说，你看到国家的政治有什么缺点、疏失之处，就要进行谏劝，这是一种监察性的官职。在唐朝的诗人里边还有一个人也做过拾遗的官，就是杜甫，他做的是左拾遗。你看，有这么多的拾遗，左边也"拾"，右边也"拾"，可还是"遗"了那么多，唐朝的政治还是有那么多缺失与错误。做了右拾遗以后，陈子昂屡次上书言事。陈子昂的上书"言多切直"，他说话非常恳切、直率，应该说什么就说什么；他不怕"触忤权贵"，不害怕得罪当时的当权派。他议论"益国"——对国家有好处、"利民"——对人民有好处、"刑狱"——应该怎么样秉公执法、"边事"——对于边疆少数民族的一些战争等等问题，都能够针对事实，提出自己的见解，而不是书生的空言。他曾经主张"息兵"，就是不要常常打仗，要使人民有安定的生活。可是，他并不反对所有的战争，对于契丹的叛乱，他曾经自请从军征讨；但对于中国人从亚洲去攻外边的羌人，他极力劝阻，认为无缘无故地去侵犯别人，不仅对国家人民有害，而且对于奸臣贪夫有利，因为有些人会借战争来发财。可见，他反对的是不义的战争。所有这些都证明他是有识见的。

万岁通天（武则天年号）元年（696），陈子昂自请从军，跟随武攸宜去北方与契丹作战。武攸宜是武则天本家的侄子——很多人做官都是靠裙带关系，中国自古以来就是如此的。可是，依靠裙带、依靠权势攀缘上去的人往往没有什么真才实学，武攸宜这个人就是很昏庸的。陈子昂看到武攸宜带兵做了很多不该做的坏事，就请求武攸宜分配给他一万人作为前驱，一再进言，被武攸宜所憎恶，并受到降职的处分。后来，他就辞官回到了故乡。据说，陈子昂事亲甚孝，是当地有名的孝子。本来，他回到故乡，远离了政治的漩涡，按理说就应该平安无事了。但是你要知道，政治上的迫害有时是非常残酷的。我们说陈子昂不是与武氏家族结下了仇怨吗？当时武攸宜是在外领兵打仗的；在朝廷里掌权的也是武家的人，名叫武三思。所以，当陈子昂回到梓州老家之后，武三思、武攸宜这些人就买通了梓州射洪的县令段简，诬陷陈子昂，说他家里的钱财是不正当的。就这样，他们以莫须有的罪名把陈子昂下到监狱，后来他就死在监狱里了。

下面，我们来结合当时的文学特点说说陈子昂的诗歌创作。

总的说来，初唐诗人是注重声律的。可是，当声律刚刚形成的时候，由于作者运用得还不纯熟，他们比较容易受对偶、平仄等很多方面的拘束，所以就把注意力重点放在诗歌的形式上，这样做的结果，就是使得诗歌中的感发力量相对减少了。

历史的演进总是正反合这样一个不断发展的过程，诗歌史的演进也是如此。所以，当初唐近体诗的发展出现了过于讲究形式这样的偏颇时，陈子昂便提出了"复古"的主张。他在《修竹篇序》中说："汉魏风骨，晋宋莫传……齐梁间诗，采丽竞繁，而兴寄都绝。"陈子昂认为，汉魏时代的诗歌有"风骨"。那什么是"风骨"呢？中国传统的文学批评不像西方文学批评那样有非常周密的理论系统，它不是很逻辑性，很理论性的，而是很印象式的。它常常喜欢用一些非常抽象的词汇，比如"风骨""风力""风神""风采"等等。什么是"风"？什么是"骨"？

　　齐梁时期，中国的文学批评有了很大的发展，产生了两部非常重要的文学批评著作——钟嵘的《诗品》与刘勰的《文心雕龙》。在这两部书里，他们就特别地提出"风""骨"两个字。"风"，如果用科学的解释，就是指空气的流动。不但风本身是活动的，而且风碰到物，也会使物活动起来：风吹在树叶上，树叶就摇动了；风吹在水上，水面就起波纹了。所以，"风"是一种动力。在具体作品中，"风"就是一种感发的力量，这是我对"风"字的比较现代化的解释。对于这种感发力量，中国古人没有用这么很理性、很明白的话说出来。在汉魏之间，在齐梁之间，他们说这个是"风"；到了宋朝的严羽，就说诗里边要有"兴趣"；再到清朝的王士禛，又说诗里边要有"神韵"。其实归结起来，所谓的"风""兴趣""神韵"等等，其主要的要素都是说诗歌里边要有一种感发的力量，只是他们所用的名词不同，所说的感发力量的范围也不一样。

　　形成感发力量的因素很多，其中的一种因素是"骨"，那什么是"骨"呢？对于人和动物而言，骨是使之能够站立起来的一种支柱。那什么东西使你的作品挺立起来呢？一个是要有非常真切、实在的内容；再一个就是要有很好的组织结构。所以"风骨"就是由内容思想结合了句法、章法而传达出来的一种感发的力量。我们讲诗歌的结构（Structure），说它不仅要有平平仄仄、仄仄平平这些外表文字的结构，还要有一个情意进行的情意的结构，而汉魏诗歌的感发力量，正是从它情意本质这个主干产生的。像"行行重行行，与君生别离。相去万余里，各在天一涯"，它虽然没有平仄，没有对偶，但仍然能够从其情意主干、句法结构中传达出一种强大的感发力量。这就是陈子昂所要提倡的"汉魏风骨"，而这种传统到了晋、宋时期，就"莫传"了，它没有能够继承下来。

当然，也不是说凡晋、宋之间的诗人都受到这种影响。因为诗歌的演进是一种有生命的演进，其中有时代的因素，也有个人的因素；而真正杰出的天才，往往能以其个人因素打破时代因素的局限。陶渊明就是这样一个作者，他完全超越了一些外表的形式，而直接写出了自己的本心。所以你一定要知道，虽然陈子昂说"汉魏风骨，晋宋莫传"，但有少数人是可以在时代中超越出来的。

接着他说，"齐梁间诗，采丽竞繁，而兴寄都绝"。晋宋以后就是齐梁，而齐梁之间，就到了沈约他们讲"四声八病"的时候了。陈子昂批评这时的诗风，说是"采丽竞繁，而兴寄都绝"。"采"是辞藻；"竞"是说大家比赛，看谁写得更美；"兴"就是我们所说的感发；"寄"是指诗歌里边有深刻的含义。齐梁之际，人们只注重外表辞藻的华丽与声调的和谐，结果就产生了一种流弊——有句无篇，也就是说，他只会写一两句漂亮的对偶，却没有整篇的内容与结构的组织，没有整篇的感发的力量，是死板的文字。针对这种流弊，陈子昂就提出要恢复"汉魏风骨"。

本来，诗是写志言情的。由于大自然的物象与人事界的事象引起人内心的感动，在心为志，发言为诗，这是很自然的一种感发。我们知道，由外物引起人内心的感动是"兴"；内心有了感动，用外物来做比喻是"比"，这个本来很单纯，可是汉儒们解释《诗经》中的"比兴"时，却增加了一些内容。比如他们说"兴"，就是"见今之美，嫌于媚谀"，也就是说，现在的时代有美好的政治，而一天到晚地歌功颂德，这样直接来赞美就觉得没有意思了。所以为了避嫌疑，就用外物来起兴。"关关雎鸠，在河之洲。窈窕淑女，君子好逑"，就是说因为看到外界的鸟成双成对，从而联想到人也应该有美好的伴侣；但中国一向比较注重伦理道德，认为不应该谈爱情，于是汉儒就将《关雎》一篇说成是"后妃之德"。这还不是说那"窈窕淑女"可以做皇后或可以做皇妃，而是说"后妃"们不妒忌，要替君王选择这样的"淑女"做嫔妃。因为"见今之美，嫌于媚谀"，所以就用一个形象——在沙洲上嬉戏和鸣的一对关雎鸟来起兴。那么"比"呢？他们认为，"比"是"见今之失，不敢斥言"。也就是说，现在的政治不好了，而你因为怕获罪，不敢直接批评它，所以就用别的事物来比喻。像《硕鼠》："硕鼠硕鼠，无食我黍。三岁贯女，莫我肯顾。"他本来写的是那些身居上位的剥削者，可不敢直说，便用一只大老鼠来做比喻。所以经过汉儒的解释，比、兴就有了美刺或讽喻的政治意味了。这个传统影响到诗歌的创作及批评方面，人们就认为，如果一首诗只写一个外物的形式而没有讽喻美刺的意思，那就是肤浅。

关于"比兴"已如上面所述，那什么是"风雅"呢？"风雅"就是指《诗经》里边的《国风》以及大、小《雅》的诗篇。从《国风》中可以看到当时的民俗与人民的生活，大、小《雅》则关系到当时的政事。而且，《风》《雅》里边有很多是有寄托的作品，像我们前面所举的《硕鼠》就是这样一个例证。

陈子昂主张追步建安、正始时代的作者。建安的诗风一般说起来，也是关心时事，而且有所寄托的。正始时代，最有名的作者就是阮籍和嵇康二人。嵇康的诗比较直率，阮籍的诗则寄慨遥深。阮籍写了《咏怀》八十一首，所谓"咏怀"，就是抒发自己内心的一种感发的情意。这些诗虽然表面上写的都是眼前身畔的风景情事，可里边却有很深刻的寄托，这对陈子昂产生了很大的影响。我们说陈子昂主张复古，但任何时代都不可能是完全复古的。历史的车轮永远不会倒回来转，它不会再回到那个原始的起点。陈子昂不会完全回复到阮籍的那个"古"。那么，他到底回到哪里去了呢？既然他开始注重感发的情意，那究竟是谁感发的情意？我们说这当然是陈子昂自己感发的情意。就是说一个诗人，要写你自己心中真正使你感动的情意，而不是把你的精神完全放在什么平平仄仄、仄仄平平的对偶上去。陈子昂之后，李白、杜甫都是从这里转出来的，他们也重视到自己感发的情意了。所以陈子昂的口号虽然是复古，可他实实在在是创新了。

陈子昂的文学主张在唐代产生了很大的影响。后来的韩愈说：

只有当陈子昂出现后，才带领人们走上了一个更高远的诗歌创作的境界（《荐士》"国朝盛文章，子昂始高蹈"）。可以说，陈子昂是从初唐到盛唐的一个转折型人物。

在诗歌创作方面，陈子昂标举"风雅""比兴""汉魏风骨"，《感遇》诗三十八首代表了他实践的成绩。他或者感慨身世，或者讽谏朝政，写得慷慨沉郁，里面蕴藏了深厚的感发力量，类似于阮籍的《咏怀》。中国古代有这么一个传统，就是凡抒写自己情志的诗篇，合起来给它起一个名字，叫作《感遇》啦，《咏怀》啦，《古风》啦等等，这样一写就是好几十首。当然，这几十首诗也不是说一天就写出来的，而是平常哪天有感慨就写几首，最后归到一组里边去。陈子昂的三十多首《感遇》诗都是写自己的情意，难免会"辞繁意复"——辞、意有重复之处，有时甚至"不免于拙率"——因过于不雕琢而显得比较浅薄、粗率了，但是因为这些诗的内容具有深刻的现实意义，所以不能不承认它们是革新风气的优秀作品。也正因为如此，陈子昂的诗为后来的现实主义大诗人杜甫以及主张"为时""为事"而写诗的白居易所极为称道。

下面我们就具体看一首陈子昂的《感遇》诗：

感遇（其二）

兰若生春夏，芊蔚何青青。

幽独空林色，朱蕤冒紫茎。

迟迟白日晚，袅袅秋风生。

岁华尽摇落，芳意竟何成？

我们先看题目：什么是《感遇》？中国传统上一直很重视所谓的"知遇"，"遇"就是遇人知用的意思——你得到一个被人了解、被人欣赏的机会，这就是遇。当然，人有很多时候是"不遇"，就是说你终生也没有碰到一个真正了解并欣赏你的人。人生有遇有不遇，"不遇"当然是一种悲哀，可"遇"就一定是幸运吗？世界上的事情不是这么简单的。即使你遇了，也要看一看你所遇的是什么人。如果你遇而没有遇到一个好人，那同样是一种悲哀。武则天被中国旧传统认为是叛逆的、不道德的，如果武则天用你，你被用还是不被用呢？这是很重要的一种抉择和考验。陈子昂生在武后的时代，除非他甘心终生被埋没，那他就不用出来做官了，但是他偏偏不甘心！他是一个有才能、有理想的人，也希望自己的才智能够有所用，他一定要实现自己治国平天下的理想。最终，他出来做官了，而武则天也欣赏他了。可是，他遭到了什么样的结果？他不是被贬官了吗？后来，他不是选择了隐，辞职回家去了吗？他回家后的下场又如何？他不是还被下到监狱里，最后就死在监狱里了吗？所以中国古代的读书人，他们在遇与不遇之间所面临的仕和隐的抉择与考验，确实有很多令人悲慨的地方，这正是陈子昂之所以写《感遇》的道理。

　　这首诗是从物象写起的，但是，陈子昂并非只写了眼中所见的物象。

　　"兰若生春夏，芊蔚何青青"。"兰"是兰花，"若"是杜若，二者都属于香草，是芬芳美好的植物，而用香草来代表美好的生命、才能和理想，早在《楚辞》中就出现了。屈原在《离骚》中说：

"余既滋兰之九畹兮，又树蕙之百亩。"在《湘夫人》中他又说：
"搴汀洲兮杜若，将以遗兮远者。"诸如此类，在《楚辞》里面常可
以见到。而且，这些美人香草往往是用来比喻品德美好的君子的，
这是中国诗歌的一个传统。"兰若生春夏"，他说，兰花与杜若这两
种香草生长在春夏之间。春天是生命萌发的季节，兰若在春天发芽
长叶，到夏天就长得很茂盛了，所以，"芊蔚何青青"。"芊蔚"是
指草木茂盛的样子；"何"是叹美之辞，也就是我们现在所说的"多
么"；"青青"二字通"菁菁"，读作 jīng jīng，也是指草木茂盛的
样子。他说，你看那些兰花与杜若，它们在春夏之间生长得多么
茂盛！

在这里我还要补充说明一点。我们不是说陈子昂主张复古吗？
他一方面用了《诗经》中比兴的传统，一方面用了《楚辞》中美
人香草的传统；不止如此，他还用了《古诗十九首》中叠字的传
统。《古诗十九首》的第一首是《行行重行行》，第二首是《青青
河畔草》，第三首是《青青陵上柏》。当然，用叠字也不是从《古
诗十九首》才开始的，早在《诗经》中，像什么"关关雎鸠""蒹
葭苍苍"等等，就已经开始用叠字了。所以，我们说陈子昂提倡复
古，他不仅有理论，而且有实践，他的"复古"绝不是一个空洞的
口号。

"幽独空林色"，这一句的句法相当凝练复杂，而这正是初唐
近体诗的风格。"空林"，是说空寂的山林。如果有人问，那山林
中又有兰花，又有杜若，怎么能算是空？我们说，既然说是林，自
然就有一大片树；有一片树，就会有草木鸟兽，这当然不空。所谓

"空者，无人之谓也"。没有人来往的山林是寂寞的山林，所以是"空林"。"空林"怎么样？"空林"有一种境界，有一种情趣。它是"幽独"的。什么是"幽独"？谢灵运说："潜虬媚幽姿，飞鸿响远音。"（《登池上楼》）王维说："独坐幽篁里，弹琴复长啸。"（《竹里馆》）"幽"就是幽静；"独"就是孤独。空林之中久无人到，自然是幽静的；兰若生长其中，无人欣赏，当然是孤独的。什么又是"空林色"呢？我们说兰若在空寂的山林之中，幽寂而且孤独，而这种幽寂与孤独就形成了兰若的一种品质、一种丰姿，这就是它的色。你如果仔细观察周围的人就会发现，有些人能够做到安心自处，看上去和悦而且安详，像陶渊明说的："托身已得所，千载不相违。"（《饮酒》）可是有些人做不到这一点，他的神色永远是不安定的。因为他没有找到自己安身立命的所在，他不知道自己究竟在哪里，他总是向外驰逐，被一切外在的事物所影响、所转移。兰若也有它的"色"，有它的品质与丰姿。中国古人常说："兰生空谷，不为无人而不芳。"尽管生在无人的山谷中，没有人欣赏它，可它依旧是美丽而芬芳的，它有一种安于寂寞、不求人知的境界和情趣。如果有人欣赏，那当然好；如果没有人欣赏，它也不会因此而自暴自弃，觉得反正也没有人欣赏自己，于是甘心堕落，就此坏下去了。不过话又说回来，对于一个美好的生命而言，毕竟应该有人欣赏它，才不至于辜负它的一生。

接着一句："朱蕤冒紫茎。""朱"是红色；"蕤"，本来指草木的花叶茂盛而且下垂的样子。如果是刚刚含苞的花蕾，它是不会下垂的，所以这里的"蕤"指的是盛开的花朵。"冒"是说长出来，从哪里长出来？从"紫茎"——紫色的花茎上长出来的。我们知道，凡是很鲜嫩的草木，它的梗上常常在绿色中透着一点点暗紫的颜色，所以这两句是说，兰若在春夏之间长得很茂盛，它的红色的花朵是从那绿色透紫的花茎上长出来的。好，从第一句"兰若生春夏"一直到第四句"朱蕤冒紫茎"，他都是在讲花的美好，接着后边两句，就有了一个突然的转折："迟迟白日晚，袅袅秋风生。"假如我们将这首诗整个的情意结构画一个图解的话，当他写到第四句时，就达到了一个顶峰，然后忽然间一跌——"迟迟白日晚"，就"袅袅秋风生"。这个转折传达出很强的感发力量，他前面给了你一个美好的形象，可是忽然间一个打击——都完了。《离骚》中说："日月忽其不淹兮，春与秋其代序。惟草木之零落兮，恐美人之迟暮。"积时成日、积日成月，慢慢地，一天天过去了。在早晨太阳刚出来的时候，你也许觉得这一天还有很长时间，那太阳似乎移动得很慢。可是，就在这慢慢的移动之间，这一天就过去了，而且永远不会再回来了。"迟迟白日晚"只是说一天的消逝，而"袅袅秋风生"则是说一年之将终。"袅袅"是风吹动的样子，前面说兰若生长在春夏之间，当春天夏天都过去后，那袅袅的秋风吹起来了。如此日复一日、年复一年，人生转眼便到了迟暮之年。

这两句在形式上是排比的，不仅是由一天到一年，而且接连两个都是消逝，加起来后，感发的力量就非常强大。另外，这两句是对偶的，其平仄为——｜｜｜，｜｜｜———。如果是律诗，其平仄应该是———｜｜，｜｜｜———，其中，第三字的平仄不太严格。我们说陈子昂提倡复古，而一般说起来，古诗里边的对偶句，其平仄不像律诗中的对偶句那样严格，所以这两句诗就不是十分的律诗的声调，而是有一点古诗的味道了。前面我们说陈子昂在其诗中用了《诗经》《楚辞》中的传统，而他的诗也确实体现了初唐诗歌的一些风气，他把古诗的一些特色与唐诗的一些特色、古人的寄托与他自己的生平结合得非常好。

最后两句："岁华尽摇落，芳意竟何成？"这两句写得真是悲哀！"岁华"是一年的芳华，整整一年有多少美丽的花？我们说春天从最早的迎春开到最后的荼蘼，一共有二十四番花信！然后是夏天的荷花、秋天的菊花，一年之中不断有花朵开放。可是等到冬天，不管你是兰花，不管你是杜若，就算你是再美的花，也"尽摇落"——都完全零落了。屈原在《离骚》中曾说："余既滋兰之九畹兮，又树蕙之百亩。"他说，我辛辛苦苦地种了这些花草，可是结果怎么样？都枯干了，都烂死了。后边他又说："虽萎绝其亦何伤兮？哀众芳之芜秽。"就算我种的九畹兰、百亩蕙都枯死了、灭绝了，但我悲哀的还不是这些，而是所有的花草都死了。为什么这样的人间竟不能让一朵花开放？为什么所有美丽的花草都被风霜摧残而死了呢？这是屈原的悲哀。到了盛唐的杜甫，他写了两首《秋雨叹》，其中有几句说："雨中百草秋烂死，阶下决明颜色鲜。"他说各种花草都在秋雨中烂死了，只有台阶下的一棵决明依旧开得很美丽。可是它真的能够活下去吗？"凉风萧萧吹汝急，恐汝后时难独立。"虽然你现在开得还很好，但风雨没有停止，那萧萧的凉风吹到你的身上，不但是"吹"，而且"吹汝急"，多么强烈地吹在你的身上，所以我担心你是否能够再支撑下去，你还能支撑多久？恐怕过不了几天，你再也不能独自开放，于是跟别的花草一样烂死了。最后他说："堂上书生空白头，临风三嗅馨香泣。"这真是神来之笔！本来是写草木的凋零，却忽然间笔锋一转，说：我很同情你，我希望能够把你留下来，可是我一个读书人，白白地过了半辈子，现在头发都白了。我甚至连自己都不能保全，又有什么办法挽救你生命的凋零呢？所以，当凉风把你的花香吹过来的时候，我闻到你那么多的馨香；想到如此美好的生命却没有办法保全，眼看着你零落却没有办法挽救，我不由得流下泪来。

所以你看，中国的诗真是很奇妙。从《楚辞》中屈原的感慨，到陈子昂的感慨，再到杜甫的感慨，他们所传达的都是因为美好生命的凋伤而引起的生命共感。现在我们还回到陈子昂这首诗中来，他说："迟迟白日晚，袅袅秋风生。"这两句带着一种警动的力量。也就是说，它使人的心里感到一种警觉。在日月的推移中，在秋风的吹动下，所有的兰花与杜若都凋零了。你开的时候不是很芬芳吗？那芬芳不是你的品质与心意吗？你有这么芬芳美好的心意和品质，你也很珍惜它，也想在这一生一世中好好地完成自我，可结果却都在袅袅秋风的摧残下完全凋落了，你的"芳意"——由本质到理想所结合起来的那种美好的情意，"竟何成"呢？这句的"竟"与上一句的"尽"都是很有力量的字。"竟"是说到底，你到底完成了一些什么？生长在一个空寂的没有人的山林之中，你美好的资质得到过人的欣赏没有？你发生过什么作用？没有，你白白地开了，又白白地谢了。

我们说陈子昂复古。在魏晋之间，有一个叫左思的人就写过这样的一句诗："铅刀贵一割。"他说，刀的用处是割东西。就算你不是钢刀，只是一把铅刀，你既然叫作刀，也总应该割一下；不然，你就失去了作为刀的意义和价值了。所以一个人，不管你做什么事情，你要能够把你自己最好的品质和能力表现出来，完成些什么，这才是好的。可是，你不见得有这样的机会。有的人一生没有遇到这样的机会，所以就"岁华尽摇落，芳意竟何成"。如此看来，陈子昂这首诗毫无疑问地表现了一种不遇的悲哀。

附：

登幽州台歌

前不见古人，后不见来者。
念天地之悠悠，独怆然而涕下。

一般的五言诗每一句都是二、三的停顿，像"青山——横北郭，白水——绕东城""云霞——出海曙，梅柳——渡江春"等等都是如此。可是陈子昂的"前不见古人，后不见来者"虽然也是五字句，但它的停顿，是"前——不见古人，后——不见来者"，或者是"前——不见——古人，后——不见——来者"，也就是一、四或三、二的停顿。所以它最后一个节奏就是两个字或四个字了。我们按照诗句最后一个节奏中字数的奇偶，把奇数的句子叫"单式句"，偶数的句子叫"双式句"。因为五言诗基本上是二、三的停顿，七言诗基本上是二、二、三或者四、三的停顿，这都是单式的。陈子昂这首诗用的是双式句，所以是诗中的一个例外。

"念天地之悠悠，独怆然而涕下。"本来，"念天地悠悠，独怆然涕下"就可以了，可陈子昂在这两句中加了两个虚字——"之"和"而"，表示了某种语气。一般的诗句往往是名词、动词、形容词等实词组合而成的，它不用什么"之、乎、者、也、已、焉、哉"之类的虚词，虚词常常出现在散文之中。现在，这两句诗用了类似于散文的句法，这是第二个例外。

可见，这首诗之所以有特色，一个原因是它的字数不整齐，属于"杂言"；另一个原因是它的节奏属于"双式"的停顿；再有一个就是它用了类似于散文的句法。正是由于这首诗用的不是陈言滥调，它与一般的诗有很多不同之处，所以它才给了我们一种很直接、很鲜锐的感受。

和雅清淡的张九龄

张九龄，字子寿，韶州曲江（今广东韶关）人，擢进士后又以道侔伊吕科策高第。"擢"，就是通过进士的考试。在唐代，一个人考中了进士以后，并不是马上就可以给他官做的。所谓考中进士，就是说你够进士的资格了，如果要让你担任一定的官职，还需要再经过一次考试。张九龄考中进士后，又参加了"道侔伊吕科"的考试。"策"也叫"策问"或"对策"，是唐朝的一种考试的方法。通常是先出一个与国家的政治、经济等问题有关的题目，让你来回答相应的对策。看一看除了读书读得不错以外，你在行政方面还有什么能力。这种"对策"分为很多特科，你参加并通过了哪科的考试，将来就要按照这一科来分配给你一定的官职。张九龄参加的是"道侔伊吕科"。"道"是指一个人各方面的修养；"侔"是说相等；"道"与谁"侔"？与"伊吕"。"伊"指伊尹，他是辅佐商朝开国的一个最好的臣子；"吕"指吕尚，也就是姜太公，他是辅佐周朝开国的一个最好的臣子。在这科的考试中，张九龄考得名次很高，后来授官为左拾遗，累官至中书侍郎同平章事，这就相当于宰相的地位了，所以孟浩然有一首《望洞庭湖赠张丞相》，就是写给张九龄的。

张九龄为官直言敢谏，是玄宗朝有声誉的宰相之一。他曾经预料到安禄山一定会谋反，并主张早一点消除这个隐患，可是玄宗没听他的话。后来安禄山真的叛乱了，玄宗已是后悔莫及。玄宗晚年时宠信口蜜腹剑的李林甫，而张九龄被李林甫所忌恨、排挤，最终被罢免了宰相之职，去荆州做了长史。

张九龄的作品不事雕琢，不求华艳，超越了当时的风气，一向为世人所推重，大家都以为他的文章诗篇真的有挽救时世的功效。当时的另一位文人张说曾经赞美张九龄的文章，说它如"轻缣素练"，也就是说，它好像一匹轻软的丝绸、洁白的丝练，并不是织得很花俏，染得很绚丽，却有其实实在在的用途；他还说张九龄的诗"和雅清淡"，也就是写得很平和、淡雅而且清丽。有人认为，他开了王（维）、孟（浩然）、储（光羲）、韦（应物）等山水田园诗人这一派比较轻逸的作风。他也写了一些《感遇》诗，大多运用比兴来寄托讽喻，继承了魏晋的优良传统。他的作品收入了《曲江集》。

我们知道，初唐诗歌注重平仄对偶的形式，但缺少了思想情感的内容，为此，陈子昂提倡复古。张九龄正是受陈子昂所提倡的复古风气影响的一个作者。可是我还要补充一点，就是一般说起来，张九龄的作品可分为前、后两期。他前期因为在朝廷做官做得很大，所以写了很多应制的诗篇。所谓应制，就是陪着皇帝作诗。陪皇帝作诗，就要歌功颂德，那根本不能写出自己真正的思想感情，所以他在这一阶段所写的诗歌并不是很好的。被贬荆州以后，他就可以写自己内心真正的思想感情了，这一时期的诗篇表现出鲜明的个性，我们从中可以看到，他确实受了陈子昂的影响。

下面，我们就来看他的一首《感遇》诗：

感　遇

兰叶春葳蕤，桂华秋皎洁。

欣欣此生意，自尔为佳节。

谁知林栖者，闻风坐相悦。

草木有本心，何求美人折？

"兰叶春葳蕤，桂华秋皎洁。"前面我们说，形象与情意之间的关系永远是诗歌中最重要的问题之一。这首诗同样是以两个对举的形象开头的：一个是兰，一个是桂；一个是叶子，一个是花朵；一个是春天，一个是秋天。这两句写得非常简劲，而且它的概括性很强，它虽然只说了一兰一桂，却代表了不同时节的各种草木植物：有兰也有桂，有花也有叶，有春也有秋。"葳蕤"，是形容草木茂盛的样子。兰叶在春天长得很茂盛，而且这种叶子本身就带有香气。"皎洁"是有光彩的样子，桂花在秋天开放，多是黄白色的，所以看上去显得很有光彩。

接着，"欣欣此生意，自尔为佳节。"我们都说草木欣欣向荣，所以"欣欣"是指生命蓬勃而有生意的样子。无论是兰叶的葳蕤还是桂花的皎洁，不管是春天还是秋天，它们都是欣欣向荣，表现了一种生命的力量。"自尔"，"自"是自己，"尔"是对方，"自尔"就是彼此、各自的意思，"自尔为佳节"就是说它们各自形成了一个属于自己的最美好的季节。这一句说得很有哲理：兰花，你不用跟桂花去比，你在你自己应该生长的季节——春天，好好地生长，完成你的使命就可以了。同样，如果是荷花，它只是在夏天的几个月中开得最美好，它也完成了自己。它并没有跟兰花去比，说："你在春天就开花了，那时候我怎么还没有长出来呢？"它也没有跟桂花去比，说："你到秋天还在开放，可到那时我却零落了。"它只是在它应该开花的六七月间开得很完美，这样就已经完成了它自己美好的生命、美好的季节。人也是如此，我们不必跟别人去比，也不必向外去求，关键一点是看你有没有把自己最美好的本质发展和完成。

"谁知林栖者，闻风坐相悦。"本来草木的开花是草木生命本身的一种规律，可是谁想到有"林栖者"——那些在山林之中隐居的人，就"闻风坐相悦"。"闻风"在这里有事实的和比喻的两个意思：事实的意思是说，因为兰叶与桂花本身就有芳香，所以吹过兰、桂的风自然是香风，于是这种香风就被林栖者真的闻到了；至于比喻的意思则是说，这种"风"即兰桂的风格——一种芬芳美好的品格，所以这里的闻就不一定是用鼻子闻，而是说他们知道并欣赏了这种美好的品格、美好的事物。"闻风"怎么样？就"坐相悦"，"坐"是因此；"悦"是爱慕欣赏。赏爱的结果如何？一般人爱花，往往要把花折下来，插在自己的花瓶中；或把它从山里挖出来，种在自家的花盆里。因为凡是带有爱赏感情的同时，往往也就带有某种程度的自私心理，我们不是常常说"爱是自私的"吗？他爱赏了，就想据为己有。所以这两句是说，它们没有想到，那些隐居山林的人闻到兰叶桂花的香风，产生了一种爱赏的心理，就要把它折走，移到自己的家里去。

最后，"草木有本心，何求美人折？"我们说兰桂开花是为了别人的欣赏吗？是为了让别人把它折下来作为装饰吗？当然不是，草木有它的本性，它开花是它的一种本能。中国古人说："兰生空谷，不为无人而不芳。"兰花即使生在一个空寂无人的山谷中，它也不会因为无人欣赏就不香了，因为芳香是它的本性。屈原在《离骚》中也曾经说："不吾知其亦已兮，苟余情其信芳。"他说，如果我的感情确实芬芳美好，就算你们都不了解我，那也就算了，这都是向内求的。所以张九龄说："何求美人折？"何必要求有一个美人把你折去？不用说不好的人，就算是好的人——美人来折你，你也不需要了，因为你已经完成了自己。

从这首诗中我们可以看出，张九龄确实受到了陈子昂的影响。只是陈子昂所写的都是向外追求，有待于人才能完成的自我价值；而张九龄所写的，则是无待于人，不需要别人欣赏而自己完成自己的价值。

附：

望月怀远

海上生明月，天涯共此时。

情人怨遥夜[①]，竟夕起相思。

———————

① 情人：有情谊之人。　遥夜：长夜。

灭烛怜光满，披衣觉露滋。

不堪盈手赠①，还寝梦佳期②。

"海上生明月，天涯共此时"出句写景，点明诗题中的"望月"；对句由景入情，点明"怀远"。接下来，诗人不写自己望月思念对方，而是悬想对方望月思念自己的情状，构思奇巧。诗中还运用了"遥夜""竟夕""露滋"这些反映时间变化的意象来表现诗人细腻入微的情感。

结合张九龄受李林甫排挤，被贬为荆州长史的遭遇，本诗不仅仅是一首带给我们感动和启发的情诗，它恐怕还寄寓了诗人对融洽和谐的封建君臣关系的渴望，也因为如此，它被前人认为是"五律中《离骚》"。

①不堪：不能。　盈手：满手，指把月光捧满手中。
②还寝：回去睡觉。

诗中隐士孟浩然

　　孟浩然，湖北襄阳人。传记上记载得很简单，只是说他生于武后永昌元年（689），卒于玄宗开元二十八年（740）。早年隐居在湖北的鹿门山，四十岁以后才来到首都长安求仕，失意而归等等。

　　我们现在看孟浩然的生平，虽然书上写得很简单，但是你如果真的读过孟浩然的诗，再结合他的诗来看他的生平，就知道这里边有非常复杂的情况。一般以为孟浩然是一位不甘隐沦却以隐沦终老的诗人，这不完全正确。我们从一开始讲唐诗，就提到中国读书人的意念中所不能摆脱的仕与隐的情意结：你是求仕呢？还是求隐呢？我认为，就其本性来说，孟浩然是喜欢自然放旷的隐士生活的。事实上，他早年也一直在鹿门山过着隐居的生活。而且，孟浩然的故乡——襄阳这个地方的风景很美。在中国古代，这是一个隐居的风气特别盛的地方。

　　关于孟浩然自然放旷这方面的天性，我们可以引用与之同时代的其他诗人对他的评价来证明。王士源与孟浩然处于同一时期，他比较年轻，也是湖北人，非常仰慕孟浩然的才华。孟浩然死后，他觉得孟浩然既然没有正式做过官，历史上不一定会有他的传记，而这么风流文采的一个人，从历史上默默无闻地消失了，是件很可惜的事情。所以他就搜集孟浩然散佚的诗篇，编成了一本诗集，这样才使孟浩然的诗得以流传下来。在这本集子的序中，王士源是这样叙写孟浩然的，他说，这个人"骨貌淑清，风神散朗"。所谓"貌"，是指人外表的形貌；"骨"，是指人的风骨精神，是由内向外表现出来的一个人的整体风度。"淑"是美善的意思，《诗经》上说"窈窕淑女，君子好逑"，所以这个"淑"不只是形体之美，而是一种品格之美，是美与善的结合。"清"就是很清秀而不落尘俗的样子。有的人，你一看就是凶恶的面貌；而有的人，一看就是和善的面貌，这就是骨貌的差异了。再看"散朗"。"散"，是不受拘束、潇洒自然的样子。有些人当然人品不错，也很规矩，可是太缺少情趣、太死板了。你跟他说话时，因为他不自在，你也就跟着他一起不自在了。"朗"，就是光明磊落。有的人，你一看他，或者一跟他说话，就觉得他怎么老是钩心斗角、隐隐藏藏的？中国儒家说"君子坦荡荡"，"小人"才"常戚戚"呢。因为君子"仰不愧于天，俯不怍于人"（《孟子·尽心上》），你内心没有亏欠，表现出来才是光明磊落的样子。从王士源这两句话可以看出，孟浩然不管是内在的骨，还是外在的貌，都给人一种潇洒自然、不落尘俗的印象。

接着说他做文章"文不为仕，伫兴而作，故或迟"，他写文章不是为了求做官，也不去写那些时髦的追随风尚的文章，而是等到自己内心真的有了感发才写，所以他不是写得很多很快的那类诗人。后边接着写孟浩然的为人，他说："行不为饰，动以求真，故似诞。"他无论做什么事情，都不虚伪，不做外表的装饰，一举一动都是真诚的，所以一般的世俗人看来，就觉得他好像太放诞了。

最后说他的交游："游不为利，期以放性，故常贫。"中国人说，"游"有几种情形：一个是宦游，这在以前讲王勃、杜审言时我提到过了；另一个是游学或交游，就是交朋友的意思；再有，我们现在不是常常说旅游、游览吗？而"游不为利"的游，在这里应该指交游。他说，孟浩然交朋友不是为了一些自私自利的目的，他无论到哪里去，都不是为了升官发财，也不是为了找机会赚钱。他虽然也到过很多地方，结交了很多朋友，但那都是任凭自己天性的自然——我喜欢谁就是谁，我愿意怎么做就怎么做。有些人交朋友总是看对方有没有可利用的价值，而孟浩然不是这样，结果游来游去，越来越穷。这就是王士源笔下的孟浩然，从以上描写可以看出，他是很欣赏孟浩然的。

不但王士源这样赞美他，就连被称为"谪仙"的天才诗人李太白，都写过这样一首诗来赞美他：

> 吾爱孟夫子，风流天下闻。
> 红颜弃轩冕，白首卧松云。
> 醉月频中圣，迷花不事君。
> 高山安可仰，徒此揖清芬。

从李白、王士源等人的描写中我们不难看出，孟浩然早年的隐逸并不是故作高姿态，是他果然有风流浪漫、任性适意的一面，他在本质上确实有喜爱自然放旷的接近于隐居生活的那种性情。所以，孟浩然早年的求隐并不是虚伪的，我们很难说这不是出于他自己的选择。

可是，现在问题就出来了。你既然不愿意受束缚，一直隐居在鹿门山，诗作得好，人又潇洒，可为什么在四十岁时忽然来到长安，而且表现出很强烈的求仕的愿望呢？

一个原因可能是因为他恐怕生命的落空，像陈子昂所说的"迟迟白日晚，袅袅秋风生。岁华尽摇落，芳意竟何成"，当人生开始走下坡路的时候，他忽然想要出来做一点事情。另外一个原因，可能是因为他的"家贫亲老"。据历史上记载，孟浩然中年以后，"慈亲羸老"，他的母亲病弱而且衰老了。当然，求仕的动机有很多，一般来讲，第一是为了实现治国平天下的政治理想，可是还有别的情形呢。孟子就曾经说过："仕非为贫也，而有时乎为贫。"（《孟子·万章下》）也就是说，读书人求仕本来不是为了解决贫穷问题，你不应该把做官当成赚钱的手段；但是有的时候，人确实是因为贫穷，为了养家才出来做官的。尤其是中国儒家的传统非常讲究孝道，你说你自己甘愿挨饿受冻，这个别人无话可说，可是你怎么能忍心让你的父母跟你一起挨饿受冻呢？那就是不孝了。所以，"家贫亲老"可能是孟浩然出来求仕的第二个原因。那么第三个原因呢？我认为，第三个原因与当时的历史背景有关。孟浩然早年隐居襄阳时，正是武后当权、朝廷多乱的时候。到了后来，玄宗继位，开元年间的政治清明，可比美于太宗的"贞观之治"，所以被称为"盛世"，这个时候，你出来还是不出来？《论语》上说："邦无道，富且贵焉，耻也。"如果皇帝昏庸，政治腐败，你在这个时候为了个人的私利去做官、去逢迎拍马，虽然富贵了，但这是可耻的。又说："邦有道，贫且贱焉，耻也。"如果皇帝重用贤人，励精图治，真的要使国家走向美好的道路，这时候你应该出来做些事情，而你不肯尽你的力量，你没有出来，以至于贫贱，这也是可耻的。中国古人从小就读《论语》《孟子》等书，满脑子里都是这些古圣先贤的话，孟浩然当然也不例外，所以无论是他早年的求隐，还是中年以后的求仕，我认为这都与当时的政治背景有很密切的关系。

既然孟浩然的本性并不适合求仕，而他终于出来求仕了，那么求仕的结果又如何呢？

我们知道，孟浩然诗写得好，人的风度也好，所以他来到长安后，马上就得到很多人的欣赏，像王维、张九龄、张说、王昌龄以及我们刚才提到的李太白等，都是非常欣赏他的人。历史上记载了这样一件事情，说是有一天，孟浩然与京师的很多人在省中聚会。什么是"省中"呢？在唐朝，中央政府的机关有三大部门，分别是中书省、尚书省和门下省，大致相当于现在中央的各部。因为当时王维、张九龄等人都在中央政府工作，而孟浩然是他们的朋友，所以才有机会一同来省中聚会。那时正值秋天，秋霄雨霁，于是他们就要即景联句，联到孟浩然这里，他念道："微云淡河汉，疏雨滴梧桐。"这两句诗没有雕琢造作，没有用什么漂亮的辞藻，而是用很平淡的句子，把秋霄雨霁这样的景物写得自然贴切、高旷广远而且不落尘俗，他真的是能够一下子就掌握到大自然中的一种精神美丽的地方。所以，当他说完这两句后，"举坐嗟其清绝，咸阁笔不复为继"（《孟浩然集·序》），在座所有的人都慨叹地说："啊，这两句太好了。"都很佩服他，于是纷纷放下笔，不敢再往下联了。

由这件事可以看出，来到长安后，孟浩然确实以其风流文采使首都的文人而为之倾倒了。

孟浩然一共到过京师两次，第一次去参加考试，他本以为自己能够考中，结果偏偏落榜了。当他失意而归，经过河南南阳时，天又下了大雪。此时此刻，阻雪对于他来说，一方面是阻碍，另一方面也未尝不是一个借口——因为阻雪，我可以暂且守在这里徘徊，考虑考虑究竟是回去还是不回去。所以不久以后，他又回到长安，做了第二次的努力。可是，他一直没有能够找到一个做官的机会。

有这样一个传说。一次，孟浩然去省中拜访王维，不料玄宗皇帝亲自到这里来视察了。本来，省中是办公的地方，怎么可以随便招待朋友呢？所以王维就让孟浩然暂时藏在床底下——因为工作人员有时要值夜，所以省中有床，这在唐朝是有记载的。等到皇帝来了以后，王维一想，我把他藏起来，有一天万一被皇帝知道了，这可是欺君之罪。于是他马上就向玄宗禀报说，今天有一个朋友孟浩然来这里了，他知道本不该来，不敢见您，所以藏在了床下。玄宗说，我也听说过孟浩然，这人的诗写得不错，叫他出来好了。等孟浩然出来后，玄宗就让他念一首诗给自己听，孟浩然就念了一首《岁暮归南山》：

岁暮归南山

北阙休上书，南山归敝庐。

不才明主弃，多病故人疏。

白发催年老，青阳逼岁除。

永怀愁不寐，松月夜窗虚。

　　"北阙"是指北方的朝廷。因为他来到长安考试没有考上，所以很不得意。他说，从此后我不要再上书求仕了，我要回南山隐居到我的草庐之中。我这个人真的是没有什么才干，所以虽然是圣明的君主也不用我；因为我体弱多病，老朋友们也跟我疏远不来往了。现在，我头上已经长了白发，催促着我一步步走向衰老了。春天已经来到，和暖的阳气逼走了旧年的寒冷。我心中有一种长久的怀思向往，这使我不能成眠。晚上辗转床榻间，就看到窗外月光下的松树的影子，只觉得一片空虚。这本来是他贫穷、衰老、不得志的一些牢骚话，结果皇帝听罢就说："卿自不求仕，朕何尝弃卿！"——当初是你自己不出来做官，不参加科举考试，怎么说是我抛弃了你呢？所以玄宗很不高兴，而孟浩然也一直没能得到一个做官的机会，他的第二次长安求仕又失败了。

　　当然，孟浩然也曾经向当时的一些有权位的人求过机会，比如他曾经干谒过张九龄，但张九龄做丞相时并没有机会能够给他安排一个职务，等到张九龄在政治斗争中失败而被贬到荆州后，才聘请他在自己手下做过短时期的一个卑微的小官。后来，张九龄离开了荆州，他也就失去了这个职务。所以，孟浩然平生没有什么仕宦。起初，他耻还故园，到处漂泊，因为他出来是想解决家里的贫穷问题，可游来游去，不仅贫穷问题没有解决，一官半职都没得到，就连带出来的路费也花光了，因此他曾经贫困潦倒，在旅途上漂泊了很久。最后，他实在不得已，终于又回到了故乡。孟浩然在晚年真的是有一种落空的悲哀：不但精神上有落空的悲哀，而且在物质生活上也是极度的贫穷。

杜甫曾写诗说："吾怜孟浩然，裋褐即长夜。"他说，我真的很同情孟浩然，他老年时贫病交迫，穷到什么程度？在冬天寒冷的夜晚，他连被子都没有，冻得不能安眠，于是披着"褐"——一种粗布衣，眼睁睁地守住那漫长的冬夜，等待天亮。同是写孟浩然，你看前面我们讲过的李白那首诗，他说："吾爱孟夫子，风流天下闻。"李白比杜甫大十一岁，他所写的还是比较追求隐居的早期的孟浩然，他看到了孟浩然性格中潇洒放旷的一面；可是杜甫写的是求仕失败后的孟浩然，他看到了孟浩然落魄失意的那一面。所以，不同性格、不同经历的人，即使在同一个环境中，他们对于生活的反映和吸收也是不同的。杜甫这个人能够注意到民间的疾苦，因此他的诗常常反映的是人间的艰苦患难的生活；而且杜甫本人也曾经流离失所，备尝生活的艰辛，所以他眼中的孟浩然自然不同于李白眼中的孟浩然了。

就在这种贫苦不幸、仕隐两失的折磨中，孟浩然在故乡襄阳度过了自己的残年。祸不单行，后来他背上又生了疽。"疽"就是一种毒疮，北京的俗语称之为"搭背疮"，据说长了这种疮很不容易治好，而且这种病人不能吃海鲜之类的食物。开元二十八年（740），诗人王昌龄来襄阳拜访他，二人相聚甚欢。因为襄阳这里盛产鱼类，所以孟浩然吃了一些海鲜，致使本来已经稍稍平复的毒疮重新发作，不久便死去了。那一年，他六十二岁。

下面我们来看他的一首诗，题目是《早寒江上有怀》。这首诗没有一句是落空的、失败的，它每一句都有每一句的感发作用，句与句之间互相生发，连成一个感发的整体，所以是很完整的一首诗。

早寒江上有怀

木落雁南渡，北风江上寒。
我家襄水曲，遥隔楚云端。
乡泪客中尽，孤帆天际看。
迷津欲有问，平海夕漫漫。

这真是孟浩然开拓了盛唐诗风的一首诗。盛唐诗风的特色在哪里？你要掌握一个人，就一定要掌握他的时代。唐朝有这么多诗人，同样写山水田园，王（维）、孟（浩然）、韦（应物）、柳（宗元）每个人都不一样，更何况山水田园之外的李（白）、杜（甫）呢？所以各人有各人的诗风，这就如同天下人都是两只眼睛、一个鼻子，可人人不同。若自其异者而观之，每一个个体都是"个相"，是不同的生命；若自其同者而观之，则一个时代有一个时代所形成的共同诗风的一种"共相"。当然，也不是说每个时代都是如此，一定是这个时代有它自己的开创和拓新，而且一定要有多数的作者。一个人，你怎么能形成一个时代的诗风呢？在中国诗歌史中，如果说有形成共同诗风的时代，而且引起后人共同注意的，有两个时代，一个是建安时代的五言古诗，另一个就是盛唐的诗风。

先说建安时代。我们知道，《诗经》是四言的。从汉朝有了乐府诗开始，就有了五言诗的兴起，而建安时期是五言诗成熟的时代。此时的诗风很盛，作者众多，有三曹父子来提倡，建安七子等很多人追随他们，于是形成了建安的诗风。建安的诗风是什么？就是所谓的"汉魏风骨"。关于"风骨"，我们之前讲陈子昂时已说得很详细了，这里不再重述；至于盛唐时的诗风，我们要详细介绍一下。

大家知道，初唐是从齐梁近体诗到盛唐诗的一个过渡，盛唐则是近体诗成熟的时代。近体诗是讲韵律和声调的，而中国古代的诗人一向注重吟诵的传统。所以当他们吟诵的时候，他的情思的感发，就结合着声调和韵律的感发一起出来了。凡是真正有作诗经验的人都是如此，所以杜甫说"新诗改罢自长吟"，又说"诗罢能吟不复听"。如果说汉魏诗的特色是以"风骨"为好，那么盛唐诗的特色则是以"兴象"为主。什么是"兴象"？就是结合了内心感发的大自然的景象。盛唐的近体诗最注重直接的感发，它往往不是思索出来的。你看陈子昂的《感遇》诗，他注重思想性，用了"比"的手法；可盛唐的诗歌常常是由大自然的景象引起诗人内心的一种感动，"兴"的成分比较多。不但如此，盛唐的开元盛世，整个国家这么强大，开阔博大的政治气象自然影响了诗人及其作品的风貌。还不只是说写高兴的，写崇高伟大的诗有这种气象，就算是写悲哀，他们的悲哀也是开阔博大的。所以一个国家，一个时代的运命，常常与文学的风气结合在一起。

"木落雁南渡"，古人讲"木落"的"木"，就是树叶的意思。《淮南子》中说"木叶落，长年悲"，当树叶黄落的时候，年龄大的人就会感到悲哀。中国自古以来就有悲秋的传统，从屈原、宋玉到我们刚刚讲过的陈子昂都曾有过这样的悲慨。所以你看，他虽然写的是景物，但"木落"两个字本身，在中国就有这么久远的传统。另外，中国的古书中还常常说到雁。早在《汉书·苏武传》中，就有这样一段记载，说苏武本是汉朝人，他作为使者去了匈奴，匈奴逼迫他投降，他不肯，于是被扣留在匈奴最北边的一个湖旁，据说就是现在的贝加尔湖附近，当时叫作北海。后来，汉朝的人听说苏武还活着，就派使者去匈奴要人，匈奴人说苏武已经死了。汉人说，我们曾经在天子的上林苑中打猎，射中了一只雁，雁足上系着一封帛书——因为雁是候鸟，所以它从北方的匈奴飞到南方的汉朝来了。于是匈奴人放了苏武，苏武回到了汉朝。所以此后凡说到雁，就容易引起鸿雁传书的联想。此外，曹丕写过一首《燕歌行》，写一个女子在南方，而她的丈夫到北方的燕地当兵去了，其中有这样一句："群燕辞归雁南翔，念君客游思断肠。"天上的雁可以自由自在地飞来飞去，而客居他乡的人却不能像鸿雁一样，想回家便可以回家，所以这就又多了一重联想。"木落雁南渡"就是说，当树叶黄落的时候，天气转凉了，这时北雁南飞。它可以找到一个温暖的地方栖居，而我什么时候才能归去呢？在这一句中，"木落"是时间上的感觉；"雁南渡"是空间上的感觉，简单的五个字，虽没有一字言情，却在景物中蕴含了这么久远的传统，带出一种感发力量来。

接着，"北风江上寒"。他说，当北风吹起来的时候，我，一个在江边的旅客，就特别感觉到寒冷——这种寒冷还不只是身体上的寒冷，而且有心灵上孤寂寒冷的感觉。此时，北风的寒冷，江边的孤旷，时间的无常，空间的漂泊，都凝聚在这两句诗所描绘的背景中了，自然能引起人的感动，所以他接着说："我家襄水曲，遥隔楚云端。"在古代，湖北是楚国的地方。中国东南部地势低，所以长江从西到东，一直向下游流去。如果从长江下游回望上游，那就是往高处望，也就如同在"楚云端"了。他说，我家就在襄水的水边上，从长江下游回望家乡，仿佛隔着天上人间那么遥远；我望不到家乡，只看到水天相接处的一片白云。

这两句不就是直接的叙述句？可是他写得非常好。我们先看他叙述的口吻"我家襄水曲"，这是直接的，而且很平常的几个字，先是"我家"。有的诗里边用了很多典故，像王勃的那首《送杜少府之任蜀州》，说"城阙辅三秦，风烟望五津"，他用典用得不错，这当然很好；而孟浩然这句诗没有用任何典故，写来却是如此的亲切。所以凡是文学或者艺术，没有绝对的好坏。不是说都用古典就好，也不是说都写得通俗就好；应该古典的时候就用古典，应该白话的时候就用白话。再看"襄水曲"，那真是写得美！"襄水"是很美的名字；"曲"是水边，你可以想象那里的风景之美，而且襄阳果然是一个山水风景非常优美的地方。这句话把自己的家乡写得那么亲切，那么可爱，充满了怀念的感情，但是后边马上说"遥隔楚云端"——如此美好的家乡，却被远远地隔在楚云的那一边。

"乡泪客中尽，孤帆天际看。""乡泪"是思乡的眼泪。当一个人刚刚与亲人离别，忽然到了一个人生地疏的地方，什么生活习惯都不一样了，这时你回忆起你在故乡的日子，有那么多可怀念的人和事，所以就流下泪来了。越是在离别不久的日子，你的这种感情就越强烈，如果已经在外乡漂泊了很久，再谈到故乡，也就不会那么容易激动了。所以他说，我已经飘零了这么久，眼泪都在旅途中流尽了。这是更深一层写自己的悲哀。"孤帆天际看"，我的家在襄水的水边上，而我现在却在长江的下游，我可以坐船回去，可究竟坐哪一条船呢？我什么时候回去？我看到广阔的江面上，一艘孤独的船帆向南方飘去了，于是我目送它的船影一直流到了天边。

刚才我说过，这首诗的前两句写景，但景里边充满了感发——它先带给你一种孤独寒冷的感觉；三四句是景、情之间的一个过渡，有了这四句，后面"乡泪客中尽，孤帆天际看"才更加使你感动，因为诗人把他自己眼中所见的景物，身上所感的感觉，先传达给你，于是把你也带到了他的环境之中。

最后两句："迷津欲有问，平海夕漫漫。"这两句把景与情完全结合在一起了。首先，"津"是指江边的码头、渡口。我不知道从哪一个渡口上船，也不知道坐哪一条船回去。这本来是现实的，可是他在"津"前加上一个"迷"字，就不只是说他在现实中找不到一个渡口了，而是说他在感情上也找不到一条出路——我到底是求仕还是求隐呢？如果求隐，家贫亲老，而自己已经过了四十岁，难道一生就此落空了吗？如果求仕，哪里又有一个机会让我去仕？活了大半辈子，忽然间觉得自己已经无路可走，这真是一种悲哀。所以我常常说，一个人，你应该知道如何完成你自己。像陶渊明，他虽然也贫穷，可是他在精神上最终完成了自我，他没有迷失，那就不再是"迷津"。可孟浩然当时真的是无可奈何，他说，我想问一个人，我应该怎么办呢？但我所面对的是什么？"平海夕漫漫"。

"平海"，指长江下游快要进海处宽阔的水面。一般说来，江水入海的地方，江面都很广阔，所以古称镇江以下的长江为"海门"，也就是入海的海口。那么什么是"平海"呢？其实，海没有平的，江也没有平的，"平海"是极言其广远的竟思。这一句是说，已经黄昏了，我面前是那么茫茫的一片大海，我究竟应该走哪一条路呢？总之，这首诗表达了孟浩然求隐和求仕两方面落空的悲哀，而他把这种茫然的、落空的悲慨写得非常好。"迷津欲有问，平海夕漫漫"，情与景完全结合到一起了。

综合起来，孟浩然写景的诗有三种：第一种是只写景物的形状而没有情意的感动；第二种写的还是风景，可是从外表的形状引起了内心的感动，在写实中表现了某种感受；第三种既是写实，也是象征，从表面的写实之中表现了象征的意思。所以孟浩然的诗很难讲，就是因为他表现了不同的层次、不同的方面。

知道了他如何写景，下面我们再看他如何写情。像"欲济无舟楫，端居耻圣明"（《望洞庭湖赠张丞相》）这样的句子，他写情只是一种说明，也就是直接叙写自己的情意，如同写风景只描写外表一样，这是他写情的第一种。第二种是情景相生，把景物与感情打成一片来写，比如"我家襄水曲，遥隔楚云端"（《早寒江上有怀》），这两句他想说的是什么？思乡。可是他并没有说："思乡欲断肠。"除此之外，孟浩然写情还有第三种方式，就是写情的本身。他不假借风景，也不划定框框来说明，而只是单纯写感情的活动，就自然透出一种感发的力量。比如"人事有代谢，往来成古今"（《与诸子登岘山》），不但写出了个人的悲慨，更写尽了人世间所有的盛衰变化，表现了一种古今循环不断的哲理。表面上看起来，这两句虽然是说明，可是他所说的是人世间一个最普遍的现象，所以它不但引发了诗人吊古伤今之情，也能给读者很多的感兴，任何时代的读者，在这种现象的包笼之中，都可以因读此诗而产生一种共鸣。

附：

与诸子登岘山①

人事有代谢②，往来成古今。

江山留胜迹，我辈复登临。

水落鱼梁浅③，天寒梦泽深④。

羊公碑尚在⑤，读罢泪沾襟。

---

①岘（xiàn）山：一名岘首山，在今湖北襄阳。

②代谢：交替。

③鱼梁：沙洲名，在今湖北襄阳。《水经注·沔水》载："沔水中有鱼梁洲，庞德公所居。"沔水即汉江，庞德公乃东汉襄阳名士、隐士。

④梦泽：即云梦泽。古时有"云""梦"二泽，在今湖北南部、湖南北部的长江沿岸一带低洼地区，后大部分因泥沙淤积成为陆地。

⑤羊公碑：指羊祜垂泪碑。据《晋书·羊祜传》记载，西晋名将羊祜镇荆襄时，常登岘山置酒赋诗，他对同游者慨叹道："自有宇宙，便有此山。由来贤达胜士，登此远望，如我与卿者多矣！皆湮没无闻，使人悲伤。如百岁后有知，魂魄犹应登此也。"羊祜死后，百姓感念其功德，在山上建碑祭祀。"望其碑者，莫不流涕"，所以又叫"堕泪碑"。

这首诗借古抒怀。首联以议论破题,"起得高古"。颔联点题,写登临岘山。"江山留胜迹"承上句之"古","我辈复登临"承上句之"今"。颈联为登山所见之景,水落天寒、洲浅泽深,烘托作者心境。尾联写对碑垂泪,慨叹羊公不在,感慨自己蹉跎无成。

王维：禅悟入诗

　　王维，字摩诘，人称摩诘居士，太原祁人。中国古人除去有姓名外，往往还有字和号。比如王维，他的名与字合起来是维摩诘，这是梵文的音译，本来是指一个印度人的名字，这个人是佛在世时的居士。所谓居士，就是相信佛法，但没有出家剃度而在家修行的人。出家就要离开家庭，离开人世间的一切关系和挂碍；而且出家的人就不能再要自己本来的姓氏而以释迦牟尼佛的姓为姓，比如释法云、释皎然等等。释迦牟尼本来是净饭王的太子，他看到人间的生老病死，有这么多痛苦，于是离家去修行，结果成佛了。在他还活在世间的时候，有一个叫维摩诘的居士。我为什么要讲王维的名字，而且特别介绍他的名与字之间的关系呢？因为我要提醒大家，王维是一个信佛的人，而王维之信佛有他家庭的因素。

　　中国古代很讲究门第，唐以前的魏晋时代还没有科举考试，选拔人才用所谓的"九品中正制"。就是把人分成上、中、下三品，然后每品再继续划分出上、中、下三等，所以共有九个品级。当时流传着这么一句话："上品无寒门，下品无世族。"也就是说，凡是分到上品的人，没有一个贫苦人家的子弟；出身于名门贵族的人，也不会被分到下品中去。我们知道，王维是太原人，而太原王氏是很有名望的家族。他母亲又是博陵崔氏，都属于世家望族，而且他母亲笃信佛教，这是一种潜存的因素，对王维以后做人、作诗都产生了相当大的影响。

王维的母亲信佛，所以王维受母亲的影响也信佛，但年轻人有年轻人的理想志意，所以他早年还是去积极求仕了。唐朝虽然有了科举考试，但一个人能否考中仍然受到有名或者没名的影响。如果你有名，就容易考中，否则很可能屡试不第，于是考生在考试之前，总是先要打出个知名度来。当时流行着"行卷"的风气。什么叫"行卷"呢？因为唐代的文字都是写在丝帛上然后卷起来的，所以有些考生事先把自己的诗文写下来，然后一卷一卷地送给当时的名公巨卿，这叫作"行卷"。

当然，打出知名度的手段很多，像我们以前讲过的陈子昂，他的做法更妙。我们知道，王维出身于名门望族，要想出名相对容易些；而陈子昂是四川人，你读李白的《蜀道难》就知道蜀地向来是与外界交通十分不便的地方。而且，陈子昂是四川射洪一个土财主家的子弟，十八九岁才用功读书，从四川经过千山万水来到长安，谁认识陈子昂呢？可是，陈子昂这个人非常聪明。来到长安后，他在大街上闲逛，看见有人卖一张古琴，价值千金，大家都在那里观望，却没有人买得起。他家里不是有钱吗？所以他当场把琴买了，并且对大家说，我特别懂得音乐，知道这是一张好琴，明天某个时间我会到这里来表演。于是这件事很快传开了，第二天果然去了一大群听琴的人。陈子昂拿着琴对众人说，这不过是小小的才艺，有什么了不起？我本来有更大的理想，更高的才智。接着他拿出自己的文章分送给大家。就这样，一日之间，他在长安城便声名显赫了。

那么王维是怎么样打出知名度的？你看他有这么多本钱：工书、善画、能诗、能文，又懂得音乐，而且在进京考进士之前，就已经在乡试中考取了第一名的解元了。所以他来到长安以后，就与王子公主们交往，人家都很欣赏他。据说有一次，岐王叫王维扮成一个音乐家的样子，把他带到公主府中，演奏了一支叫作《郁轮袍》的曲子。他演奏得很动听。演奏完毕，他又拿出自己的诗文来。公主觉得这个年轻人真是博学多才，就极力推荐他，于是王维高中进士。那是开元九年（721），他当时不过只有二十岁。

王维因为有音乐的天才，所以做了太乐丞。太乐丞是掌管皇家音乐的官职，本来他可以一帆风顺地做高官做下去的，可中间经过了一段挫折，因为他排演了一个黄狮舞的表演。中国的舞狮由来已久，但黄狮舞是不可以随便舞给任何人看的。在古代社会，等级划分得很严格，不但是舞狮子，就是人，你穿什么样的衣服，上边有什么样的花纹，也是不可以随便乱穿的。所以，黄狮只能舞给皇帝看，而王维私自舞了黄狮，因此就获罪被贬到济州，这是他第一次受到挫折。

可是，年轻人总是想再追求的。恰好那时的宰相是张九龄，而张九龄是玄宗朝一个非常有作为的宰相，于是王维给他写了很多书信，希望得到援引。张九龄当然也很欣赏王维，不久，在张九龄的帮助下，王维回朝做了右拾遗。后来，张九龄在与李林甫的政治斗争中失败，被贬到荆州，这对王维来说也是一个打击。在给张九龄的诗中，王维对他表示了同情，但王维并没有随他一起隐退。王维对于自己不喜欢的，甚至是厌恶的东西不能够采取一种决裂的态度，他始终不能放下他的官位。他是张九龄所推荐的，当张九龄被贬以后，他一样给李林甫写诗，与他应酬周旋。本来，玄宗早期的政治是很好的，可是自从张九龄被罢免、李林甫专权以后，国势日渐衰落。即使在李林甫做宰相的时候，王维仍然保持着自己的官爵，而且越升越高，以至做到了监察御史。

等安禄山攻占长安以后，这些没随玄宗离开的人沦陷贼中，安禄山逼迫这些人给他做官。一方面，王维当然不甘心依附安禄山侍奉伪朝，但他没有勇气去牺牲，只能做到消极抵抗，当时他吃了一种药，服药后"伴喑"，就装作不能讲话了。但另一方面，他还是接受了安禄山所授予他的给事中的官职。尽管事实上他以生病为理由不去执事，但名义上毕竟是接受了伪署。长安收复以后，按照律法，凡在沦陷区曾接受过伪署的人都要被三等定罪。王维虽做过伪朝的给事中，却没有被定罪：一是玄宗认为他对朝廷还是有一份忠爱之情的；二是因为王维的弟弟王缙没有沦陷在贼中，后来他参加了收复失地的战争，是个功臣，他替哥哥求情，所以王维就这样被赦免了。不但如此，朝廷还授予他太子中允的官职，乾元年间（758—760）任尚书右丞。

另一方面，王维虽然做着官，却一直有隐退之志。他曾经两度去山中隐居：一次是在终南山，还有一次在蓝田的辋川。所以，他既有做官的俸禄，又有隐居的闲适，那当然是仕隐两得了。终南山，是距离首都长安不远处的一座山；辋川在陕西蓝田附近，离长安也不太远，这里本来有宋之问的别墅。宋之问用逢迎讨好的办法赢得张易之、张昌宗兄弟的信任，所以在当时很有财势，于是在辋川置了一处田庄。后来王维就把这处田庄买下来，建造了他的辋川别墅，并在其中设置了很多景点。他常常请他的一位朋友裴迪到这里来游山玩水。两个人以那些景点的名字为题目，吟咏酬唱，各写了二十首五言绝句的小诗，编成一本集子，叫作《辋川集》。这是王维最有特色的一组诗，而且是前无古人的。

这一组写山水的小诗确实是别人没有而为他所特有的一种成就。我们现在既然说他的这一类诗超过了古人，就先要对古人有一个大概的认识，看一看古人写了怎样的山水诗。

一开始我就说过，中国诗歌是以抒情言志为传统的。所谓"诗者，志之所之也"，"情动于中而形于言"。那么，什么使人"情动于中"呢？一个是自然界的物象，一个是人事界的事象。如果再进一步分析，鸟兽草木是自然界的一种物象，山水也是自然界的一种物象，可是这两种物象又有所不同。因为鸟兽属于动物，草木属于植物，不论植物还是动物，只要是有生命的，你就可以看到它有一个从生到死的过程，你就容易与它产生一种生命的共感。所以，当你看到草木零落，就会想到美人迟暮，想到人的衰老与死亡。可是山水呢？它是无生命，没有生命的过程，不给人生命的共感，因此在中国早期的诗歌里边，写山水的非常少。你看《诗经》，像什么"关关雎鸠""桃之夭夭""硕鼠硕鼠"等等，这都是从自然界的现象引起人的感动的，但他所写的都是草木鸟兽，而这些草木鸟兽的物象，也只是作为人表达内心感动的一种媒介。比如《关雎》，他真正要写的不是雎鸠鸟，而是"窈窕淑女，君子好逑"。所以中国最早的诗歌没有单纯写山水花鸟的，尽管有些诗中写了草木鸟兽，它也是作为"比兴"的媒介出现的。

那么什么时候开始有了以写景为重点的诗呢？是在魏晋以后。刘勰在《文心雕龙》的《明诗》篇中把中国诗歌发展的历史做了一个简单的介绍，其中有一句说："宋初文咏，体有因革；庄老告退，而山水方滋。"他说当老庄思想从诗歌中减少了，山水诗的内容就逐渐增加了。他为什么这样说呢？我们知道，东汉末年，群雄蜂起，魏、蜀、吴三足鼎立，然后是曹魏灭蜀篡汉，司马氏又篡魏平吴，建立晋朝。后来晋朝发生了内乱，中国北方就此沦陷在外族人手中；而东晋偏安南方，后来被宋灭掉，接下来的宋、齐、梁、陈都是非常短暂的朝代，所以这是中国历史上变乱频繁的一个时代。在这样的时代背景中，人们开始对人生有了一种反省和思索，自然滋生了一种消极的思想。这时的士大夫们也不再以儒家修身齐家治国平天下作为人生的重点，而是热衷于清谈玄理，于是老庄哲学盛行起来。不仅如此，那些士大夫们一天到晚觉得这个世界太俗了，为了表示超然的态度，他们还要服食一种叫作"五石散"的药。这种药是用很多种矿石提炼出来的，据说吃了以后可以长生。可是，吃这种药还会引起身体上的反应，感到全身从里到外都发热。这时，皮肤就变得特别敏感，如果穿的衣服里边有一点不平的地方，都会使人觉得痛苦。所以你看魏晋人物的服装常常是宽袍大袖，看起来好像挺逍遥自在的，实际上都是他们身体的需要，非这么宽松不可。

现在我们就要讲了，那些魏晋名士们讲究养生，想要隐居、求仙，而在中国，凡提到隐士，总让人联想到神仙，因为他们隐居、修炼、求长生，就是希望能够成为神仙一样的人物。本来，老庄思想还只是单纯的哲学，并不是迷信，可是自从道家思想和古代方士们的修炼方法结合后，就产生了道教。道教认为你可以服食、可以长生、可以羽化而登仙。东晋文学家郭璞曾写过一组"游仙诗"。

一般说来，"游仙诗"主要写山居的生活，写山水自然、道家哲学等等。因为他们吃了五石散以后不能久坐，而要去散步，这叫作"行散"。"行散"就要在山水之间徜徉，他们看到的都是大自然的山水景物，所以他们在诗歌里不再只写有生命的草木鸟兽，也开始写无生命的山水了。于是中国诗歌里描写山水景物的成分越来越多，山水诗慢慢发展起来了，这就是刘勰为什么说"庄老告退，而山水方滋"的缘故。当然，早期的山水诗并不是单纯只写山水，而是常常与神仙宗教的信仰、与老庄的哲理结合在一起的。

出生于世家的谢灵运，性情任纵，喜欢奢华，不愿过那种谦卑委屈的生活。他在刘宋朝廷中放言高论，批评新朝，被贬为永嘉太守。因为仕宦不得意，他满腔悲愤，曾经一度学佛，也曾清谈老庄的玄理，但这一切都没有使他得到宁静。他想通过游山玩水来排遣心中的愤怨，结果还是徒劳。

谢灵运写山水只是刻画形貌，他写得非常仔细、繁富而且美丽，对仗也很工整，这种作风与王维是不同的。王维与谢灵运的山水诗的不同风格，就好像绘画中的两种不同的风格流派。你看王维的诗，所描写的景物都是平淡幽静的，而王维的画所描绘的，也都是平淡悠远的水墨山水，笔致非常空灵。那么谢灵运呢？他的风格是密丽工整，一切都展示在眼前，让你看得很清楚，而且色彩鲜明。唐朝有两种绘画的流派：一个是王维这一派，我们称之为南宗山水；另一派是李思训的北宗山水。你看李思训的画，都是涂了颜色的金碧山水，亭台楼阁密密麻麻的一大片。所以王维的诗接近于南宗平静淡远的水墨山水，而谢灵运的诗更接近于北派密丽工整的金碧山水，这是他们最主要的不同之处。

一般说起来，在王维的诗作中，五言诗比七言诗写得好，绝句比长篇写得好。什么缘故呢？因为王维是以感觉取胜的诗人，而感觉都是刹那间的直觉，你不能把它扩展。因此，王维的诗在思想感情方面就缺少了一种深度和广度。

下面我们介绍《辋川集》中的作品。

栾家濑

> 飒飒秋雨中，浅浅石溜泻。
> 跳波自相溅，白鹭惊复下。

"濑"是水石相击之所，如果只是平静的水流或只有岩石而没有流水，都不能叫"濑"。至于它叫"栾家濑"，可能是有什么姓栾的人曾在这里住过。总之，这里是以水石相击为景物特色的。

"飒飒秋雨中"，"飒飒"是风雨之声，当秋雨飒飒而至的时候，雨水从山石间哗啦哗啦地流下来。"浅浅石溜泻"，"浅浅"是说这不是一条很深的河，只是浅浅的流水。一般说来，越是浅水，从石上流下来，水石相击的声音就越大。"飒飒秋雨中"，是耳之所闻；

"浅浅石溜泻",是目之所见。还不止如此,"跳波自相溅",当水从上边的石头流到下边的石头时,水波就跳起来,所谓"自相溅",是说这边的水珠溅到那里,那边的水珠溅到这里,两边的水珠就这么跳来跳去。这时,一只白色的鹭鸶鸟被溅动的水珠惊起,在天上飞了一圈又落下来了。

这首小诗真的是妙!它写的是静态之中的一种动态,是大自然生命本身的一种活动。这里边有没有人的感发?有,但是别人一写,就有了自己的喜怒哀乐。这首诗里也有喜怒哀乐吗?没有,它是喜怒哀乐之未发。你说既然没有喜怒哀乐,那么他的心是动的还是静的,是活的还是死的?有人说,喜怒哀乐都没有,那他跟石头一样没有感情,他的心是死的。可是这首诗,妙就妙在他写出了大自然的生命动态之中人心里的动,虽没有形成喜怒哀乐的感情,但我们确实能感到他的心是动的,而这种心动,我实在要说,在日本的俳句中也有类似的表现。像松尾芭蕉曾写过这样的俳句:"青蛙跃入古池中,扑通一声!""青蛙跃入古池"与你何干?你听到"扑通一声"后心中有没有喜怒哀乐?没有啊,就是大自然的生命活动引起人内心的一动,它没有喜怒哀乐,这是很微妙的一种境界。而王维的这一类小诗最能够表现出这样的境界,这是别人没有写过而为王维所特有的成就。我们看一个诗人,一定要对中国诗歌的演进有一个整体的认识,然后把他放在整个历史背景中,看他究竟占怎样的地位。我们已经介绍了在王维以前中国山水诗发展的概况:魏晋六朝人写山水诗并不是纯粹写山水,而是从山水自然过渡到哲理;唐朝人写山水往往从山水自然过渡到感情。那么王维呢?王维写山水既不需要过渡到哲理，也不需要过渡到感情，他的特色就是把本来没有生命的山水自然写出生命来。在这一点上，他既不同于谢灵运的刻画形貌，也不同于孟浩然的情景相生。像《辋川集》这样的小诗，可以说是王维艺术家的手眼与禅理的妙悟相结合了。

下面我们再看辋川绝句中的另外几首诗，先看《鹿柴》：

鹿柴

空山不见人，但闻人语响。

返景入深林，复照青苔上。

"鹿柴"也是辋川别墅中的一个景点，"柴"字读zhài，与"砦"意思相同，就是我们普通说的篱笆，"鹿柴"可能是一个养鹿的地方。这首诗也是押的上声韵，韵字是"响"和"上"，"上"在这里读shǎng。上声是普通话的第三声，我们说不同的声调有不同的声音效果：平声比较平，是拖长的；入声有一个收尾，不拖长；去声是降下来的；而上声好像是沉下去再高起来，中间有一个转折，这一转折就有了一种悠远的感觉。诗歌之所以能唤起人的感发，除了形象以外，就是它的声音，声音跟形象结合得好，才能算是好诗。这首《鹿柴》正是声音与形象结合得很好的一首小诗。

"空山不见人"，"空山"就是寂静无人的山。"但闻人语响"，我认为王维这句诗有两种可能的解释：一种是现实的，山中有很多峰峦涧谷，有很多转折之处，有时候你看不见人影，却听得到人说话的声音，而且山里的回声很大，有时你能听到很清晰的回声，却找不到说话的人，这是现实的；还有一种是非现实的，就是说在空山之中，你虽然看不见人，可是你仿佛听到有人讲话的声音，这只是感受、想象的真实，而不是现实的真实。

接着，"返景入深林，复照青苔上。""返景"是落日的余晖，也就是太阳快要沉下去时反射回来的日光。他说，反射回来的日光照到深林之中；山石上长满青苔，所以那日光又照在青苔之上。这两句写的是寂静之中的一点动态，暮色之中的一点亮光，就是我刚才说的，突然间使你的内心有一种感动和警醒。这个很难说，也很难表达，但王维却把它很微妙地传达出来了。

王维诗的好处，就在于他既有画家对色彩、光影的细微的观察，又有音乐家对于声音的敏锐的感受，所以能够把大自然本身的生命掌握住。不只是掌握大自然的活动，他也能把自己内心喜怒哀乐之未发时的活动写出来，这才是他的诗最大的特色。

下面我们再看一首《辛夷坞》：

辛夷坞

木末芙蓉花，山中发红萼。
涧户寂无人，纷纷开且落。

"木末"就是树杪、树梢的意思。他说，在很高的树的枝头开着花，好像是芙蓉。一般中国人所说的芙蓉有两种：一种是木芙蓉，一种是水芙蓉。水芙蓉就是荷花；木芙蓉是种在陆地上的。这一句中的"芙蓉花"既非木芙蓉也非水芙蓉，而是辛夷花，因为这一处景点种的主要是辛夷花，所以才叫辛夷坞；因为辛夷花的颜色与芙蓉相近，所以他才说"木末芙蓉花"。"木末"极言其高，而"芙蓉"花朵较大，色泽鲜明，在那么高的地方，开着那么鲜艳的花朵，它的目标很明显，不是吗？同样写高处的花，杜甫怎么说的？"花近高楼伤客心"，杜甫与王维绝对不一样，你看他接下来就是人的感情了："万方多难此登临。"整个国家都在灾难之中，多少百姓饥寒交迫、流离失所，而现在春天这么美丽，高处的花朵又开了。杜甫不是为自己伤心，是为"万方多难"而伤心。"国破山河在，城春草木深。感时花溅泪，恨别鸟惊心。"花这么美，大自然这么美，更显出人间的悲惨！这就是杜甫，他一张口，感情就投入了。而王维呢？"木末芙蓉花"就是"木末芙蓉花"，是伤心？是快乐？他都没有说，可是不管怎么样，有一点是共同的，杜甫说"花近高楼"，所以才"伤客心"，就是说高处的花朵，它的形象和位置明显，特别引人注目。

接着王维又说了："山中发红萼。"这首诗跟前面两首有一点不同：《栾家濑》和《鹿柴》写大自然就是大自然，你无须联想到人间任何的感情，它本身就有一种自足的诗意和美感。这首《辛夷坞》是另外一种，它第一层的意思虽然没有喜怒哀乐，但是它可以引起你喜怒哀乐的联想。哪里可以引起你的联想？"山中发红萼。"刚才我说了，辛夷的花瓣鲜明而浓艳，是非常美丽的，可是它开在山中。山中怎么样？山中是寂寞的。所以这一句透露了一种寂寞的感情。何以见得？第三句就点明了他的寂寞："涧户寂无人"，"涧"是山涧；"户"是两山中间凹下去的山口。他说，这片花开在山中的涧户之间，虽然这么美丽，可是没有人欣赏，就"纷纷开且落"了。"纷纷"是多的样子，辛夷花开了，过了一段时间花季过去，它们又纷纷零落了。有人看见吗？没有，它是自开自落的。

这首诗与前面的两首诗不一样，因为它透露了一点点感情：不仅有生命的寂寞之感，而且是一种生命从生长到凋零的整个过程——一个美好的生命就这样结束了。王国维有一首咏杨花的《水龙吟》，开头两句说："开时不与人看，如何一霎濛濛坠！"你看到哪棵树上开了很多杨花？没有看见过，因为杨花、柳絮只要一开，就被风吹走了，你看不到它在树上开放。它开的时候没有给一个人看见，为什么这么短的时间就濛濛坠落了？王国维把没有感情的杨花当作有感情的对象来写，他很清楚地写出了一种生命没有得到知赏的寂寞与悲哀，我们一眼就可以看出来。但王维的这首《辛夷坞》，它的第一层意思没有表现出喜怒哀乐的感情，它只是一种平静的叙述，而这种叙述可以引起读者的某种联想，这一类小诗也是王维很有特色的作品。

附：

　　夫诗有别材[1]，非关书也；诗有别趣，非关理也。然非多读书、多穷理，则不能极其至，所谓不涉理路不落言筌者

---

　　①材：同"才"，才能。

上也①。诗者，吟咏情性也。盛唐诸人，惟在兴趣；羚羊挂角②，无迹可求。故其妙处，透彻玲珑，不可凑泊③。如空中之音，相中之色，水中之月，镜中之象，言有尽而意无穷。

（节选自《沧浪诗话》）

【译文】

作诗有特别的才能，与读书多少无关；诗歌有特别的趣味，与阐述道理无关。然而，如果不能多读书、多思考道理，就不能理解透彻，进而超越这个层面，不阐释道理、不雕琢语言的境界是最高的境界。诗歌是用来抒发感情的。盛唐的名家注重个人的兴致和诗歌的趣味；他们的作品好像羚羊挂角，没有留下可供模仿的痕迹。所以他们的长处，就在于透彻玲珑，不是简单地拼凑就能达到的。好像空中传来的声音，外在的形貌，水中的月亮，镜子里的形象，言语不多而含义无穷。

①言筌：刻意雕琢语言而留下的痕迹。语出《庄子·外物》："筌者所以在鱼，得鱼而忘筌……言者所以在意，得意而忘言。"筌是用来捕鱼的竹器，是一种工具，捕到鱼之后就用不着筌了。这里用鱼和筌的关系来类比内容和语言的关系，意思是语言只是一种途径，要自然、准确地反映内容，而不留下刻意雕琢语言的痕迹。

②羚羊挂角：传说羚羊晚上睡觉时把角挂在树杈上，四蹄悬空，别的野兽够不到它，以此来保证安全。本是佛教用语，这里形容诗歌语言不留斧凿痕迹，意境超脱。

③凑泊：聚合，拼凑。

【赏析】

　　"妙悟说"最早是由宋朝的严羽提出来的，他在《沧浪诗话》中说："大抵禅道惟在妙悟，诗道亦在妙悟。""妙悟"就是忽然间得到一种超妙的觉悟。

　　诗，最可贵的是你要有一种真正的精神感情上的觉悟。严羽举了一个例子，他说譬如"羚羊挂角，无迹可求"。据说羚羊在休息的时候要把犄角挂在树上，它的身体是悬空的，所以是"无迹可求"——你在地上找不到它的形迹。这个譬喻与禅宗所说的"不立文字""直指本心"是一样的意思。你读了一首诗以后，心里有一种感觉、一种体会，而这种体会不是诉诸笔端的文字所讲的内容，而是你内心对文字以外的一种觉悟。

想落天外的"谪仙"李白

　　如果说世上有天才的话，那么现在就有一个真正的天才作家出现了，那就是李白。不过，天才也有不同的类型。李白这个天才是属于"不羁"类型的天才。这个"羁"字上边从"网"，下边一个"马"字，一个"革"字。"网"是网罗的网，"革"是皮带。就是说，在马的身上加以一种约束，比方说给它加上络头和缰绳，然后就可以驾驭驱使了。然而李白的类型属于"不羁"——他就像一匹野马，是不肯受羁束的。李白第一次到长安时碰到一个人，叫贺知章。此人很有名，官居太子宾客，也很有文学才能。贺知章见到李白并读了他的诗文之后就说："子谪仙人也！"什么是"谪仙人"？"谪"一般指做官的人被贬降，他说李白是从天上被贬降到人间的一个仙人。也就是说，李白本来是属于天上而不属于人间的。在中国古代的诗人中，有两个人得到过"仙人"的评价：一个是李白，一个是苏东坡。苏东坡被称为"坡仙"，他的文章、诗词、书法都非常好，古人说他有"逸怀浩气"——一种超出了尘世一般之人的、辽阔高远的精神气质；说他的诗像"天风海雨"——天上那种无拘无束的风，海上那种没有边际的雨。可是倘若以李白和苏东坡相比，还是有一个分别的，我认为这个分别在于：李白是"仙而人者"，苏东坡是"人而仙者"。

什么是"仙而人者"？我们说，李白生来就属于那种不受任何约束的天才，可是他不幸落到人间，人间到处都是约束，到处都是痛苦，到处都是罪恶，就像一张大网，紧紧地把他罩在里边。他当然不甘心生活在网中，所以他的一生，包括他的诗，所表现的就是在人世网罗之中的一种腾跃的挣扎。他拼命地飞腾跳跃，可是却无法突破这个网罗。因此他一生都处在痛苦的挣扎之中。而苏东坡呢？他本来是一个人，却带有几分"仙气"，因此他能够凭借他的"仙气"来解脱人生的痛苦，这和李白是完全不同的。

李白之所以成为一个不受约束的天才，和他与众不同的成长环境也有一定关系。关于李白，有许多不同的传说，其中之一就是他的籍贯。据一些历史资料记载，李白一家曾经生活在西域的条支碎叶。在他五岁的时候，他的父亲李客带领全家迁徙入蜀，在绵州彰明的青莲安家。他家在西域时本不姓李，后来他的父亲"指天枝而覆姓"。"天枝"，指帝室的支派，就是说，他们和大唐帝室是同宗。而且他父亲的名字"李客"也很奇怪："客"是客居的意思，说不清是真名还是对客居者的泛称。所以李白的家世一直是个疑问，很多人曾对此做过考证。有的人认为李白不是汉人，是西域胡人；有的人认为他家是流居西域的汉族商旅；有的人认为他的祖先是因获罪被流放到西域的，但又有人说，条支碎叶在唐朝早期并不属于中国版图，怎么能把罪人流放到国外去？那么李白自己怎么说呢？他说自己是陇西李氏。陇西是郡望，陇西李氏是汉将李广的后代，与大唐皇室同宗。不过古人喜欢自托显赫的郡望，李白自己的说法也不一定就完全可靠。台湾还有一位学者说，李白可能是建成或元吉的后代，建成和元吉被李世民杀死之后，他们的后代就改名换姓逃到西域去了，直到神龙初年才回来。现在我们不必管这些说法哪个是真哪个是假，也不必管李白到底是汉人还是西域胡人，总而言之，我们从这里可以知道李白幼年所受的家庭教育与一般的中原家庭是不同的。一般中原家庭的小孩子先要读孔子的书，学儒家的礼法，而李白说他自己是"五岁诵六甲，十岁观百家"（《上安州裴长史书》）。"六甲"是讲道术的书，"百家"当然不止于儒家。此外他还说过，他"十五好剑术"（《与韩荆州书》）。可见李白小时候所受的教育就是一种不受拘束的教育。那么李白难道完全没有接受儒家思想？当然不是。所谓"十岁观百家"，其中自然也包括儒家的书。对儒家，李白有肯定的一面，也有否定的一面。

他否定的是什么？是那种拘守礼法的"俗儒"。他常常在诗中嘲笑儒生的迂腐，甚至说"我本楚狂人，凤歌笑孔丘"（《庐山谣寄卢侍御虚舟》），对孔子也不怎么尊敬。这是因为他本身是一个"不羁"的天才，所以不愿意遵守那些死板的礼法。可是儒家思想中有一样东西打动了他，那就是儒家用世的志意。儒家是追求不朽的，一个人怎样才能不朽呢？儒家认为"太上有立德，其次有立功，其次有立言"（《左传·襄公二十四年》）。最高一级的不朽是立德，像孔子有伟大的品德，可以成为万世的师表，所以是不朽的。再次一等是建立不朽的功业。再次一等还有立言，如果你有好的作品流传后世，那也可以不朽。总之你为人在世，不能白白度过这一辈子，你要给这个世界留下你的贡献，这是儒家所追求的。李白的求仕，大致可以总结为三个原因：第一，是出于追求不朽的愿望，这显然受儒家影响；第二，他是一个天才，他不甘心使自己的生命落空；第三，在李白生活的时代，前有李林甫、杨国忠对朝政的败坏，后有安史之乱的战争，可以说是一个亟待拯救的危乱时代。所谓"才生于世，世实须才"（刘琨《答卢谌书》），他是把拯救时代危乱视为自身使命的。

李白一生都在追求为世所用的机会。他第一次的遇合是玄宗请他到长安做翰林待诏，但他后来不是辞官不做了吗？第一次的追求落空了，不过这次虽然失败了，却不失为一次光荣的失败。而他第二次的追求，即参加永王李璘的军队，又失败了。这一次就是耻辱的失败了，因为他为此而成了叛逆，受到了惩罚。但尽管遭受了这么大的挫折，李白的用世之心却至死未改。在他六十一岁的时候，李光弼率领大军出镇临淮，追击安史叛军的残余势力。李白还想做第三次的尝试。可是这一次也没有成功，他在半路上得了病，只得返回。第二年，他就病死在他的族叔、安徽当涂县令李阳冰处。关于李白的死也有不同的传说，有的人说他是因喝醉了酒，跳到水中去捞月亮而被淹死的。总之，这位绝世的天才，本身也是一个具有传奇色彩的人物。李太白临死的时候还写了一首《临终歌》，"大鹏飞兮振八裔，中天摧兮力不济"，把自己比作一只在中天摧折的大鹏鸟。

杜甫曾经写过一首《赠李白》的诗，我以为，这首诗真正把握了李白的特点，为这位不羁的天才勾画了一幅传神的小像。现在我们简单地看一下这首诗：

赠李白

秋来相顾尚飘蓬，未就丹砂愧葛洪。

痛饮狂歌空度日，飞扬跋扈为谁雄。

　　我们欣赏一首诗，不仅要对它的文字有细微的分辨，对它内容的情意有敏锐的感受，而且一定要和中国悠久的历史文化传统结合起来。在中国文化中有一个"悲秋"的传统：屈原《离骚》说"日月忽其不淹兮，春与秋其代序。惟草木之零落兮，恐美人之迟暮"，陈子昂《感遇》说"迟迟白日晚，袅袅秋风生。岁华尽摇落，芳意竟何成"，都是在秋天草木摇落的时候感受到生命落空无成的悲哀。杜甫与李白相识于天宝三载（744），那正是李白自翰林放归之时。天子已经欣赏了李白，给了他玉堂金马的厚遇，难道可以说他"不遇"吗？可是，那些荣华富贵并不是他所追求的。他的理想是要像谢安那样为天下苍生建功立业，然后像鲁仲连那样飘然而去。李白本是神仙中的人物，并不了解人世的艰难；他抱着天才的狂想，却一次又一次折辱于现实之中；他的理想太纯洁、太高远，根本无法在现实中实现。因此，他的落空无成，是命运早就注定了的。所以这"秋来相顾尚飘蓬"一句，不但是对这位不幸的天才的深深的理解，而且道尽了他的追求落空和飘零落拓的悲哀。这是写李白"求仕"的失败。

　　第二句"未就丹砂愧葛洪"，是写他求隐的失败。李白的学道求仙，既有他天才的狂想，也有受时代影响的因素。中国从战国时代就开始有方士，他们的炼丹和炼金术可以说是最早的化学实验。在汉朝的时候，方士的方术和中国的道家结合起来了，于是就产生了道教。到了唐朝，由于皇帝姓李，道家的始祖老子也姓李，所以就特别尊崇道教。上至王公贵族，下至平民百姓，很多人都烧金炼丹或者出家学道，渴望成为长生不死的神仙。李白在感情上也有对神仙的向往，他炼过丹，甚至还受过"道箓"。可是从理智上，他却很明白神仙是不可得的。他曾讽刺秦始皇的求仙，说："徐市载秦女，楼船几时回？但见三泉下，金棺葬寒灰。"（《古风·其三》）那么他既然不相信有长生不老，为什么还追求神仙呢？这就要从更深的一层去探究了。在古代，求隐和求仙常常是结合起来的，古人往往把求仙作为失望于尘世之后的精神寄托。李白对神仙的追求，未始没有一份努力挣扎以求解脱的深意，但他并不是一个能够冥心学道的人。他既失望于世，又不能弃世；既不能弃世，又怀有对神仙的向往；既怀有对神仙的向往，又明白求仙之事的虚妄。"未就丹砂愧葛洪"，正是写他这一番挣扎的徒劳和失败。

　　所以你看杜甫这首诗，第一句是写他求仕的失败，第二句是写他求隐的失败。那么他还剩下什么？那就是"痛饮狂歌空度日"了。这真是杜甫对他这位天才朋友的深刻了解！这种了解是抓住了重点的。杜甫还有一首《寄李十二白二十韵》说："昔年有狂客，号尔谪仙人。笔落惊风雨，诗成泣鬼神。""狂客"指贺知章，贺知章自号四明狂客。他说，当年贺知章一见到你就说你是从天上贬降下来的神仙，你一写出诗来，不但我们所有的人都被你感动，连天地间都会发生狂风暴雨，连鬼神都会感动得流下泪来。"五四"时期有名的诗人闻一多曾经说，李白和杜甫的相遇是中国文学史上的一件大事，就像太阳和月亮在天空中走到了一起，我们应该敲三通锣，打三通鼓，来庆祝这两位大诗人的相逢。古人说"文人相轻"，文人总是抬高自己，贬低别人。这是一种对同行的嫉妒。但凡这样的人都不是大家，因为他自己的才情确实有比不上人家的地方，所以才会嫉妒。而真正的天才，一定有他自己的东西，并不需要跟别人去比较。而且，一般的人往往不能认识一个天才的好处，只有才气相近的人才能理解真正的天才。所以，真正的天才必然是互相欣赏的。杜甫和李白就是如此。他们两个人虽然初次见面，却好像很久之前就有交往一样。李白这个人高谈阔论，爱喝酒，有的人因此不喜欢他，可是杜甫说，我就是赏爱你这种纯真、豪放和不受约束的作风！他们两人相识之后，曾一起高谈阔论，饮酒赋诗，度过了一段千古以下犹使人们艳羡不已的相知相得的日子。

　　一个人在痛苦的时候应该有一个办法来安慰自己。像苏东坡，他就有一种哲学的境界。无论在什么样的挫折和患难之中，他能够换一种眼光、换一个角度来看这个世界，因而能在苦难中超脱出来。可是李白不行，他唯一的方法就是借沉醉来遗忘他的痛苦。在李白的诗中，凡是写"酒"的时候往往同时也写"愁"。比如，"抽刀断水水更流，举杯销愁愁更愁"（《宣州谢朓楼饯别校书叔云》），"呼儿将出换美酒，与尔同销万古愁"（《将进酒》）。但酒真的能够使他从尘网中解脱出来吗？杜甫在"痛饮狂歌"之下接以"空度日"，这真是极为沉痛的三个字。李白既失望于人世，又幻灭于神仙，除了"痛饮狂歌"之外已经一无所有。然而，"痛饮狂歌"也只是一种暂时的逃避，并不能抵消那种人生落空的悲哀与痛苦。

　　第四句"飞扬跋扈为谁雄"，则是继这种人生落空的悲苦之后，写这位绝世天才的寂寞。李白年轻的时候写过一篇《大鹏赋》。大鹏的典故出于《庄子·逍遥游》。所谓"逍遥游"，是说要使你的精神进入一种逍遥自在的境界，摆脱尘世间一切羁绊，不受尘世间一切挫折和忧患的损伤。庄子的那只大鹏鸟，是由北海的一条叫作鲲的大鱼变的，它的背有几千里那么宽，它张开翅膀飞起来的时候，那翅膀就像天上的云。它用翅膀在海水上一拍，那水就射出去有三千里远，它一飞起来，就有九万里那么高。李白所向往的，就是这样一只大鹏鸟。他说，北海那条大鱼化作鸟之后，张开它巨大的翅膀，在海水中把羽毛冲洗干净，在早晨的阳光下把羽毛晒干。它一飞起来，整个宇宙都被它震动了。而这么大的一只鸟，"怒无所搏，雄无所争"——世界上没有一个与它相近的同类，甚至想找一个搏斗的对手也没有。这是多么寂寞！后来它终于有了一个被称为"希有鸟"的朋友，这两只大鸟"我呼尔游，尔同我翔"，一起飞上了高天，"而斥鷃之辈空见笑于藩篱"。"鷃"是一种小鸟，它最高只能飞到篱笆墙上，所以它们都不明白两只大鸟为什么要飞那么高那么远。这是世俗与天才的对比，世俗是永远也不能够理解天才的。李白喜欢以大鹏鸟自比，这里边怀有一种天才的恣纵与自信。可是他在腾跃和挣扎了一生之后，终于寂寞地陨落了。尘世中并没有大鹏所期待的天风海涛，也没有可以相伴的"希有鸟"，只有那无知窃笑的"鷃"。他的一生都生活在寂寞中。孔子曾说："沽之哉，沽之哉，我待贾者也。"（《论语·子罕》）宋代晏殊说：

"若有知音见采，不辞遍唱阳春。"（《山亭柳》）而李白的"飞扬跋扈"，又有几个人能够相知相赏呢？杜甫这短短的四句诗，真是淋漓尽致地写出了李白这一位不羁的天才和天才的悲剧。

介绍了李白的生平之后，现在我们要看他的乐府诗。

下面要讲的《长相思》和《行路难》，都属于古乐府的诗题。以前讲中国诗的发展时讲过乐府诗，它起源于汉朝，汉朝官府有专门负责音乐的部门，叫作乐府，乐府把很多歌词都配上音乐来唱，叫作乐府诗。可是后来到了唐朝的时候，有些音乐已经不存在了，但诗还在，还有很多乐府诗的题目保留下来，这就是乐府旧题。像《远别离》《古别离》《长别离》《生别离》，这些都是写别离的乐府旧题。李白就常常喜欢用古乐府的旧题来写他自己的新诗。在唐朝的乐府诗中，除了李太白的这一类旧题乐府之外，还有另外一些诗人写新题乐府。像杜甫的"三吏""三别"，白居易的《卖炭翁》，都是古乐府里没有的题目，而这些诗在内容上大多反映民间的疾苦，在风格上比较朴素，常常是直接的叙事。因此可以说，他们是模仿了古乐府的内容和风格，却没有模仿古乐府的题目。李白的乐府诗则是模仿了古乐府的题目，却没有模仿古乐府的内容和风格。

《长相思》属于古乐府的"杂曲歌辞"，多写思妇之情，就是女子在家中思念久戍不归的丈夫。但李白这首诗写得很飞扬，很潇洒，因此有的人认为，这首诗实际上是写他自己对理想的追求及理想不能实现的苦闷悲哀。这种看法，不为无见。

长相思（其一）

长相思，在长安。络纬秋啼金井阑，微霜凄凄簟色寒。孤灯不明思欲绝，卷帷望月空长叹，美人如花隔云端。上有青冥之高天，下有渌水之波澜。天长路远魂飞苦，梦魂不到关山难。长相思，摧心肝！

长相思（其二）

日色欲尽花含烟，月明如素愁不眠。赵瑟初停凤凰柱，蜀琴欲奏鸳鸯弦。此曲有意无人传，愿随春风寄燕然。忆君迢迢隔青天，昔时横波目，今作流泪泉。不信妾肠断，归来看取明镜前。

我们先来看第二首诗的口吻。所谓"愿随春风寄燕然"是说，春天到了，我要让春风把我的相思怀念带给你，而你在哪里？你在北方的燕然山。燕然山，是东汉窦宪征讨匈奴曾经到过的地方，在现在的蒙古人民共和国境内。所谓"横波目"，是形容女子的眼睛。一个美丽女子的眼睛，往往清澈、明亮、流动，就像秋水的水波一样。他说，当初那美丽的眼睛，现在已经变成泪水的源泉了。他还说，要是你不相信我为怀念你而悲恸欲绝，那么等你回来的时候你就看一看坐在镜子前边化妆的我吧，那时的我肯定是憔悴、消瘦的，不再像过去的我了。这是什么人的口吻？完全是女子的口吻。这第二首诗毫无疑问是写女子怀念男子。可是第一首诗就不同，因为中间有这样一句，"美人如花隔云端"。他说，我所思念的那个人像花一样美丽，她现在离我很远，就像隔着天上的云彩一样。美人，一般来说是指女子。当然在中国诗歌的传统里，美人也可以作为象喻的寓托。屈原的《离骚》曾以美人来比喻君主和贤臣，有时也用来指代他自己或指代某种理想之中的美好事物。可是一般来说，女子怀念丈夫，不会说丈夫是"美人如花"。所以尽管"美人"可以成为各种人或事物的象喻，可是它表层的、第一层的含义仍然是男子思念女子。所以第一首诗是写男子怀念女子。因此，《唐诗三百首》把这两首《长相思》排在一起，很有意思。第一首说"络纬秋啼金井阑，微霜凄凄簟色寒"，写的是秋天；第二首说"愿随春风寄燕然"，写的是春天，这也是很妙的。这两首诗，一首写秋天，一首写春天；一首写男子对女子的怀念，一首写女子对男子的怀念。在中国，凡是春与秋对举的时候，就有一种周遍的意思，是包括了周而复始的春夏秋冬所有的日子。也就是说，那种相思是长存永在的。因此，这样的排列就更突出了作者所写的这种相思已经超越了写实而具有某种象征的意味。

事实上，李白的《长相思》和《行路难》都具有超越现实的、象喻的含义，因为他所写的，都是一种追求向往的感情。但同样是追求向往，不同诗人的表现又有所不同。孟浩然和李白都追求为世所用，孟浩然是怎么说的？他说："坐观垂钓者，徒有羡鱼情。"（《望洞庭湖赠张丞相》）他还说："不才明主弃，多病故人疏。"（《岁暮归南山》）同样求仕，孟浩然写得就比较落实，而且有一种乞求的口吻。可是你再看看人家李白是怎么写的？《长相思》说，

"美人如花隔云端"——多么美丽，多么高远；《行路难》说，"闲来垂钓碧溪上，忽复乘舟梦日边"——多么飞扬，多么潇洒！

现在，我先来讲第一首《长相思》。

"长相思，在长安。"从表面看起来这是很寻常的两句话，但实在写得很好。所谓"长相思"，是永远也不断绝、不改变的相思。而"在长安"，是谁在长安？是怀念人的这个人在长安，还是被怀念的那个人在长安？这又是中国诗歌的另外一个妙处。19世纪末20世纪初有一位英国学者 William Empson 写了一本书叫 *Seven Types of Ambiguity*，ambiguity 这个词的意思是"暧昧"或"模糊不清"。作者认为，这种 ambiguity 的现象有时候不是坏事而是一件好事，因为它使诗有了更丰富的、可以同时并存的多方面含义。李太白的这首诗妙就妙在其含义都是两层的：他可以是写男女的相思怀念，也可以是写对理想的追求向往；可以是思念人的人在长安，也可以是被思念的人在长安。而长安是什么？长安是国家的首都啊！所以仅仅"长安"就又有了两层意思：它可以是现实中的男女相思，也可以是对朝廷和君主的某种思念。而且还不仅如此，这两句还直接给人一种声音的美感。两个"长"字，使你从直觉上觉得这相思果然是很长，很长。"长相思，在长安"，那种相思相念的悠远缠绵之意都表现出来了；那种寄托象征的意思也都表现出来了。

"络纬秋啼金井阑。""络纬"是秋天的一种昆虫，俗名纺织娘。什么是"金井阑"？古代没有自来水，但一般人家都有井，井周围一般有铁栏杆。古人常常把铁的东西都美称为金，如铁的铠甲就叫"金甲"，所以铁的井栏杆就叫"金井栏"。"阑"，同"栏"。纺织娘的声音本来可以说"鸣",可以说"叫",但他用了个"啼"字。"啼"也是鸣,可是"啼"还有一个意思是"哭泣"。所以他不用"鸣"而用"啼",就使人感到这种昆虫的叫声是很凄凉的,好像哭泣一样。而在中国旧诗的传统中,一提到"金井",往往就有秋天的象征。所谓"金井梧桐",你一看到这些词,就会有秋天的感觉。我们常说,写诗要"情景相生"。你说你有一百二十万分的怀念,我们无法感受到你那是怎样一种怀念。要想把读者带到你相思怀念的环境中去,就要有景。你的"情"和"景"要互相生发,才能够感动读者。"络纬秋啼金井阑"就是写景了。这句是写窗外的景,是耳闻。而下边一句"微霜凄凄簟色寒"则是窗内的景,是眼见。什么是"簟色"?"簟",是床上铺的竹席。这个"色"不仅仅是颜色。佛家说"色即是空,空即是色","色"是一种事物整体感觉的呈现。夏天天气热,你看到床上铺着竹席就感到凉快;秋天天气渐渐凉了,你床上铺的竹席还没有撤换,这时候它给你一个整体的感觉就是寒冷,你不用摸它就觉得冷。你看,李太白写诗的效果真是好。刚才我说这两首诗一首写秋一首写春,包含有周遍的意思。而这里一句写窗外的耳闻,一句写窗内的眼见,也产生一种周遍的意思。就是说,不管窗外还是窗内,不管耳闻还是眼见,到处都是凄清寒冷的。这就造成了一种很强烈的效果。而且"簟色寒"这三个字之中还含有一个暗示:席子是铺在床上的,席子的寒冷暗示了床上的空旷和寒冷,而床上的空旷和寒冷又暗示了征人和思妇的孤单和不得团圆。

所以下边就说了,"孤灯不明思欲绝"。"思",是接着第一句

"长相思"的"思"。"欲绝"，是相思到极点已经要绝望了的样子。这"孤灯不明"好像是说闺房之中的女子对着孤灯思念丈夫。然而那也不是绝对的，男子也可以对着孤灯思念妻子。所以这里又有一种模糊不清的ambiguity，是多义的。这是在屋里，接下来就要向外边望一望，"卷帷望月空长叹"。"帷"是帐子，把帐子卷起来看一看天上的明月。为什么？这是一个反衬的对比。苏东坡《水调歌头》说，明月"何事长向别时圆"？另外古人还说，"隔千里兮共明月"。相隔千里的两个人互相之间不能见面，但有一个东西是他们能共同看见的，那就是天上的月亮。所以在怀念人的时候，很多人都写相思望月。两个人在千里之外都看着同一个月亮，这只能更增加相思怀念之苦，所以是"空长叹"。于是，接下来很容易就过渡到"美人如花隔云端"。不管那"美人"是一个男子也好，是一个女子也好，是一种理想追求也好，总而言之是一个非常美好的象喻。"美人如花"是明喻，说女人美像花一样，那是很俗的比喻，然而这四个字放在这首诗里却使人觉得非常美好，因为它后边隐藏着多层的含义，并不给人滥俗的感觉。"美人如花隔云端"——她离我这么遥远！而且还不光是遥远，其中还有许多的阻隔，是"上有青冥之高天，下有渌水之波澜"。"青冥"，"青"是天的颜色；"冥"有深远的意思。这个"渌"和"绿"不一样，"绿"是说颜色，而"渌"是指水的清澈。天上那一片深蓝色深得看不见尽头，我没有办法飞上去；而地上又有那么多江河的阻隔，我也没有办法超越。而且，"天长路远魂飞苦，梦魂不到关山难。"不但我的人到不了你那里，就是我的魂都飞不到你那里！因此，这种追求就是永远也不能实现的了。所以就"长相思，摧心肝"！"摧"是摧折、毁伤的意思。这种永不断绝的相思，就足以使人肠断心碎，足以毁伤一个人赖以生存的信念。

下边我们来看《行路难》。李白的《行路难》一共有三首，我们只看其中的第一首。

行路难

金樽清酒斗十千，玉盘珍羞直万钱。

停杯投箸不能食，拔剑四顾心茫然。

欲渡黄河冰塞川，将登太行雪满山。

闲来垂钓碧溪上，忽复乘舟梦日边。

行路难！行路难！多歧路，今安在？

长风破浪会有时，直挂云帆济沧海。

对李白，你一定要从两个方面来认识才是完整的。他有他飞扬潇洒的一面，也有他悲哀的一面。他的这两面，也许在《行路难》中表现得更为突出。一般的人写悲哀就是悲哀，可李太白不是的，他总是把他的悲哀寂寞写得飞扬潇洒。我们看这首诗开头的两句："金樽清酒斗十千，玉盘珍羞直万钱。""金樽"是黄金做的酒杯，这是多么贵重的东西！在唐朝恐怕没有多少人有资格用金樽来喝酒。"清酒"是清醇的酒，有的本子作"美酒"，因为这里用了一个成句：曹植《名都篇》有"归来宴平乐，美酒斗十千"。由于是用成句，所以这"十千"不一定就是唐代的酒价，他只是说这酒是价钱最贵的好酒。"玉盘"是玉制的盘子,"珍羞"是珍美的菜肴。"直",在古代与"值"是通用的。"万钱"也不一定是实指,也是表示价钱很贵的意思。你看他重重叠叠罗列了这么多好东西,若是一个普通的人,有了这种享受早就满足了。因为普通人所追求的就是这种物质上的满足。然而李太白不是,他说:"停杯投箸不能食,拔剑四顾心茫然。"有这么好的酒,有这么好的菜,可是我放下我的酒杯和筷子,没有心情享用这些好东西。你看,这就是李太白!他一下子飞起来,一下子又落下去。古代诗人提起剑,往往是和雄心壮志相联系的。南宋词人辛稼轩在他的一首《水龙吟》里说:"举头西北浮云,倚天万里须长剑。"辛稼轩的雄心壮志,是收复北方沦陷的国土。他说,当我向西北望去的时候,我就想到我们现在最需要的是一把最长的宝剑,去赶走西北的浮云,收复那里的领土。李白说:"拔剑四顾心茫然。"由于他的题目是《行路难》,所以这"茫然"当然是找不到路的意思;而"拔剑"是说他的才能,也就是他的雄心壮志。这"拔剑"和"茫然"结合得很好,形成了一个强烈的对比:我不是一个没有才能和雄心壮志的人,我也有我的宝剑,可是我向哪里去施展我的才能?有谁用我的剑?前边哪一条路是我可以走的路?那么,为什么前边没有他走的路呢?因为每一条路都堵塞住了,都是走不通的:"欲渡黄河冰塞川,将登太行雪满山。"他说,我想要渡过黄河,可是黄河已经冰封了。既然水路走不通,那么就走陆路好了。可是,我要登上太行山,太行山上的路也完全被冰雪覆盖了。这两个形象并不一定是真的,而是比喻。比喻什么?比喻的就是行路难。如果是一般人写这首诗的话，接下来一定是悲哀啦、肠断啦之类的，但人家李白不是这样。他说什么？真是很妙的两句："闲来垂钓碧溪上，忽复乘舟梦日边。"

李太白写诗写得真是好，他把他的悲哀失意都写得这样飞扬、美丽！这两句诗，其文字的姿态和内容完全是相反的。他说，既然没有路，那么就不要走好了，舒舒服服过悠闲的日子岂不很好？我可以在美丽的溪水边钓鱼；有的时候我就梦见我坐着一只船飞上天去，飞过了太阳的旁边。刚才我说，这首诗从一开始就一下子飞起来，一下子落下去，而现在从表面上看，这两句是又飞起来了。不过，这只是从它们意态、声音的潇洒飞扬来判断的。它们实在的内容是什么？如果你知道这里边隐含着的两个典故你就会明白：潇洒飞扬只是它的外表，而它的内容实在是失意的悲哀。

姜子牙的故事是大家都知道的，他名尚，字子牙。但有人也叫他吕尚。那是因为姜是他的姓，吕是他的氏。上古时代，氏是姓的分支，用以区别子孙之所自出。吕尚八十多岁的时候还没有得到一个被任用的机会，所以他就在渭水的磻溪垂钓，结果在那里遇到文王，文王任用了他，他才得到一个施展才能的机会，辅佐武王推翻了商朝的最后一个君主纣王，开创了周朝八百年的天下。后来他被封于齐，成为齐国的始祖。伊尹的故事大家可能也知道，他辅佐商汤推翻了夏朝的最后一个君主夏桀，开创了商朝。据古代传说，伊尹在将要遇到商汤的时候曾做了一个梦，梦见自己乘船经过日月的旁边。所以你看，李白他是在碧溪旁闲适地钓鱼吗？不是，他是用了姜太公的典故，而下一句他是用了伊尹的典故。他希望能够像姜太公遇到文王、伊尹遇到商汤一样得到一个仕用的机会，他相信自己也能像这两位古人一样建立不世的功业。与此同时，这两句还有另外的一层意思。那就是说，让我过这种闲散的生活我是不甘心的，即使我在碧溪边垂钓的时候，我也会梦见乘船跑到天上去。"忽复乘舟梦日边"的"忽复"两个字，用得非常好。所谓"忽复"，是我想忘记都不能忘记，想摆脱都不能摆脱。我坐下来垂钓本来是想努力摆脱那种仕用的念头，可是我没有办法，我明知那种念头只能给我带来痛苦，可是我摆脱不掉。

所以他后边就发出了重复的叹息："行路难！行路难！多歧路，今安在？""行路难"，我已经说过了，这是乐府的诗题，它表面上是写旅途的艰难，实际上是写人生之途的艰难，这里尤其是写仕途的艰难。所谓"歧路"，古人说"歧路亡羊"。世界上有这么多不同的道路，每个人在世界上都有自己的生活道路，很多人都安于自己的生活道路，在自己的路上走得很愉快。可是我李太白现在在什么地方？我的路在哪里？

但李太白这个人是不甘心在悲哀失意中沉没的，他总是要飞起来。你看他结尾两句写得多么好："长风破浪会有时，直挂云帆济沧海。"这就是李太白！他不相信像他这样一个人会永远失意。他说，总有一天我会趁着强风，冲破大浪，升起我高高的帆，渡过那遥远的大海。"长风破浪"又是一个典故。南朝宗悫少年时，他的叔父问他有什么志向，他回答说："愿乘长风破万里浪。"李太白自己也说过"天生我材必有用"；他还以大鹏鸟自比，写过《大鹏赋》，说它"脱鬐鬣于海岛，张羽毛于天门"，当它飞起的时候

"五岳为之震荡，百川为之崩奔"。李白深信，这样的机会总有一天会到来。

附：

比较阅读《玉阶怨》

《玉阶怨》也是一个乐府旧题，内容都是写贵族女子或宫中女子的哀怨。所谓"玉阶"，是玉石的台阶，它一定是在贵族的庭院或皇宫内院。生活在这里的女子虽然不愁衣食却更不自由。她们永远处于被男子所选择、所抛弃的地位，很多人一生永远在等待。现在请大家欣赏鉴别一下三首同题诗。

玉阶怨

紫藤拂花树，黄鸟度青枝。

思君一叹息，苦泪应言垂。

第一首诗的作者叫虞炎，南朝齐梁之间的诗人。"紫藤拂花树"中的"紫藤"，特指一种蔓生的植物，又叫藤萝；而"花树"是泛指有花的树。这两个名词不能使读者产生某种集中的、定向的感动。下一句中的"黄鸟"和"青枝"也是如此，虽然有色彩有形象，但它们是破碎的，不能集中起来传达一种感情。为了做比较，我们可以看杜甫的两句写景的诗:"桃花细逐杨花落,黄鸟时兼白鸟飞。"(《曲江对酒》)杜甫这两句诗写在他政治上失意的时候。作为谏官,他曾给肃宗提了很多意见,肃宗不但不接受,反而准备贬谪他。他独坐在曲江江头,闷闷不乐,写了这首《曲江对酒》。这时候春天已过,他所看到的是桃花柳絮纷纷而落,黄莺白鹭相逐而飞。这两句诗,在句法之中就形成了一种感发作用,把杜甫心中的迷茫和寂寞表现出来了。你要是设身处地于他的情景之中,也会被感动。

而"紫藤拂花树,黄鸟度青枝"这两句,不仅形象的感发不集中,而且所用的动词也不好。"拂"是飘拂,一定要很长很柔软的、可飘动的东西才能"拂"。所以,一般提到"拂",给人的联想就是柳。那柳条的飘动就撩起一种春天的感情。而"紫藤拂花树"的"拂",就不能引起这种感情。因为藤给人的联想不是"拂",而是"缠",藤是一种只能攀缘缠绕的植物。"黄鸟度青枝"的"度"字也不好,是飞过去了,还是在树枝上散步、慢慢地走过去?

下边两句虞炎说:"思君一叹息,苦泪应言垂。"他说,我因怀念你而叹息,在我叹息的时候,眼泪就流下来了。这两句的缺点是什么?缺点在于他是说明,而不是呈现。他只是说:"我悲哀痛苦,我流泪了。"并不能引起读者的感动。再加上他前边的形象又那么破碎,因此不能把读者带入他所要表现的气氛之中。

玉阶怨

夕殿下珠帘，流萤飞复息。
长夜缝罗衣，思君此何极。

    第二首《玉阶怨》的作者是谢朓。"夕殿下珠帘"所传达的是什么？是一种对爱情的期待与盼望。"夕殿""珠帘"和"玉阶"相呼应，是美丽的、奢华的，但又是隔绝的、寂寞的。"流萤飞复息"，是萤火虫在这里亮一下，又在那里亮一下。这是黑暗和寂寞之中一个光影的出现，它与人何干？在寂静中的一个声音，在黑暗中的一点闪光，正所谓"物色之动，心亦摇焉"（刘勰《文心雕龙·物色》），它使你的内心产生了一种感动。所以，"流萤飞复息"那一点点光亮的闪动，就成了这女子内心感发的来源。"长夜缝罗衣"写得也很好。我们常说，欢娱嫌夜短，寂寞恨更长，所以是"长夜"。这个女子在相思在等待，因此就不能成眠。而她在这长夜之中做什么？是"缝罗衣"。"罗"，是多么轻柔、精致、贵重的一种衣料；"缝"，是多么女性化的一种动作，缝的动作是何等反复，何等缠绵。而"缝"了多久？是"长夜"，整个的不眠之夜。所以，谢朓诗中的每一个词语、每一个情景，都是引起相思感情的一种因素。它们集中起来，就引出了最后一句，"思君此何极"。在这样的环境气氛之中，我对你的相思怀念是没有尽头的。

玉阶怨

玉阶生白露，夜久侵罗袜。
却下水精帘，玲珑望秋月。

第三首诗的作者是李白。这首诗把相思怀念的现实情事提升了，使它产生了一种有象征意味的意境。小诗里有很多形象："玉阶""白露""水精帘""玲珑"的"秋月"，它们共同的特点是具有晶莹、寒冷、皎洁的特质，于是，所有这些形象就结合成了一个整体的背景，形成了一种晶莹的、寒冷的、皎洁的意境。

"玉阶生白露"的"生"字用得极好，"生"有生长、增加、进行的意思，是说台阶上的露水越来越浓重了。而白露的增生意味着什么？第一是寒冷的增生，第二是时间的增生，第三是由此而来的怨情的增生。而这个"生"字，就生发出下一句的"久"字。这女子为什么在玉阶上站这么久？因为她有所期待。"侵罗袜"是露水湿透了女子的罗袜。那么她为什么要伫立良久，任凭白露的侵袭呢？这就表现了一种不肯放弃的忠贞和期待。"却下水精帘"，放下帘子是暗示期待的落空。谢朓的"珠帘"只是衬托了那种美丽、奢华而又隔绝、寂寞的环境，而李白是"水精帘"。"水精"就是水晶。水晶的品质是皎洁的、晶莹的，同时又是坚硬的。也就是说，同样写相思和寂寞，但李白在传达感情的同时也传达了一种品质。末句中的"望月"是什么意思？中国诗人常把望月和怀人放在一起，"望"字有多层的意思，首先是眼中所望，然后是心中所望。在望而不得的时候，自然会产生一种怨情，这怨情也可以叫作"怨望"。而且，"望"与"秋月"的结合，就使所思念的对象产生了一种升华，使人感到他是那么光明皎洁，那么高远。这里边，就有了一种象征的意味，使人产生一种对光明皎洁的向往。

所以说，三首相同内容的诗，虞炎那一首是失败的。谢朓在传达感情上是成功了，但他所传达的只是题内之意，他写女子的怨情就是女子的怨情，并不给读者以更高远的联想。李白的《玉阶怨》不但传达了题内之意，而且可以引起读者的题外之想。也就是说，他创造出一种思想感情的境界，能够使读者的内心也为之生发、感动。这就是李太白的诗之所以好的缘故。

七绝圣手王昌龄

历史上记载王昌龄生平事迹的很少。我们只知道他在仕宦方面很不得意，虽然考中了进士，但大部分时间是在外地做很小的官。他曾被贬官到岭南，回来后又被贬作江宁丞，天宝七年（748）又被贬为龙标尉，所以人们称他王江宁或王龙标。

关于他的籍贯有不同说法，有的说他是京兆长安人，可是殷璠的《河岳英灵集》说他是太原人。殷璠是唐朝人，与王昌龄同时代，他的说法应该是不错的。而且王昌龄自己有一首诗说："旧居太行北，远宦沧溟东。"（《洛阳尉刘晏与府掾诸公茶集天宫寺岸道上人房》）太行北，应该就是指太原。所以我觉得还是太原人比较可信。

安史之乱时期，他从龙标回乡路过亳州，被刺史闾丘晓所杀，但他被杀的原因我们也不知道。总之，王昌龄这个人在性格上应该是比较狂放，不拘小节，可能会得罪很多人，因此才多次被贬官。他的被杀，大概也与此有关。

王昌龄虽然仕宦很不得意，可是他的诗才是大家公认的。有一个"旗亭画壁"的故事，不知道大家听过没有？说的是有一天王昌龄、高适和王之涣等一些朋友一起到酒楼去喝酒，正好进来一群歌女也在这里喝酒唱歌，于是三个人就商量好各自画壁记数，看一看谁的诗被唱得最多，那就说明谁的诗最流行。等了一会儿，那些歌女就开始唱了。第一首唱的是王昌龄的，第二首唱的是高适的，第三首唱的还是王昌龄的。王之涣就觉得有些不好意思了，他就说，你们看，那些歌女里边有一个最年轻最漂亮的女孩子，她始终还没有开口唱，等一下她唱的时候如果不是唱我的诗，我就再也不敢与你们争雄了。等了一会儿，那女孩子果然唱起了王之涣的"黄河远上白云间"。

七言绝句在唐朝是可以配合音乐来歌唱的，曾经盛行一时，王昌龄的七言绝句写得最好，曾被称为"诗家天子"。

我先讲一首王昌龄的"宫怨"之词。

什么是"宫怨"？就是后宫女子被冷落而产生的哀怨。白居易《长恨歌》说："后宫佳丽三千人，三千宠爱在一身。"皇帝只有一个，分身无术，不能满足后宫这么多佳丽的爱情要求，所以后宫很多人都是被冷落的。有的人从十六七岁被选入宫到六七十岁老死宫中，都没见过皇帝一面；有的人得宠一时不久便被冷落。这些女子的命运是令人同情的。写这些宫中女子被冷落的哀怨，就是"宫怨"。唐代很多诗人都写过宫怨的诗。我们先看《长信秋词》：

长信秋词

奉帚平明金殿开，暂将团扇共徘徊。

玉颜不及寒鸦色，犹带昭阳日影来。

这首诗说的是汉成帝的妃子班婕妤。班婕妤才德姿容兼备，开始很受宠爱，但后来成帝宠爱赵飞燕姐妹，就冷落了她。传说她曾写过一首《怨歌行》，又叫《团扇诗》：

怨歌行

新裂齐纨素，皎洁如霜雪。

裁成合欢扇，团团似明月。

出入君怀袖，动摇微风发。

常恐秋节至，凉飚夺炎热。

弃捐箧笥中，恩情中道绝。

这首诗完全是用团扇来做比喻，写得很好。不过，在西汉的时候五言诗还没有成熟，不大可能有这么好的诗出现，所以也有人怀疑这首诗不是班婕妤作的。不过总而言之，赵飞燕进宫后班婕妤就失宠了。为了不被赵家姐妹忌妒陷害，她就自动请求到长信宫去侍奉太后。王昌龄这首诗，写的就是班婕妤在长信宫寂寞孤独的生活。"奉帚"是手里拿着扫帚；"平明"是天刚亮的时候。因为侍奉太后，所以要早早起来洒扫庭除。"团扇"，就含有《团扇诗》所写"秋扇见捐"的意思。到了秋天扇子没用了，就被抛弃了。古代女子也是一样，她们都是以色事人，"色衰则爱弛"。所以"暂将团扇共徘徊"，手里拿着这把扇子在宫殿里走来走去，这是写她的寂寞。古人讲"怨而不怒"的修养，所以你看，他虽然是怨词但不直接说失宠之后如何怨恨。他说："玉颜不及寒鸦色，犹带昭阳日影来。""玉颜"是美丽的容颜。那美丽的容颜还不如丑陋的乌鸦，因为乌鸦还可以落在昭阳殿的殿角上，得到那里阳光的照射。"昭阳"，是赵飞燕居住的宫殿，成帝每天都跟赵飞燕姐妹住在那里。我曾讲过"语码"，"日"在中国文化传统里也是一个语码，它是君主的象征。"犹带昭阳日影来"意谓寒鸦尚能在赵飞燕承宠的昭阳殿分得一点点日光照射的光彩，自己却得不到君王的一点点思念。这些他都没有直言，而是采取寓托的办法，用的是很委婉的口气。

七绝只有四句，在这么短的诗里还要传达出一种感发的力量，就必须注意感发的形成，也就是内在感情和外在形象是怎样结合起来的。我以前讲过，由心及物是"比"，由物及心是"兴"。王昌龄的这首《长信秋词》是"比"，是他内心之中先有了一种怨情，然后假借着团扇、寒鸦、日影这些形象把怨情表现出来。

再看王昌龄的一些边塞诗。

盛唐边塞诗，在中国诗歌的历史之中是一个很奇特的现象。其他时代的边塞诗并不很多，只有盛唐时代边塞诗最多，为什么？因为，唐朝跟外族的交往很多，战争也不少，有的时候是拓边，有的时候是抵抗外族的侵略，这就给诗人们提供了写边塞诗的背景。另外，过去的诗人一般很少到边塞去，所以他们只写自己生活中所经验过的感情，不写边塞诗；而盛唐有不少诗人去过边塞，他们有的是带兵到前线去，有的在边防部队里工作过，对边塞生活和士兵感情有切身的体验，所以就写了很多边塞诗。

盛唐武功强大，边塞诗也特别流行，因为那时候出去打仗的人对国家有一种信心，相信一定会取得胜利，所以打起仗来有一种不顾生死、勇往直前的精神，表现在诗歌里，就形成所谓盛唐边塞诗的"气象"。但这种气象到中晚唐以后就写不出来了。因为那时候大家经历了天宝以后的战乱，体验到了战争的痛苦，所以就更多地写厌战的诗歌，不再有盛唐那种勇往直前的精神了。

一般说起来，盛唐边塞诗有七言绝句和七言歌行两类。由于体裁不同，内容风格也有所不同。七言绝句比较短小，所以需要概括，要把感情浓缩，王昌龄和王之涣以此著称。七言歌行篇幅较长，就可以有批评有议论，写边塞风光和战场生活也可以写得更为具体真切，高适、岑参以此著称。刚才我提到"气象"这个词，所谓盛唐边塞诗的"气象"实际上结合了两个方面，一方面来自边塞景物的开阔博大，一方面来自那种振奋的精神和胜利的信心。而最能够代表这种气象的，就是王昌龄。

王昌龄的七言绝句写得情景相生，充满了感发的力量，而且他的感发总是兴象高远。比如他的那首"秦时明月汉时关"，有人就认为是唐代七言绝句里的"压卷之作"。清代沈德潜对王昌龄的评价："龙标绝句，深情幽怨，意旨微茫，令人测之无端，玩之无尽。"有的人写诗，话说完了意思也完了，再也没有思索的余味，王昌龄的诗却可以让你的内心一直感发，好像一块石头投在水里，那水波一圈一圈可以荡漾到很远很远。不过，这么说是很抽象的，我们还是先看他的四首《从军行》：

从军行

烽火城西百尺楼，黄昏独上海风秋。

更吹羌笛关山月，无那金闺万里愁。

琵琶起舞换新声，总是关山离别情。

撩乱边愁听不尽，高高秋月照长城。

青海长云暗雪山，孤城遥望玉门关。

黄沙百战穿金甲，不破楼兰终不还。

大漠风尘日色昏，红旗半卷出辕门。

前军夜战洮河北，已报生擒吐谷浑。

　　第一首，"烽火城西百尺楼"。古代，在传递战争警报的时候，夜里用烽火，白天用狼烟，狼烟就是点燃狼粪冒出来的白色的烟。烽火台，是专门用于点燃烽火和狼烟的高台。"百尺楼"呢？是士兵戍守瞭望的城楼。所以你看，他的第一句"烽火城西百尺楼"就写出了边塞风光的一个立体画面。而且还不止如此，这一句的声音也传达着一种感发。这是很难讲的。我们一般讲诗只是讲它文字的意义，但现在西方符号学的理论提出来，声音也能够传达出一种力量。其实，声音在中国诗里早就是一个很重要的因素，尤其是近体的律诗和绝句。古代中国读书人入学之后就要学讽咏和吟诵，这是一个传统。中国的诗很微妙，它有一部分感发的力量是随着声音传达出来的。有的人说，不就是"仄仄平平仄，平平仄仄平"吗？可是不然，同样是平声，有阴平有阳平；同样是仄声，有上声、去声和入声。平声里边，还有开口的声音、闭口的声音、撮口的声音等等区别。而且，除了韵母之外，声母的声音也会起作用。这是一种很复杂的、多层次的、微妙的结合。王昌龄的绝句为什么好？不仅好在形象，也好在声音。"烽火""城西""百尺楼"，不只兴象高远，那声音中也有一种很激动的、很强烈的感情在里面。

下一句，"黄昏独上海风秋"，是说戍守的兵士，傍晚轮到值班了，他就要到城楼上去瞭望。西北边塞怎么会有"海风"？那是因为内陆的湖泊很大，也常常称海。比如青海湖就称海，苏武牧羊的"北海"则是贝加尔湖。你要注意，"海"的发音是开口的，"风"的韵母是"eng"，那种雄浑，那种强壮，就带着一种感发的力量。这两句诗的内容，其实也不过是说守城的士兵在黄昏独自一个人站在很高的城楼上，秋天的海风从荒凉辽阔的旷野上一阵阵吹来。但这简单的内容结合着声音，就产生出一种很强大的感发力量。然后，作者就开始慢慢把人的感情移入了："更吹羌笛关山月。"笛子本是胡人的乐器，所以叫"羌笛"。《关山月》，是一个以征人思妇的离别为主题的乐曲，是说征人经过万里的关山到前线去戍守，他和他的妻子在晚上看到的是同一个明月。有一首很流行的歌曲叫《十五的月亮》，歌词大意是说：十五的月亮照在家乡也照在边关，你在前方作战，我在后方侍奉你的父母，维持家庭的生活，你尽了你的一份力量，我也尽了我的一份力量，将来军功章上有你的一半也有我的一半。这里边当然有一种现代人的意识，但这首歌显然也是征人思妇的歌曲。征人思妇的感情，古代如此，今天也是如此，古今是能够相通的。"更吹羌笛关山月，无那金闺万里愁。""金闺"，是女子的闺房。"金屋藏娇"嘛！"无那"，就是无奈。在那羌笛吹奏的《关山月》的乐曲声中，我感到难以安排的、无可奈何的是你的感情。意思是说，我对你的怀念也是永远不会改变的。

第二首，"琵琶起舞换新声"。刚才说到"羌笛"是胡人的乐器。"琵琶"，也是胡人的乐器。军中乐器都是从少数民族那里传来的羌笛和琵琶，这也就表现出了边塞诗的特色。军队里的娱乐是很重要的，因为它可以排解士兵们因生活的艰苦和孤独而产生的郁闷的情绪。当琵琶弹起来的时候，就有人起来跳舞。"换新声"是说在这个过程中已经弹过很多新的曲调。但不管换了多少曲调，"总是关山离别情"——永远是我们怀念家乡思念亲人的调子。"撩乱边愁听不尽，高高秋月照长城"。"撩乱"是紊乱，就是说，离别的忧愁在你内心环绕，你没有办法整理出一个头绪来。李后主说："剪不断，理还乱，是离愁。"（《乌夜啼》）那有点儿太柔弱了。"撩乱边愁"，就比较刚健。他说，是琵琶弹奏的那些听不完的离别的曲子，引起了我心中千头万绪的那些离别的感情；而就在我听着这种音乐的时候，就在我内心充满了这种撩乱的边愁的时候，月亮升起来了。月亮升起来与你何干？要知道在边疆旷野的秋天，天显得特别高，月亮也显得特别亮。月亮照在长城之上，这真是情景交融的极致——表面上完全写景，实际上完全写情！

情景交融，这是王昌龄写诗的特点。第一首诗中"烽火城西百尺楼，黄昏独上海风秋"是写景；"更吹羌笛关山月"是感情移入的一个因素；"无那金闺万里愁"，就过渡到感情，这是由景写到情。第二首"琵琶起舞换新声，总是关山离别情"是写从音乐唤起的感情；而到"撩乱边愁听不尽"，感情已经十分激动的时候，忽然间把笔墨宕开去写景——"高高秋月照长城"，这是由情写到景。

可是实际上，写景就是写情。当他说到"高高秋月照长城"的时候，那已经不只是一个客观上的月亮照在长城上的景色而已，所有那些听不尽的边愁已经都融进去了，那长城，那高空，那旷野，那满天的月色，现在就全都变成了征人的离愁。

　　现在我们看第三首，"青海长云暗雪山"。在一个四面遮蔽的小院子里你能看见"长云"吗？"长云"，就不是一丝一片的云，而是很广远的、无边无际的云。"雪山"，写了北方的寒冷。而在"长云"和"雪山"之间，他加上了一个"暗"字，就使你可以想象到边疆地带那种广远、阴惨、寒冷的样子。"孤城遥望玉门关"，对第一句来说实在是一个对比。"青海长云"是说遥远的边塞；而"玉门关"是什么地方？那是回乡所必经的道路。王之涣的《凉州词》说："春风不度玉门关。"玉门关内是春风，是故乡；玉门关外是战争，是死亡。古人曾经说："但愿生入玉门关。"多少人从玉门关出去之后就没有活着回来。这两句，是写出关的士兵，他们向前看，是阴惨寒冷的边塞；向后看，远远地平线上那座孤城是通往家乡的玉门关。一边是故乡和春风，一边是战争和死亡，你在这两者之中做何选择？这个对比之中有很强大的张力。作者说了，"黄沙百战穿金甲"——这是接着"青海长云暗雪山"的边塞来说的，他说在边塞我经历了这么多次战争，我身上的铁甲都被磨穿了。那么我就不想回去吗？我当然想回去，我是"孤城遥望玉门关"——每天都在想念着玉门关内的家乡。可是作为一个将士难道能够逃避战争跑回故乡吗？他说，我"不破楼兰终不还"，这又是接着"孤城遥望玉门关"的家乡之路来说的。"楼兰"用了汉朝傅介子的典故。西汉时楼兰王与匈奴勾结，屡次遮杀汉朝通西域的使臣，傅介子用计刺杀楼兰王，为汉朝建了大功。这里是用这个典故说唐朝的事，他说我们唐朝的将士也要像傅介子那样，如果不在边塞为国家建立功勋就永远也不回去！你看，这也是盛唐诗之气象的一个方面。盛唐诗之所以有气象，不仅因为景物的开阔博大，也不仅因为有感发的力量，它还有一种奋发的、高扬的精神。哪怕是在离别的悲哀之中，它也保持着这种精神。

第四首，"大漠风尘日色昏，红旗半卷出辕门"，这两句的形象也非常好。在广阔的沙漠上，狂风和尘沙使天上的日光都昏暗了，军队就在这狂风尘沙之中从军营出发赶赴战场。"红旗半卷"是写风，是军旗被狂风吹得卷起来了。"辕门"，就是军营的营门。古代军队安营时，把战车围起来作为壁垒，营门是两辆战车相对，车辕对着车辕。"前军夜战洮河北，已报生擒吐谷浑。"洮河"是地名。他们出发不久就得到前军战胜的捷报，说是昨天夜里在洮河之北的一战已经俘虏了一大批敌人。"吐谷浑"和"楼兰"一样，都是泛指敌对的外族。"谷"，不读gǔ，读yù。

附：

王昌龄的送别七绝虽然没有他的边塞、宫怨诸绝出名，但也不乏佳作。

送魏二[①]

醉别江楼橘柚香，江风引雨入舟凉。

忆君遥在潇湘月[②]，愁听清猿梦里长。

整首诗虚实结合，表现了一腔惆怅别情。前两句写在橘柚飘香的清秋，诗人置身江畔的高楼设宴为友人送别，然后在秋风秋雨中送友人离岸登舟。这两句写眼前实景。后两句描摹诗人的想象：在不久的将来，友人夜泊潇湘，彼时风住雨收，皎皎一轮孤月，凄清如此，友人怕是辗转难眠。即便暂时入梦，清绝的猿啼也会一声声搅人梦境。所谓"代为之思，其情更远"（陆时雍《诗镜总论》）是也。

---

①魏二：作者友人。名字及生平均不详。
②潇湘：潇水在零陵与湘水汇合，称潇湘。泛指今湖南一带。

高适：诗以"气骨"胜

在唐代诗人中，高适是一个比较显达的人。他做过蜀州、彭州的刺史，还做过淮南节度使、四川节度使，官至散骑常侍，可以算是政府的军政大员了。但显达不一定就是得意。高适和李白一样，都是有理想有抱负的人，他们都曾为理想和抱负的不能实现而痛苦。

《旧唐书》本传说高适是"渤海蓨人"，这地方在现在的河北境内。他的父亲做过韶州长史，韶州在现在的广东。他父亲去世以后，他家在广东无以为生，就回到北方来了，一度定居在河南。高适二十岁的时候到长安参加考试，没有考中，后来曾到北方边塞从军，但也很不得意。他家里很贫穷，长时间过着躬耕的生活。然而，他说，他不在乎个人遭到的任何灾难，但是他要把国家和人民从灾难中拯救出来。这是因为高适曾经躬耕，曾经从军，有很长时间生活在社会下层，所以他知道老百姓生活的艰苦，他也看到了大唐王朝在社会繁荣的表面下隐藏着的各种危险的征兆。他渴望为国家和人民建功立业，不甘心虚度自己的一生。

高适在五十岁的时候考中科举，被派到封丘去做县尉。"县尉"是县令手下的属官，这个官是很受气的。杜甫就曾经说过："不作河西尉，凄凉为折腰。"（《官定后戏作》）杜甫不接受县尉这个官职，因为县尉什么事情都不能自己做主张，一天到晚得观察县令的脸色，永远要低声下气地供人驱使。高适在做封丘县尉的时候写过一首《封丘县》，抒发了他内心的感受：

封丘县

我本渔樵孟诸野，一生自是悠悠者。

乍可狂歌草泽中，宁堪作吏风尘下。

只言小邑无所为，公门百事皆有期。

拜迎官长心欲碎，鞭挞黎庶令人悲。

归来向家问妻子，举家尽笑今如此。

生事应须南亩田，世情付与东流水。

梦想旧山安在哉，为衔君命且迟回。

乃知梅福徒为尔，转忆陶潜归去来。

我曾说过，王昌龄七言绝句的好处是以"情韵"胜。那么高适的诗呢？他的诗之所以好，是以"气骨"胜。"气"，是一种精神上的力量；"骨"，是文章的结构、句法和章法。高适的诗有气骨，何以见得？就在你读时的感受和体会。中国传统中作诗有三种最基本的方法：赋、比、兴。比是由心及物，兴是由物及心。而赋呢？赋是即物即心。就是说，那种感发的力量不是通过形象，而是在叙述之中直接传达出来的，不要假借那"陌头杨柳色"，也不要假借那"长云暗雪山"。在叙述的时候，那声调、那句法、那口吻，结合起来就自然使人产生感动。

比如，"我本渔樵孟诸野，一生自是悠悠者。乍可狂歌草泽中，宁堪作吏风尘下。"你看这"野、者、下"三个字，用现在的声音读并不押韵，但在古代它们是押韵的，都属于"马"的韵目，所以分别读为：yǎ、zhǎ、xiǎ——要注意，"下"也一定要读成第三声，不可以读成第四声。第三声和第四声虽然都是仄声，但效果是不一样的。第四声，沉下去就不起来了；第三声，摁下去再扬起来，有一个过程。这话很难说清楚，总而言之一定要这样念，才能够把作者心中那种高亢的、激动的、不平的感受传达出来，才能够产生一种精神上的作用和力量。

"孟诸"是古泽薮名，在今天河南商丘的东北；"渔樵"，是打鱼和砍柴。高适家境贫寒，他种过田，打过鱼，也砍过柴。但现在我要问你们，他这句为什么不说"我本躬耕孟诸野"，而要用"渔樵"二字呢？这就是诗人的选择了。一首好诗，它所用的词语都要指向一个中心的目的。高适是要把他过去的生活和现在这种折腰事人的县尉生活做一个对比。"躬耕"给人的印象是勤劳辛苦的；而"渔樵"虽然也辛苦，但这个"语码"还引起人们另外一种想象，那就是逍遥自在，不受约束。画家不是常画渔樵的图画吗？诗人不是也常写渔樵隐逸的诗吗？孟诸泽，本是一大片的湖泊，而湖泊是什么？中国古人常说："身在江湖，心存魏阙。""魏阙"是朝廷，代表着仕宦；而那江湖，也是一大片茫茫的水，代表着归隐的生活。所以，"孟诸"这个词给人的联想是隐逸的、自由的和潇洒的。

"一生自是悠悠者"，"悠悠"也是逍遥自在的样子，他说，我过惯了自由的生活，我不愿意受别人的约束。

"乍可"，是只可。他说，像我这种人，我只可以在草野之中江湖之上狂歌度日，哪能忍受在这庸俗的社会中做一个卑微的官吏，整天过这种卑躬屈膝的生活！

"只言小邑无所为，公门百事皆有期。""只言"，是只道，或者说，本来以为。本来我以为，做一个县尉虽然不能施展抱负、实现理想，但顶多也不过是无所作为而已。因为政府衙门都有它的规章制度，我老老实实奉公守法就是了。

可是我没想到，这样的生活我也不能够得到，作为一个县尉，我经常"拜迎官长心欲碎，鞭挞黎庶令人悲"。一个小小的县尉，所有来往官员的地位都比你高，你每天除了逢迎就是唯唯诺诺，这样的生活有什么意思？而且若仅仅如此也还罢了，你还得帮他们作威作福去欺压老百姓。

"归来向家问妻子，举家尽笑今如此。"他说，我回到家里，我的妻子儿女都在笑我，他们笑我当年的理想抱负都哪里去了，今天怎么竟能忍受这样的生活！

"生事应须南亩田，世情付与东流水。"我真是再也不想做官了，我要抛弃世上那些追求名利的感情，我宁可回家种田。

可是，"梦想旧山安在哉，为衔君命且迟回。"我的家园在哪儿？我有可以维持生活的产业吗？更何况，我是奉了朝廷之命来做这个官的，我怎么能够说回去就回去呢？

"乃知梅福徒为尔，转忆陶潜归去来。""梅福"是西汉末年的人，曾做过南昌的县尉。当王莽专权的时候，他抛弃官职和家庭出走，人们传说他成了仙。这里的意思是说，县尉这种官职是不可能有什么作为的，神仙的事情又比较渺茫，因此我就想起了陶渊明的《归去来辞》。陶渊明不肯为五斗米折腰，他之所以选择归耕田园，是因为耕田出一分劳力就有一分收获，既不用逢迎长官也不用欺压良民。所以高适说，我最后想来想去还是陶渊明的办法好。

后来，高适果然就辞官不做了。他在各地漫游了一段时间之后，有人把他推荐给河西节度使哥舒翰，从此他就加入哥舒翰的幕府，担任了掌书记的职务。哥舒翰是唐朝有名的一员大将，后来因生病回到长安。安禄山叛乱向长安进攻的时候，唐玄宗派哥舒翰带兵去守潼关。当时战局很紧张，倘若潼关一破，长安就不保，所以最好的战略是一面固守潼关，一面另外派兵去捣毁安禄山河北的巢穴。可是唐玄宗不懂得作战的策略，又听信宦官的谗言，强迫哥舒翰出关迎敌。结果这一战果然大败，叛军长驱直入，玄宗逃往四川。在玄宗逃向四川的半路上，高适曾经追上玄宗，坦率地向玄宗指出潼关败亡的原因。后来玄宗派诸王子分守各地，高适也曾经"切谏不可"，玄宗不听，不久果然就发生了永王璘的叛乱。由此可见，高适不仅仅有理想有抱负，而且是一个很有谋略和政治眼光的人。肃宗用他做扬州大都督府长史和淮南节度使，在平定永王璘的叛乱中，他起了很重要的作用。可是历史上说高适为人"负气敢言"，就是说，他喜欢意气用事，敢于说别人不敢说的话。所以他就得罪了很多人，尤其遭到肃宗左右宦官的忌恨，结果就免去了他的兵权，让他做太子少詹事。因此，高适虽然在平定永王璘的战争中有过很好的表现，但对于更重要的平定安史之乱的战争，他没有机会做出更大的贡献。

我们已经简单了解了高适的生平和他的作风，现在就来看他的一首有名的边塞诗——《燕歌行》。

《燕歌行》这首诗前边有一段序："开元二十六年（738），客有从御史大夫张公出塞而还者，作《燕歌行》以示，适感征戍之事，因而和焉。"唐朝东北的幽燕一带，主要是与奚和契丹作战。"张公"，指河北节度副使张守珪，开元年间（713—741）与契丹作战有功，拜辅国大将军兼御史大夫。高适有一个朋友曾跟随张守珪出去打仗，回来写了一首《燕歌行》，高适就和了他这一首：

燕歌行

汉家烟尘在东北，汉将辞家破残贼。
男儿本自重横行，天子非常赐颜色。
拟金伐鼓下榆关，旌旆逶迤碣石间。
校尉羽书飞瀚海，单于猎火照狼山。
山川萧条极边土，胡骑凭陵杂风雨。
战士军前半死生，美人帐下犹歌舞。
大漠穷秋塞草腓，孤城落日斗兵稀。
身当恩遇恒轻敌，力尽关山未解围。
铁衣远戍辛勤久，玉箸应啼别离后。
少妇城南欲断肠，征人蓟北空回首。
边庭飘飖那可度，绝域苍茫更何有。
杀气三时作阵云，寒声一夜传刁斗。
相看白刃血纷纷，死节从来岂顾勋。

君不见沙场征战苦，至今犹忆李将军。

我们先看开头两句，"汉家烟尘在东北，汉将辞家破残贼。"连用了两个"汉"字，这两个字的呼应传达出一些什么东西？他是要说，我们男子汉大丈夫应该以天下为己任，为国效忠是我们的本分。可这样说就没有一点儿诗意了，成了说教，所以诗人是不会这么笨的。他说因为汉家有了"烟尘在东北"，所以我们汉将就应该"辞家破残贼"，不但两个"汉"字呼应，它们的结构、声调上都有呼应。汉族是中国主要的民族，汉朝是历史上很强大的朝代，所以中国常常自称为"汉"。"烟尘"代表战争。上次讲王昌龄的诗有一句"烽火城西百尺楼"，边境上有了战争的警报，晚上就点烽火，白天就烧狼烟，这是对"烟尘"的一种联想。当然你也可以有更直接的联想：战争起来的时候车马奔驰，尘土飞扬，这也是"烟尘"。所以你看，高适的诗在叙述之中也有形象，不过他主要还是以句法和声调中所传达出的"气骨"取胜。当北方的契丹和奚族来侵犯的时候，高适曾经北上从军，希望有所作为。所以这"汉将辞家破残贼"不只是客观的叙述，而是他自己也早就有种"辞家"的决心和"破残贼"的勇气。

《燕歌行》这个乐府诗题是写征人远戍于燕地，与妻子互相思念的感情。曹丕的《燕歌行》"何为淹留寄他方，贱妾茕茕守空房"，那是以思妇的口吻来说的。而高适的这首《燕歌行》，其重点却在征夫这一边，他说："男儿本自重横行，天子非常赐颜色。""横行"本是不守法，欺压良民百姓，但在这里不是这个意思，这里有"纵横驰骋"之意。南北方向叫纵，东西方向叫横。你骑着马，东西南北没有你不能去的地方，这就是"横行"。中国人常说，好男儿志在四方，男子汉大丈夫岂能株守家园？身为男儿，生下来就应当志在纵横天下，建功立业。"本"是本当如此；"重"是看重，是以此为好，以此为美。你看，他的用字，他的口吻，已经传达出一种感发的力量来了。可是还不仅如此，他还跟着一句："天子非常赐颜色。""男儿本自重横行"，男儿不是为天子的酬劳而出去打仗的；但作为上边的君主，对这些报国的男儿应该有他的酬劳。什么是"颜色"？颜色是指人的面部表情。《晋书》中曾记载了阮籍能做青白眼的典故，他的好朋友来了，他就用黑眼珠看人；他不喜欢的人来了，他就把眼睛翻上去，用白眼球对着人家。天子的青眼，对于那些为国杀敌的将士们来说当然是最大的恩宠。你看，这首诗开头的四句把一个男子的气概写得真是精神十足！这四句，押的都是入声韵。

后边转为平声韵："摐金伐鼓下榆关，旌旆逶迤碣石间。校尉羽书飞瀚海，单于猎火照狼山。"这几句押的是"删"韵，这个韵的声音有时候会给人一种雄壮的感觉。"摐"读chuāng，它和下边的"伐"都是敲击的意思。"金"和"鼓"都是军队指挥号令所用，击鼓时就前进，鸣金时就收兵。所以"摐金伐鼓下榆关"，这是军队出发了。军队怎样出发？他要把大军的声容之壮传达出来，因此声音里带着形象。"榆关"就是今天的山海关。契丹和奚人的侵犯是在河北的幽、蓟一带，唐的首都在长安，从都城出发到幽、蓟一带去就称"下"。就如同我们今天到北京去说是"上京"，到乡下去说是"下乡"，到江南去说是"下江南"，这都是以都城所在的地方为贵，为上。"旌旆"，就是旌旗，大大小小各种不同的旗帜。"逶迤"是形容队伍行列中那些旗帜接连不断的样子。"碣石"是碣石山，在河北昌黎，就是曹操"东临碣石，以观沧海"（《步出夏门行》）的地方。这两句，既有"摐金伐鼓"的声音，又有多姿多彩的旌旗，叙述里边结合了声音和形象，你可以想象唐朝的大军在行进中的军容之盛。

我们说近体诗讲究对偶，词性要相同，平仄要相反，有很严格的规定。《燕歌行》是乐府的歌行，不要求严格的对偶。但你可以发现，在高适的这首《燕歌行》中，疏散之中又有严整，上句和下句之间总有一个呼应，它不是字面上的相对，而是一种本质上的相对。比如，"男儿本自重横行，天子非常赐颜色"——一个是征夫，一个是天子；"摐金伐鼓下榆关，旌旆逶迤碣石间"——一个是声音，一个是画面。这就是诗为什么有的好有的坏。不在于你说的是什么，而在于你怎样去说。一个好的诗人，他在很平常的直接叙述之中，就可以带出很强大的感发力量。"校尉羽书飞瀚海，单于猎火照狼山"也是相对的，校尉是中国军人，单于是匈奴领袖。当边疆发生战争的时候，军队就要传递告警的文书，对那些紧急的告警文书，就要在书函上插一根羽毛，所以叫"羽书"。"瀚海"是大片的沙漠，因为那沙浪的起伏就像大海上波浪的起伏一样；也有人说瀚海不是沙漠，是沙漠北边的贝加尔湖。"狼山"，有人说是白狼山，有人说是狼居胥山，总之就是北方一座山的名字。古代北方少数民族以游牧和狩猎为生，在秋冬的时候常常以打猎为名出动大批人马到边境抢掠。所以"校尉羽书飞瀚海，单于猎火照狼山"是说边境的战争开始了。

这首诗，大部分是四句一换韵。他一段段地换韵，同时也就一段段地转变场面，转变景色，转变情绪，这叫作情随声转。"汉家烟尘"四句押仄声韵，写男儿报国的气概；"摐金伐鼓"四句转平声韵，写战争已经兴起，军队已经出发；而接下来"山川萧条"四句又换了仄声韵，写前线将士的苦恼和不平。说到这里，我还要提到高适写这首诗的缘由。刚才我说过，这首诗前边的序中说，高适有一个朋友跟随河北节度副使张守珪出塞打仗，回来之后写了一首《燕歌行》给高适看，而且他一定也和高适谈到了他在北方战场上看到的一些真实情况，所以高适才写了这首诗来和那首《燕歌行》。这首诗有的地方写得实在很妙。比如"汉家烟尘"那四句，是写男儿勇于报国，勇于牺牲，写得很有感发力量。然而它妙就妙在，就在那歌颂和赞美之间，也暗示了诗的后半首所表达的那种讽刺的情意。"男儿本自重横行"的"横行"二字，虽然是赞美有志男儿的纵横驰骋，但它本身却也有欺压良善和不守法的意思。"天子非常赐颜色"，虽然是赞美天子的恩宠，但也暗示了这个人得到天子的恩宠之后可能会更加骄恣不法。所以你看，这首诗内容的叙述和情意的流露是随着声音而变化的，但在每一个转变之中又都有连贯和呼应。

"山川萧条极边土"，是说那塞外的山川，你一眼望去，眼中所见都是一片荒凉，没有村庄，没有树木，没有一点点遮阴的地方。而你在这里过的是什么样的生活？是"胡骑凭陵杂风雨"。"凭"是凭借，"陵"是欺凌。胡人都是善于骑射的游牧民族，汉人军队的骑射技术没有他们好，所以胡骑就凭着这种优势来攻击我们。"杂风雨"可能是战斗中果然起了狂风暴雨；也可能就是指胡人进攻的声势之大如同狂风暴雨。前线的士兵，他们在这样的环境中战斗和生活，可是军队的将帅怎么样？是"战士军前半死生，美人帐下犹歌舞"。士兵在前线大批地死去，而将帅在帐中仍然欣赏着美人的歌舞。

接下来换平声韵，激愤不平的感情又进了一步："大漠穷秋塞草腓，孤城落日斗兵稀。身当恩遇恒轻敌，力尽关山未解围。""腓"，是病的意思，出于《诗经·四月》"秋日凄凄，百卉俱腓"。秋天所有的花草都病了，意思是说它们都枯萎衰落了。在广阔无边的沙漠上，在寒冷凄凉的晚秋时节，边塞的草也都枯萎衰落了，这是大自然的背景。那么人呢？打了一天的仗，那孤城的城关上已经没有多少活着的士兵，几乎一半的战士都在战场上死去了。张守珪在与奚和契丹的战争中打过胜仗，后来又打败了，可是他"隐其败状而妄奏克获之功"（《旧唐书·张守珪传》）。有人说高适这首诗就是为讽刺张守珪而作的。所谓"身当恩遇恒轻敌"，是和前边的"天子非常赐颜色"相呼应。一个骄纵的将帅，又得到皇帝的恩宠，于是就常常看轻敌人。他没有周密的战略计划，随随便便就把军队派出去打仗，因此就造成了战争的失败。士兵们陷入绝境，他们把力量用尽了，血也流尽了，最终也不能突破敌人的包围。

你看，他从战争的开始一段一段写下来，写到战争的紧张、主帅的骄纵、战斗的失败、士兵的阵亡。然后他写什么呢？写征夫和思妇的痛苦："铁衣远戍辛勤久，玉箸应啼别离后。少妇城南欲断肠，征人蓟北空回首。"这里又换了上声韵，而且是把征人和思妇对比来写的。这在意思上又是一个转折。前边他都是写战场，从战场怎能一下子跑到思妇的闺中？这里他有章法上的安排，是通过对句来转换的。我们说过，七言古诗本来不需要对句，可是高适常常中间用一些对偶的句子，使诗在松散之中有了一种严密整齐的感觉。高适诗里有时是散的，有时是骈的，而现在他要把闺中和塞外做一个对举，他的重点是写塞外，写战场，所以这两句是骈偶的。"铁衣远戍辛勤久，玉箸应啼别离后。""铁衣"指战士征夫，"玉箸"指思妇妻子。"玉箸"是什么？这里是指女子的涕泪。有的人哭泣时鼻涕也会流出来，那就是涕。你说"涕泪应啼别离后"，当然也不错，可是他换一个"玉箸"，这是诗人的美化。两条鼻涕灰灰白白的，他就说好像两根玉的筷子一样。"少妇城南欲断肠"，是接着玉箸说的，说他那年轻的妻子是在城南。为何在城南？城北女子不断肠？这就是中国的诗之所以为诗了，它的语言符号，一定要结合文化的背景。比如，一说东风，你一想就是春天的风，一说北风，你一想就是冬天的风。他为什么说城南？在唐朝的诗歌里，这个"城南"就是思妇所居的地方。唐朝的思妇难道都住城南？其实他这样说是有各种原因的，从地理上来说，你看看长安的历史地图，长安的街道都是正南正北、四四方方的，北部主要是中央政府办公机关和皇宫所在，一般老百姓都住在城南。从文化习惯上来说，唐代诗人也常常把城南作为思妇所在的地方，例如，初唐沈佺期有一首七言律诗《独不见》，其中就有两句："白狼河北音书断，丹凤城南秋夜长。""白狼河北"是征人打仗的地方,"丹凤城南"就是指长安城南。一个是地理的原因,一个是文化的原因,所以唐人总是把思妇的背景安排在城南。"征人蓟北空回首",是说打仗的征夫在蓟北的边疆,他难道不怀念妻子?他当然也回头遥望他的家乡,可那是没有用的,他没有办法回来。所以这四句,铁衣是征夫,玉箸是思妇;城南是思妇,蓟北是征夫。他用对句,用张力,增加了感动人的力量。可是,高适的诗毕竟是以征夫为主的,所以他写了征夫和他妻子两方面的怀念。

之后就转回来说:"边庭飘飖那可度,绝域苍茫更何有。"那少妇也怀念征夫,征夫也怀念他的妻子,可是边疆的地方这么遥远。"飘飖"是非常遥远的意思,"那可度"是说,我怎么能随便回去呢?"绝域苍茫更何有"是说,在一个天涯海角非常边远的地方,在相思怀念的悲哀之中,在打仗的危险艰难之中,你眼前又能够看见些什么?在这里,"飘飖"和"苍茫"都是叠韵,我们应该注意到这些细微的质素所起的作用。

"杀气三时作阵云,寒声一夜传刁斗。"这是用对偶句写战场生活,他说战场上永远是杀气腾腾,烟尘滚滚的。"三时",是早、午、晚三时,实际上就是整天的意思。他说在边疆的地方,从早到晚都布满了杀气腾腾的烟尘,那些烟尘跟天上的阴云结合起来,就成了战场上的"阵云"。"刁斗",是一种铁做的容器,白天用来做饭,夜晚就用以敲击巡逻。这个词出于《史记》的《李将军列传》。李广这个人猿臂善射,用兵神奇莫测,匈奴称他为"飞将军"。李广对士卒是非常爱护的。他带领军队在沙漠里行进,每当找到水的时候，士卒不尽饮，他就不近水；每当吃饭的时候，士卒不尽食，他就不尝食。因此士兵们都愿意为他牺牲生命。《史记》上说，当时还有一个将军叫程不识，也很善于用兵。不过，李广是用仁爱来感动他的士兵，程不识却是用军令来约束他的士兵。李广的军中不用刁斗，而程不识的军中管理严格，每天晚上都有人敲着刁斗各处巡察。所以，这"刁斗"是军中所用之物。陆游有一首诗说："日暮风烟传陇上，秋高刁斗落云间。三秦父老应惆怅，不见王师出散关。"（《观长安城图》）我曾说过，西方语言学的符号学有一个名词叫作"code"，就是一个符号。在你的传统文化背景中，你一用它，就会引起读者一连串的联想，正是这种联想使读者感受到诗歌中丰富的感发力量。杜甫有两句诗："瞿塘峡口曲江头，万里风烟接素秋。"（《秋兴八首》之六）他说，我的身体是在四川的瞿塘峡口，可我心里怀念的是长安。我虽然不能回到长安的曲江去，可我们这里的风能够吹过去，这云烟的笼罩可以把相隔万里之遥的瞿塘峡和曲江连接起来。而这风烟的连接，就代表了我内心对远方的关怀。李白有一首送杜甫的诗说："思君若汶水，浩荡寄南征。"（《沙丘城下寄杜甫》）他说，我怀念你就像眼前汶水的流水，它的浩浩荡荡就像我对你的感情一样。所以，人内心的感情，是可以借着流水、借着风烟把两个遥远的地方连接起来的。陆游所关心的是沦陷区的人民。"秋高刁斗落云间"是说，秋天时天空显得很高远，军中的刁斗声传得更远，都飘到高空的云中去了。那么它当然也可以传到大散关那一边的沦陷区。当那边的中原父老听到这边的刁斗声时一定会感到惆怅，我们只隔着一个大散关，为什么自己国家的军队不出来收复我们这沦陷的地方？这首诗，是陆放翁抒发他忠爱的感情，而我现在要讲的是什么？是高适的"杀气三时作阵云，寒声一夜传刁斗"。你一定要知道这种感发联想的作用，要不然的话就成了死死板板的一个注解。"寒声一夜"，这是战场上的感受和战场上的气象。在冬天寒冷的时候，你会感到那刁斗的声音更响亮，传得也更远。而且，你会联想到陆游的"秋高刁斗落云间"，你可以由此想见战场上士兵们那种艰难、辛苦、寒冷的感受。

"相看白刃血纷纷，死节从来岂顾勋。"战场上刀光剑影，鲜血迸流，战士们为了保卫国家而在战场上死去，这些人有几个人建立了功名？有几个人封侯挂帅？一将功成万骨枯，死去的那些人哪一个立了功勋？都是无名的将士！

"君不见沙场征战苦，至今犹忆李将军。"你难道没有看到，在沙场上打仗是多么辛苦？你难道不该爱护你的士兵吗？"李将军"，就是李广。"至今犹忆李将军"，言外之意就是，现在的将军们再也没有一个像李广那样既能征善战又爱惜士卒的了。

附:

塞上听吹笛[1]

雪净胡天牧马还[2]，月明羌笛戍楼间。
借问梅花何处落[3]，风吹一夜满关山。

这是一首表现战争间歇期守边将士生活的诗作。雪融时节击退敌人的进攻，月明之夜将士们在戍楼吹起羌笛，《梅花落》的曲调随风飘散，仿佛一夜之间吹遍关山的花片。诗人以边塞闻笛的手法入笔，巧妙地将"梅花落"三字拆用，风声满山，笛音遍关山，现实中的听觉与想象中的视觉相交织，使这首诗具有了高妙阔远的意境，为边关的苍凉调和了一抹暖色。这首诗反映了激战过后的边疆复归祥和宁静，也吐露了将士们的思乡情深。本诗感情基调壮美健朗，呈现一派盛唐气象。

---

①诗题又作《塞上闻笛》和《和王七玉门关听吹笛》，王七指王之涣。
②牧马还：胡马北还，边烽暂息，指敌人的骑兵被击退。古代称少数民族侵扰中原为"牧马"。
③梅花:《梅花落》，笛曲名，多抒离情。这里三字拆开嵌于诗中，含双关意，既指悠扬的笛声，又把笛声比作纷纷飘落的梅花花片。

沉郁顿挫、仁民爱物看杜甫

先说说杜甫的家世。杜甫的十三代以前有一位很有名的远祖叫杜预，文武双全，无论学问还是事功，都有相当了不起的成就。从文的方面说起来，如果大家看古代的经书，你会发现十三经里边的《左传》就是杜预做的注解；另外在武功方面，大家还要了解那时的历史。杜预是晋朝人，晋以前三国鼎立，后来魏灭掉蜀，不久，魏的政权又被司马氏篡夺，改国号为晋。最后，晋才消灭了东南的孙吴，而当时率军讨伐东吴的正是杜预。杜甫在诗中常常写到其祖先的这份功业，这是杜甫的远祖，那么他的曾祖呢？他的曾祖名叫杜依艺，曾经做过河南巩县的县令，杜甫就出生在巩县的南窑村。

杜甫的祖父杜审言也是一位诗人。我在讲初唐诗歌的时候，讲过他的《和晋陵陆丞早春游望》，那是一首五言律诗，而杜审言对初唐五言律诗这种体裁的奠定，是有一份贡献的。不但杜审言以文学出名，杜审言的从祖兄杜易简也是以文学出名的。所以杜甫写给他儿子的一首诗中有这么两句：

> 诗是吾家事，人传世上情。
>
> （《宗武生日》）

他说作诗就是我们家的事情，瞧他有多大的口气！

有时候，家庭的熏习确实对人的成长影响很大。杜甫的家族有中国儒家读书仕宦的传统，可细讲起来，读书仕宦的家庭也有很多不同。有些家庭表面上当然也读书了，不然他怎么参加科举考试？怎么得到仕宦的结果？但某些人的仕宦只是为了利禄而已，而杜甫的家族呢？我要说：他的家族不仅有读书仕宦的文学诗歌传统，而且有一种品格道德的传统。

杜甫的外祖母本来是唐朝的宗室。我常常提到屈原，屈原如此忠义，当然一方面是因为他本来就有一种热烈深厚的感情；另一方面，他也是楚国的宗室，而家族的观念对中国人的影响非常深刻。杜甫的外祖母是义阳王李琮的女儿，当年武后想把李氏的天下变成武氏的天下，很多唐朝的宗室获罪被杀，义阳王也没能幸免。当义阳王还在监狱里的时候，差役去他家里捉拿他的儿子。他有两个儿子，哥哥已经长大成人，弟弟还小，那些人只把哥哥带走了，于是弟弟哭泣着说，如果把哥哥放了，他愿意去替死。这样要求的结果是，不但哥哥没有放，连弟弟也被杀死了。所以有人说义阳王的儿子是"死悌"。死忠，是为国家尽忠而死；死孝，是为父母尽孝而死；为兄弟而死就叫"死悌"了。中国古代的男子总是比较重要，义阳王的两个儿子受父亲连累而死，可女儿没有被抓进去，当然那时女儿还很小。义阳王在监狱中还没有被杀之前，探监送饭的就是这个女儿，人们都说这家人是非常孝义的。此外，杜甫在南北朝时有一位叫杜叔毗的先祖，名列在《周书》的《孝义传》中。可见，无论是他父亲的家族，还是他母亲的家族，都有孝义的传统。

当然，我这么说并不是认为人生下来就已经带了这样那样的血统，像俗话所说的"龙生龙，凤生凤，老鼠生来会打洞"等等。我所说的传统，指的是一个人所属的家族、所生长的环境、所接触的人有某种传统，而这种传统对一个人的影响不容忽视。

像李白和杜甫，他们的才能就不属于同一类型：李白飞扬，杜甫沉着。李白作为天才是不受拘束的，那么杜甫的天才是什么特色呢？我实在要说，是他的博大、正常、健全、深厚，他完全站在"正"的这一面。用一个比喻：李白是飞上去的天上的一朵云；杜甫是稳稳当当站在地面上的一座山。李白的诗如"白云从空，随风变灭"（《御选唐宋诗醇》卷六），随着风的吹动而变化消逝，他都是跳出来在空中的。可是杜甫呢？如同一座大山一样坚实难移，他这样坚固踏实，你很难将他移动。不仅才性不同，李白和杜甫所生长的环境、家庭的背景也有很大差别。前面说过，李白的家世已无从考证，而杜甫的家族世代都有读书仕宦的传统，这样的家庭对杜甫的影响非常深远。

我们现在讲杜甫在整个唐朝诗歌的历史演进中的重要性，要取一个历史的观点，知道他真正的成就在哪里。像解析几何那样，从历史上众多的作家、作品中为他找一个坐标点。不仅要从历史的时间上来比较，还要从不同风格的作者的空间上来比较。你一定要有一个通观的整体的看法，才知道他的地位和价值到底在哪里。

我们赞美杜甫，常常说他最大的成就在于"集大成"。孟子提出"集大成"的说法，并且用比喻来说明"集大成"的意思：

孔子之谓集大成。集大成也者，金声而玉振之也。金声也者，始条理也；玉振之也者，终条理也。

（《孟子·万章下》）

他说：孔子就是一个集大成的人。什么叫"集大成"呢？"成"就是指乐曲完成了整个乐章的演奏。如果把人的一生比作演奏一支乐曲，你可以用单独的乐器来演奏，比如说弹琴，你所演奏的音乐就是琴声；假如你击鼓，你所演奏的音乐就是鼓声。这是单独乐器的演奏，可是孟子说，一个真正伟大的人，他平生的乐章不是单独乐器的演奏，而是交响乐，是多种乐器的合奏，很多乐曲的合成。如果你只是用一种乐器演奏完一段乐曲，完成了一个乐章，这叫作小成；如果把各种乐器配合起来演奏，而且自始至终配合得恰到好处，那才叫大成。

孟子说："集大成也者，金声而玉振之也。"什么叫"金声而玉振"呢？你要知道各种乐器合奏的时候，要有开头，有结尾，要做到全始全终。所谓"金声"就是说开始时先以钟声敲定整个乐曲的基本乐调；所谓"玉振"就是说结尾的时候要以玉磬做一个庄严的收束。这叫作"集大成"，演奏乐曲如此，作诗如此，做人同样如此。

孟子讲的是做人的道理，现在我们还回到文学上来。

杜甫以集大成的胸襟生在一个可以集大成的时代。所谓集大成的胸襟，就是说你要能够接受、容纳各方面的好处，而不是故步自封，自己先画个圈把自己封起来，把其他的排除出去。就胸襟而言，杜甫不像很多人那样，只认为自己对，一定要把对方打倒。每个人都有长处，每个人也都有短处。有些人心存成见，认为律诗都不好，自从建安以来的诗都不好，可杜甫不这样说，每个时代、每个作者都有他的长处。杜甫之所以有这样的胸襟，我认为这可能与他的家世有关系，因为他的祖父就是写近体诗的，所以他不鄙薄近体诗。他后来在律诗的写作上取得这么高的成就，与他从小所受的影响有很大关系。

可是，如果杜甫生在建安的时代，他能够写出《秋兴八首》这样的律诗吗？不能够，因为那时候还没有律诗的体裁。律诗是在唐朝形成的，杜甫能够把五言七言、古体近体都写得好，也是因为他生在一个可以集大成的时代，他可以集各种形式的大成。

造成这种集大成的结果必有某种原因。他为什么会有这种集大成的成就？我实在要说，因为他能够深入生活，面对生活。李白是了不起的一位天才，但他的诗多半是从自己出发的；杜甫不是这样，他真的是深入生活，关心大众。像他的"三吏""三别"等很多诗，所反映的都是人民大众的生活，他能够体验各方面、各阶层的人的生活，而且能够把它写好，这是造成杜甫诗歌之集大成的一个原因。

杜甫之所以能够如此，既有环境的关系，又有性格的关系。杜甫在其所生长的环境中接受的是儒家用世的教育，杜甫所继承的真是儒家传统中最正确、最高、最好的理想，所以他能够深入生活，面对生活，关心人民大众。至于性格情感方面，每个人天生下来的资质不同，后天的因素也会产生一定的影响。杜甫之所以伟大，一个重要的原因就是他的感情都是合乎伦理道德的感情。他把道德伦理的感情与他自己私人的本性的感情结合起来，打成了一片。他所写的那种对于国家、对于人民大众的感情如此真挚、深厚、博大，这是造成杜甫集大成的另外一个原因。他以自己的生命抒写他的诗篇，以自己的生活实践他的诗篇，把自己的生命与诗歌的生命完全结合起来，他全部的作品是他整个的生命和生活的实践。

我们要细讲的是杜甫的《哀江头》，这首诗写在至德二载（757）的春天。

哀江头

少陵野老吞声哭，春日潜行曲江曲。

江头宫殿锁千门，细柳新蒲为谁绿？

忆昔霓旌下南苑，苑中万物生颜色。

昭阳殿里第一人，同辇随君侍君侧。

辇前才人带弓箭，白马嚼啮黄金勒。

翻身向天仰射云，一笑正坠双飞翼。

明眸皓齿今何在？血污游魂归不得。

清渭东流剑阁深，去住彼此无消息。

人生有情泪沾臆，江水江花岂终极。

黄昏胡骑尘满城，欲往城南望城北。

"江头"就是曲江的江头。经过唐太宗的"贞观之治"、唐玄宗的"开元盛世"，唐朝社会已经很繁荣了。而长安作为首都，每年春天到处是游春赏花的士女，于是逐渐形成了一种风气。所以刘禹锡写过一首诗说："紫陌红尘拂面来，无人不道看花回。"(《元和十一年自朗州承召至京戏赠看花诸君子》)曲江本来是长安附近一个风景优美的地方，游春的风气尤盛，然而长安沦陷后又是怎样的一种情景呢？ 如今的曲江已经面目全非，只是一片荒凉，完全没有当初那种歌舞升平的情景了，所以他说"少陵野老吞声哭，春日潜行曲江曲"，我只有吞声饮泣。

杜甫说"少陵野老"，他现在已经没有官职，只是困在沦陷区内的一个普通人，一个潜往"行在"却被中途拦截回来带到长安的逃难者，故以"野老"自称。"少陵野老吞声哭"，当我经过曲江的江边，看到"国破山河在，城春草木深"(《春望》)的时候，国家已经残破了，可是曲江江边的终南山还在，曲江的江水还在；城中美丽的春天又回来了，游人却不见了，只剩下那茂盛的草木。见到这样的情景，我就落下泪来了。你要注意，他说"少陵野老"是"吞声哭"，"哭"有很多种，有人可以放声痛哭，而他杜甫敢站在曲江江边上放声痛哭吗？不敢，因为国破家亡以后，就连哭都是不自由的。如果你在曲江江边上放声大哭，人家就会发现你是在怀念自己的国家和朝廷，这是很危险的。所以杜甫现在所能做的只是吞声哭泣，他说，我满心的悲哀却连哭都不敢哭出声音来。

他是在什么时候来到曲江江边？"春日潜行曲江曲"，就在当年那个游春赏花的天气。你要注意，他的哭是"吞声哭"，行是"潜行"，因为怕被安禄山的军队发现，他也不敢光明正大地走路，只能偷偷摸摸、隐隐藏藏地在江边徘徊。

在这两句中你还要注意他的写法,我常常说,声音与它所表现的感情要一致。"少陵野老吞声哭,春日潜行曲江曲",他要写自己吞声哭泣的声音,你看"哭"字、"曲"字都是入声字。讲广东话的同学就会知道,广东话里的入声字都有一个p、k这样的收尾,凡是这样的声音都不能拖长,你要赶紧收住,所以它整个的声音表示了一种短促的类似于吞声的声音。

杜甫在江边徘徊,他看见了什么?"江头宫殿锁千门,细柳新蒲为谁绿?"他满心怀念的都是从前的情景:从前是"曲江翠幕排银牓",是"拂水低回舞袖翻"(《乐游园歌》),现在是"江头宫殿锁千门"。那时候达官贵人有自己的帐幕,唐玄宗和杨贵妃还不只是帐幕,他们在曲江江边有行宫,有休息的宫殿。现在皇帝逃走了,贵妃被缢死了,首都也沦陷在叛贼的手中,宫殿的千门万户都被锁了起来。哪里有翠幕?哪里有翻飞的舞袖?已经人事全非了。没有游人的欣赏,花还开不开?柳树还绿不绿?如果草木也有知觉也有感情的话,看到了国破家亡应该是柳也不绿花也不开,可是草木无知,到时节还是绿了。"细柳新蒲为谁绿",杜甫不但感情真挚,而且对大自然的描写也非常出色,"细柳"代表柳条非常鲜嫩、非常柔软的样子,鲜嫩柔软的柳条代表了春天刚刚到来的时节。"蒲"是水边的芦苇,"新蒲"也是刚刚生长出来的新鲜嫩绿的蒲苇,那种早春的植物是非常美丽的。他说,那嫩绿的柳条,那新生的蒲苇,你们还长得这么美,这样碧绿,可是没有一个人来游春赏花,你们为谁而绿?"国破山河在",现在"城春"只剩下"草木深"了,他以大自然的不变反映了人世间的改变。

我说过，杜甫是感性与理性兼长并美的诗人，你看他前面写的"吞声哭"，这里写的"为谁绿"，写的完全是感情、感性的话，可是他的用字、他的押韵、他的声音，以至于他的章法结构，又都有理性的安排。这也是杜甫之所以集大成的另外一个原因。

假如我们画一个图表的话，他从开始到"细柳新蒲为谁绿"都是写的悲哀；到"忆昔霓旌下南苑"一句忽然间一转，又回到从前的盛世了。

"忆昔霓旌下南苑，苑中万物生颜色。""霓"是说云霓，指天上的彩云；"旌"就是旌旗。"南苑"是哪里呢？我们要知道，曲江在长安城东南夹城的城脚处，那里有乐游园、芙蓉苑等地方，而曲江一带的花园总名为"南苑"。他说，记得从前，玄宗喜欢到曲江来游玩，他从皇宫经过夹城来到南苑。皇帝所行之处，五彩的旌旗迎风招展。你要注意，中国对"上"字和"下"字的用法很讲究。一般来说，"上"指的是高贵的地方，"下"指的是卑微的地方。皇帝无论到哪里去都是"下"，所以有乾隆皇帝的"下江南"。任何一个朝代说到首都去，都说是"上京"；去乡下都说是"下乡"。北方地势高，去北方就是"北上"；南方比较低洼，去南方就是"南下"。总之，说上说下既与地位有关，也与地理有关。只有两个上下好像颠倒了："上"厕所与"下"厨房。"忆昔霓旌下南苑，苑中万物生颜色。"当年玄宗从皇宫来到南苑，在其五彩旌旗的照耀之下，曲江附近的园囿因之生色，那些细柳新蒲、花草树木显得更加多姿多彩。

还不仅是景物的美好，人物呢？皇帝是一个人出来游春？当然不是，他是带着杨贵妃出来的。我们知道，《哀江头》写于沦陷区内，写的是国破家亡的悲慨。可是你要表现国家的败亡，就要有一个主题或中心。在这首诗中，杜甫选择了唐玄宗与杨贵妃的故事。他前两句提到了玄宗，这句就开始写杨贵妃了："昭阳殿里第一人，同辇随君侍君侧。"杜甫说杨贵妃是昭阳殿里的第一人，昭阳殿本来是汉成帝的宫殿的名字，我们在讲高适的《燕歌行》时曾经说过，"汉家烟尘在东北，汉将辞家破残贼"，他把唐朝的将官说成是汉朝的将官，而唐朝人总是习惯假托汉朝来称唐朝，所以杜甫在这里把唐朝的杨贵妃所居的宫殿说成汉朝的"昭阳殿"。汉成帝曾经宠爱过一个很美丽的女子，就是历史上非常有名的赵飞燕。王昌龄的诗中有两句说"玉颜不及寒鸦色，犹带昭阳日影来"（《长信秋词》），"昭阳"本来是皇后所住的宫殿，赵飞燕就曾经住在昭阳殿里边。所以"昭阳殿里第一人"就是指皇帝最宠爱的一个妃子，把杨贵妃比作赵飞燕。那个时候，她"同辇随君侍君侧"。"同辇"是和皇帝在一起，"随君"是和皇帝在一起，"侍君侧"也是和皇帝在一起，杜甫将同样的意思接连重叠了三次，这是特别加重的说法。"辇"是皇帝坐的车，皇帝坐宫辇时跟杨贵妃在一起坐；"随君"就不只是"同辇"了，是无论皇帝到哪里去，她永远随着皇帝到哪里去；"侍君侧"是她永远陪伴在皇帝身边。所以，"同辇随君侍君侧"是说他们时刻不分，形影不离，无论行动坐卧都永远在一起。这句看似叠床架屋，但是他把杨贵妃得到玄宗宠爱的那种情形写到了极点。我们有时候讲文学作品的"作法"，这其实都是最笨的办法。只要你所写真的能够传达你自己感发的生命，你怎么样写都好。我们一般认为叠床架屋不好，可是有时候，这种感发的力量正是要靠叠床架屋才能表现出来。

当初皇帝出来，不只是游春赏花，有时候他还在附近射猎。你要知道在宫苑中有一些鸟兽，是特别供皇帝来射猎的。"辇前才人带弓箭，白马嚼啮黄金勒。"在皇帝所坐的辇车前面有"才人"，"才人"是宫中的女官，她们身上佩带着弓箭，骑的都是白马。中国一向认为白马是最漂亮的马，西方也有"白马王子"之说。皇帝打猎的马队，佩戴得当然很美盛。这些马嘴巴里的嚼环、头上的笼头都是"黄金"做成的。这里你要注意，诗人们向来把凡是金属做成的东西，不管是铜是铁，都说成是"金"的，这是诗人习惯的说法，我们当然知道，黄金太软，是不能用来做马笼头的。

后面两句写打猎的场面："翻身向天仰射云，一笑正坠双飞翼。"因为天上有飞鸟，射鸟的时候你要仰面向天，不能直着身子，这是"翻身向天"。"翻身向天"怎么样？"仰射云"。杜甫的诗很有力量，你看他所写的姿态，他重视的是感性上的感受，而不是理性上的说明。翻身仰射的当然是天上的鸟，可是他不说"翻身向天仰射鸟"，而是说"翻身向天仰射云"。如果是"仰射鸟"那就很笨，那鸟不是呆鸟，待在树枝上不动，你一射它就掉下来了，是在云中飞的鸟，所以，"翻身向天仰射云"一句就表现出一种威武而且潇洒的姿态，他整个身体的那种姿态写得非常好！这就是杜甫，他不但每一句每一句地节节高起，一句之中，比如"同辇随君侍君侧"，比如"翻身向天仰射云"，也都是两字两字地向上高起来。

后面一句就更妙了，"一笑正坠双飞翼"。这句是他整个章法结构之中的一个转折，他转折得非常好，非常形象化。古人说"笔挽千钧"，他一笔就把所有的力量都反转回来了。这首《哀江头》也是，他开始写国破家亡后曲江江头的冷寂，然后用"忆昔"两个字翻上去写过去的繁华，他一句一句地向上翻，到现在为止，表面上还是上升的："翻身向天仰射云"，这句话就很妙；"一笑正坠双飞翼"，还是在高兴呢。"正坠双飞翼"写的是对一对鸟的射杀——那才人射中了一对比翼双飞的鸟。中国古人常常说"一箭双雕"，你一箭射出去可以一起射中两只鸟，这是射箭的最高的技术。"双飞"本来就是说并飞的两只鸟，你一箭把它们都射下来了。"一笑正坠双飞翼"，表面上仍是飞扬的，是写宫中女官射技的高妙——在皇帝面前表演射箭，那当然要有最好的训练、最好的技术。可是与此同时，这句诗也有一种象喻的意味。感性与理性结合，写实与象征结合，这本来就是杜甫的一个特色。而"一笑正坠双飞翼"，他在上升的同时，就有了一个降低的调子。为什么？你看他形象上的表现："双飞翼"——双飞比翼的鸟一般比喻美满的夫妻，而"双飞翼"被她们射"坠"，对于人来说，这是射技的高妙，是值得高兴的事；可是对于鸟来说，这是一件很不幸的事情。事实上，这个形象表现的是一对爱侣所遭遇的挫伤和不幸。"一笑"者是谁？是贵妃，因为一箭双雕，就博得贵妃的一笑。而紧随这"一笑"，整首诗一跌就跌下来了。

所以，杜甫在作诗的章法转折上是非常妙的。也由于这个转折，他后面才能够马上接下去："明眸皓齿今何在？血污游魂归不得。"当初在马上"一笑"的，是看到精彩射箭表演的贵妃；当她

"一笑"的时候，你可以看到她明亮的眼睛之中那种笑的光彩。当年回眸一笑，她的眼睛那么明媚，牙齿那么洁白，可是现在她在哪里？"血污游魂归不得"，她已被用三尺白绫勒死在马嵬坡了。

诗歌是一种形象化的感性表现，而形象化有很多种表现的方法。有时是通过具体的叙述使其形象化，比如杜甫写射猎，说"翻身向天仰射云"，表现了才人射箭的潇洒姿态；再比如"明眸皓齿今何在"，他不说杨贵妃"今何在"，"明眸皓齿"也是具体的形象；"血污游魂归不得"是说她这样惨死，魂魄都不能回来，"血污游魂"还是具体的形象。所以诗歌之形象化的表现有几种不同形式，其中一个就是叙事时具体地叙述。形象化的第二种表现是要富于感染的力量和效果，这是作成一首好诗的最重要的因素。我们讲诗的时候提到中国诗歌比兴的传统，第一种是见物起兴，由物及心，你先看到外物然后感动了你的内心，由耳目的见闻而有所感发。第二种情形是由心而物，把内心的意念用比喻来表达。前者为"兴"，后者为"比"，基本分别是如此的。可事实上说起来，在诗人真正写作的时候，这两种成分常常混合起来，接下来的两句正是如此。

"清渭东流剑阁深，去住彼此无消息。""渭"就是渭水，我说过，在长安城外的"八川"之中，泾和渭是最有名的两条河流，而中国习惯上认为泾水是浑浊的，渭水是清澈的，所以是"清渭"。而且，"清渭"所指应该是长安，唐人诗曰："秋风吹渭水，落叶满长安。"（贾岛《忆江上吴处士》）所以你要解说中国旧诗，一定要知道往哪里去联想，渭水给人的联想往往就是长安。"剑阁"是四川的一个地名，四川多山，李太白不是写过《蜀道难》吗？所以你就知道，"剑阁"是在那么深远的崇山峻岭之中。表面上看起来，"清渭"是一个地方，"剑阁"是一个地方，一个在长安，一个在四川，这都是外物，是写两个地方的外在景物，可他实实在在不是单纯由外物所引起的感兴，里面还有比喻的意思。"东流"代表什么？一般说来，"东流"指的是逝水的东流，水永远在不停地流逝。至于"清渭"之"东流"有两种可能：其一，渭水代表了长安，东流有一去不返之意，所以"清渭东流"可以给人长安沦陷的联想；其二，杨贵妃死在离长安和渭水都不远处的马嵬坡，所以"清渭东流"还有可能指死者的不可复生，以"清渭"的逝水东流象征死者的长逝不返。"清渭东流"相对的是"剑阁深"，你要注意在形象的结合中表示动态和感受的那个字。在诗歌中，意象不是孤立发生作用的，表示动态和感受的字能够使意象活起来。"清渭"的作用在于"东流"两个字，"清渭东流"给我们逝水东流、一去不返的感受，并因此而联想到长安的沦陷和贵妃的长逝；而"剑阁"的后面加了一个表示动态和感受的"深"字，也可给人几种联想。一是说剑阁的艰险，再有是说剑阁的遥远。李白说"蜀道之难，难于上青天"（《蜀道难》），在中国地理中，剑阁古称天险，所以说是"剑阁深"。由剑阁的险阻你还可以联想到什么？是玄宗的安危。我们知道，玄宗从长安逃往四川，中间要经过剑阁，路途这么险阻这么遥远，可以说是安危莫卜，还日无期。而杜甫此时羁留在长安，不知道玄宗以后还能不能回来，接下来还会发生什么变乱，一切都在悬念之中。所以，"剑阁深"的"深"字就有了险阻与遥远的双重含义。"清渭东流剑阁深"，仅仅七个字，而死者的长逝、生者的安危、国家的前途都包含在其中了。

下边一句同样给人以多种意义的联想："去住彼此无消息。"我们先看"去住"两个字。古人所说的"去住"，不尽如我们今天所说的"去"和"住"。在古代，"去"常常代表死者，"住"常常代表生者。中国提到人的死，说是"长去"，就是永久地离开，再也不回来的意思。而"住"，则表示还留在这个世界上。"去住"这样的用法在古典诗歌里边一直如此，直到近代还有人这样用。"去住彼此无消息"这句的解释有两种可能：一种可能是说，"去"指已经死去的杨贵妃，"住"指还活在世上的唐玄宗，他们二人彼此永无消息了；第二种可能是说，以作者而言，自从玄宗"幸蜀"以后，杜甫被叛军劫回长安，这首诗正是写于沦陷的长安，此时他对于国家的前途、皇帝的命运完全不清楚，因此"去"者可能指"幸蜀"的玄宗，"住"者可能指沦陷在长安的诗人自己，他们之间也是"彼此无消息"。

"人生有情泪沾臆，江水江花岂终极。"俗话说："人非草木，孰能无情？"人不是那没有感情的草木，你只要生而为人，谁能够没有感情？中国古人还说："圣人忘情，最下不及情。情之所钟，正在我辈！"（《世说新语·伤逝》）"圣人"是指超然于人类的悲欢离合、悲喜哀乐之外的人，他们是"忘情"；"下愚"是指在理智上、情感上很迟钝的人，他们是"不及情"；而感情所结聚的，正是在我们这些既非"太上"又非"下愚"的一般人。一个人如果对于国家的败亡，对于人民的安危都不在乎，而是只顾自己，只求个人生活的安定，那人的心已经死了。"哀莫大于心死"（《庄子·田子方》），所以人，只要你的心不死，只要你是一个有心肝有感受的人，当你看到国家的败亡，面对着这种悲惨的变故，就不会无动于衷。杜甫说，我忍不住落下泪来，沾湿了胸臆。

他前面写的是悲哀的感情："人生有情泪沾臆"，后面忽然间一个写景的句子："江水江花岂终极。"你不要忘记，这首诗开始写的是"少陵野老吞声哭，春日潜行曲江曲"；现在，他从所发生的悲惨变故再回到大自然的景物之中："人生"是"有情泪沾臆"，可是"江水江花岂终极"？你面对的是这么悲惨的变故，可曲江的江水为此而停止不流了吗？曲江江边的花为此而停止不开了吗？没有，春天永远有这样碧绿的江水；花朵永远是这样美丽的万紫千红。而我今天来到曲江，曲江的江水和当年繁华的时候一样在流，江边的花和当年全盛的时代一样在开。开头他就说了："江头宫殿锁千门，细柳新蒲为谁绿？"已经国破家亡了，花为什么开？草为什么绿？而且我每年看到江水流江花开，我就会想到从前的盛世。"忆昔霓旌下南苑，苑中万物生颜色"，当年的江水江花难道不是这样吗？而现在国家败亡，天子出奔四川，贵妃被勒死在马嵬，我再看到江水流，再看到江花开，"少陵野老吞声哭"，我都会流下泪来。"江水江花岂终极"？"终"是说终了，"极"是说尽头，哪一天江水才会干涸？哪一天江花才会停止不开？没有这样的一天。江水江花永远在流在开。而只要我的国家没有光复，每一次我看到这样的江水江花，所唤起的就是"人生有情泪沾臆"，就是这种令我悲哀的事情。江水江花永远没有终了，我的悲哀就永远没有尽头。

"黄昏胡骑尘满城，欲往城南望城北。"我们知道，杜甫到曲江江边上去散步，看到了"细柳新蒲"，无论是早春那么细的柳条上的绿色还是刚刚从水中长出来的蒲苇的绿色，你要能看到这么纤细的形状和这样鲜明的绿色，一定是在白天。他在江边为国家的败亡而痛苦，痛苦了一天，回来的时候已是黄昏，一走进长安城的街巷之内，看到满街都是骑马往来的叛军，扬起了满城的尘土。他只是说"尘满城"，事实上要表现的是什么？是那些"胡骑"，是胡人的兵马在长安城内的横行践踏。

最后一句说："欲往城南望城北。"杜甫住在长安城的南面，他本来要往城南走，可望见的却是城北。这句有人认为不通，怎么会"欲往城南望城北"呢？这里有两种不同的解释。一种解释认为，这句写出了杜甫深悲极痛、意乱心慌的一种感受。因为他那么悲哀，神智已不十分清醒，如果直接说，我非常悲哀，我心慌意乱，这是很笨的说法；而"欲往城南望城北"，我本来欲往城南，走了半天一看，望见的却是城北，怎么走错了？所以这就把杜甫当时那种忧急迷乱的心情清楚地表现出来了。还有一种解释，如果联系杜甫在此之前所写的《悲陈陶》一诗的最后两句："都人回面向北啼，日夜更望官军至。"因为唐朝的军队在北方，所以他的"望城北"还不只是说他的心慌意乱，"望"也不是说"望见"了，而是"盼望"在城北。正如"都人回面向北啼"所代表的是"日夜更望官军至"，他的"望城北"也是指对于自己政府的盼望和期待。所以对于杜甫，你要把他所有的诗打成一片来看，才能够真正体会其感情的深厚，才能对他有更多的了解。

附：

秋兴八首（其八）

昆吾御宿自逶迤，紫阁峰阴入渼陂。
香稻啄余鹦鹉粒，碧梧栖老凤凰枝。
佳人拾翠春相问，仙侣同舟晚更移。
彩笔昔曾干气象，白头今望苦低垂。

　　我们说杜甫的感性和理性兼长并美，不但如此，他的理性安排也不是一成不变的，他在规则之中也常有变化。包括哪些方面呢？既有章法方面的变化，也有句法方面的变化。

　　我们重点看颔联"香稻啄余鹦鹉粒，碧梧栖老凤凰枝"。"香稻"是一种植物，又没有嘴，怎么可以去"啄"呢？"碧梧"是树，也不是动物，更没有脚，怎么能够"栖"呢？而且"粒"是说"香稻"的米粒，怎么会有一种"粒"是"鹦鹉粒"呢？"凤凰"是鸟不是树枝，应该是"碧梧"的树枝，怎么变成凤凰的树枝？什么样的树枝是"凤凰枝"啊？所以从表面的文法上看起来，这两句确实不通。如果你把前一句的"香稻"与"鹦鹉"换一下位置，把后一句的"碧梧"与"凤凰"换一下位置，变成"鹦鹉啄余香稻粒，凤凰栖老碧梧枝"那岂不是再通顺不过了吗？是鹦鹉啄食剩下的香稻的米粒，是凤凰落在一个碧绿的梧桐树枝之上，直到终老再也不愿离开，这样的话在文法上就完全通顺了，可是杜甫为什么不好好说，偏要这样颠倒着说呢？有些人故意将句法颠倒，制造困难让别人看不懂，他这样做既没有艺术上的原因也没有艺术上的效果，而杜甫这样做是有一种艺术上的效果的。

我们说杜甫晚年所写的七言律诗已进入一种化境，所谓"化境"，就是摆脱了外表的限制，融化了一切外表而变化出之。以绘画为例，你看一眼画一笔，再看一眼再画一笔，即使你画得很像，可是那样太死板。西方的画家去游黄山，看一眼画一笔，画的与照的差不多；而中国画家则是先将黄山游览一番，看遍了黄山的日出日落以及云海的变化，回来以后再画，他画的是对黄山整体上的一种感受，是对黄山之精神的一种体会，已经脱出形迹而将山之外表融化了。这是中国画与西方画很不同的一点。还不只是画山，画什么都是如此。

诗歌最高的境界同样是进入一种化境，就是说要能够摆脱外表上的拘限。外表上的拘限包括两方面：一是文法上的拘限，一是情事上的拘限。杜甫在这两方面都能够做到不被拘限而变化出之。在文法上，比如杜甫的"香稻啄余鹦鹉粒，碧梧栖老凤凰枝"两句，也是名词加动词，可是他把名词拆开了：本该属于"香稻"的"粒"跑到了后面，而本该属于"鹦鹉"的"啄"跑到了前面。这是杜甫在文法上的变化而出。

除此之外，杜甫晚年所写的诗在情事上也能够变化而出。比如"织女机丝虚夜月，石鲸鳞甲动秋风"（《秋兴八首》其七）两句，"织女"和"石鲸"当然是昆明池那里实有的石雕，而与此同时，这两句让我们想到了国家的贫困和动荡不安。所以，现在我们可以看到，杜甫到了晚年以后，一切都能够变化而出，不但文字方面变化了，情事方面也变化了。

"香稻啄余鹦鹉粒"，他说，那时候我来到渼陂，看到香稻的丰收，不但人吃不了，甚至可以拿这么好的稻粒来喂鹦鹉，而且连鹦鹉都吃不了，是"啄余鹦鹉粒"。你看他所要表现的重点，不是"鹦鹉"而是"香稻"的富足。他这句本来可以颠倒一下，说"鹦鹉啄余香稻粒"，这样文法通顺了，平仄也不错；但是就变得非常写实，而且重点也就变成了"鹦鹉"。是说真的有"鹦鹉"来吃"香稻"，而且真的把"香稻"剩下了。而杜甫不是要写这么一件事情，他的目的是要写"香稻"的丰收，所以是"香稻啄余鹦鹉粒"。

下边呢？"碧梧栖老凤凰枝。"根据地方志的记载，从长安到渼陂的沿路两边种的都是梧桐树。是谁种的？是前秦的君主苻坚。当年苻坚在长安建都，在那里种了很多梧桐树。"碧梧栖老凤凰枝"，本来也可以将"碧梧"与"凤凰"对调，说是"凤凰栖老碧梧枝"，这样平仄也完全对，就是说：凤凰停下来，终老在这里。在哪里？在碧绿的梧桐树上。可是你要知道，话一旦说得明白通顺了，就给人一种非常写实的感觉，说是"凤凰"真的"栖老"在"碧梧枝"

上。其实哪里有凤凰呢？凤凰从来没有出现过，连孔子都叹息，说"凤鸟不至，河不出图"（《论语·子罕》），所以这个"凤凰"是假的，"碧梧"才是真的。他要形容"碧梧"的美好。"碧梧"怎么美好？中国古代的传说认为凤凰非梧桐不栖，坏的树木它都不会落在上面。杜甫说，这样的梧桐树可以吸引凤凰到这里来，来了以后就栖在枝上以终老，再也不走了。那么美好的梧桐树，是值得凤凰在上面"栖老"的。而"凤凰"代表的是什么？我们以前说过，杜甫有一首诗说自己"七龄思即壮，开口咏凤凰"（《壮游》），而"凤凰"代表的是太平盛世，代表的是民生之安定、生活之美好。所以这两句不是写鹦鹉吃稻子，凤凰落在树枝上，他不是这样死板地写实，而是通过文法的颠倒掌握了情意上的重点，表现出很强烈的象喻的意味——我"故国平居"的日子正是"开元全盛"的时候，我看见过我们国家如此美好的日子。

奇才奇气数岑参

　　唐玄宗在位的开元、天宝年间是唐朝最为兴盛的时候，有着雄厚的财力物力，政治开明、思想奔放，呈现出独特的盛世景象，达到封建时代的高峰。岑参出生之时正值盛唐，但此时他的家族却不是最为辉煌的时候，而是处于没落时期，所以他身负重振家道之任，光耀门楣之责。因此他从小刻苦学习，希望能够考取功名，他在二十九岁时写的《感旧赋》就透露说"五岁读书、九岁属文"。寒窗苦读多年，三十岁时才考取进士，及第后却只被授予了一个小官，但他欣然接受。

　　对岑参的人生以及诗歌创作影响最大的是两次塞外之行。从小生长在青山绿水中的岑参得到出塞的机会，远赴安西都护府（今新疆）。在途中，他看到了无边无际的黄沙白草、壮丽的火山、雄伟的关塞，还有冬季里皑皑的白雪，读者最为熟悉的"忽如一夜春风来，千树万树梨花开"便是岑参对塞外八月飞雪的描写，还有"一川碎石大如斗，随风满地石乱走"的飞沙走石，更有"中军置酒饮归客，胡琴琵琶与羌笛"的异域风情。这些奇异的景象与中原完全不同，所见所闻使得岑参的心胸更为广阔，诗人的诗情也更加丰富起来，在坚毅中多了一份豪情，为边塞诗歌的创作奠定了基础。

　　不仅如此，诗人意气风发，想投笔从戎，在金戈铁马中大展鸿图，他写诗说"丈夫三十未富贵，安能终日守笔砚"，立志"功名只向马上取"。对功名的热衷也是盛唐气象的表现之一，因为不止岑参有如此想法，整个社会都弥漫着英雄主义的气息，士人大都具有积极进取的精神。但建立功业并非容易的事，岑参最终未能如愿，只在诗歌中述说着自己的边关情思，写着边塞的人、事、物、奇异之景、战争之苦，豪放悲壮中又有孤独苍凉之感。后安史之乱爆发，岑参更没有机会实现心中的抱负了。

盛唐边塞诗人当中，岑参与高适齐名。尽管高适比岑参大十多岁，性格也并不相同，但两人有着相似的人生际遇，是一生的挚友，同时他们两个也是杜甫的好友，交往密切。因为岑参与高适两人都以边塞诗著名，所以一般会把这两位诗人放在一起比较，同中有异：岑参的诗在于一个"奇"字，偏向于描绘边陲的景观风情和将士的激昂；而高适喜欢揭露现实，夹叙夹议，让人深思。

岑参的诗主要的好处不在写情，也不在用意，他的好处在于那些用来做陪衬的景物。另外值得提的一点，就是岑参这个人的个性。杜甫有一首诗写他和岑参兄弟到渼陂去划船，诗中说："岑参兄弟皆好奇。"这就是说，岑参兄弟都喜欢做一些不平凡的事，有一些不平凡的表现。还有就是，有人评论岑参的诗说是"语奇而格峻"，说他所用的语言是不平凡的，说他的风格像高山一样显得特别矫健而有力量。

那么，现在我们就来看他的一首《走马川行奉送出师西征》，看看他的语言有什么不平凡之处。

走马川行奉送出师西征

君不见，走马川，雪海边，平沙莽莽黄入天。轮台九月风夜吼，一川碎石大如斗，随风满地石乱走。匈奴草黄马正肥，金山西见烟尘飞，汉家大将西出师。将军金甲夜不脱，半夜军行戈相拨，风头如刀面如割。马毛带雪汗气蒸，五花连钱旋作冰，幕中草檄砚水凝。虏骑闻之应胆慑，料知短兵不敢接，车师西门伫献捷。

第一句，两个版本不同。《古诗今选》是"君不见，走马川，雪海边，平沙莽莽黄入天"；戴君仁的《诗选》是"君不见走马川行雪海边，平沙莽莽黄入天"，戴本多一个"行"字。我以为《古诗今选》是对的，没有这个"行"字。戴本是题中的字误入。

"走马川行"是什么意思？"行"和"歌"，都是乐府诗的名目。像曹丕的乐府诗有的叫"歌"，有的就叫"行"，还有的结合起来叫作"歌行"。"歌"，不是很严格的诗，是一种能够配音乐的乐府诗；"行"，是说它的声调可以像跑马一样有一种驰骋缓急的变化。《长恨歌》《琵琶行》，或者叫歌，或者叫行，其实都是乐府诗的一种形式。《走马川行》是岑参为送一位高级将帅出征而作。这位高级将帅是谁？诗中没有说，但前一首诗里有，就是《轮台歌奉送封大夫出师西征》中的那位"封大夫"，即封常清。所以我们先看《轮台歌》的注解，等一下再回来看《走马川行》。

"轮台"，是唐代一个县的名字，属于北庭都护府的辖区。北庭都护府，是唐代的一个行政区域，就像今天说一个省或者一个市一样，只不过它是个军事的区域。轮台的故址在今新疆维吾尔自治区米东区。北庭都护府的治所本来在唐朝的金满，但都护有时也驻节轮台。都护，即军队领袖。他有时在他办公的地方，就是在金满；有时也到前线去，就是到轮台。那么，当时在这个地方带兵的是谁呢？就是安西四镇节度使封常清。安禄山做过三镇节度使，而封常清一个人管制四镇，可见他的权力很大。天宝十三载（754）封常清入朝，朝廷又让他代理御史大夫，不久之后又让他兼任北庭都护和伊西节度使、瀚海军使等职。岑参就是追随封常清的，曾做过安西、北庭的节度判官。《轮台歌》和《走马川行》是他送封常清西征时所作。但这次西征在史书上查不到，可能是史书失载了。现在，我们已经了解了这首诗的历史背景，我们已经知道岑参所送别的人，是当时地位很高的一个朝廷军政大员。

我说过，王昌龄的诗以言情胜，高适的诗以用意胜，岑参的诗以写景胜。"胜"，就是以这个见长，以这个为好。对岑、高两人来说，他们的体式都是七言歌行；而王昌龄的体式则是七言绝句。以他们三个人为代表，形成了唐朝边塞诗中主要的三大类别。高适的诗气骨是很好的，气骨表现在声调、口吻，也就是他说话的声音、他句子的结构。这些应当属于形式。而刚才我们说的言情、用意、写景，则属于内容。从表达的形式来说，岑和高两个人的诗其实都是以声调取胜的。为什么呢？就因为他们用的都是七言歌行的体式，这种体式是比较自由的，不像七言绝句有那么多的限制。乐府诗可以有杂言体，句子可以有长短的变化，尤其是歌行，它如跑马驰骋，那步调可以有缓急快慢的多种变化。这是七言歌行与七言绝句的不同。高适和岑参都用七言歌行的体式，但高适的诗以用意取胜，所以他注重内容，写了许多士兵的痛苦与将帅的豪奢。而岑参写了很多送别的诗，他不能够像高适那样有意讽刺这些将帅，只能赞美他们，所以他就只能从声调、口吻和对边塞景物的描写上取胜。边塞的景物确实是不同寻常的，我们没有到过边塞的人，从来没有看见过这样的景物，再加上七言歌行的体式使他可以在声调、口吻上有自由的变化，所以就能够给人一种很新奇的感觉。这就是岑参诗的特色了。

　　我说过，对不同种类的诗要有不同的欣赏角度，有的诗是适于讲的，这一类诗往往含意深远丰富，可以带给读者很多联想。这使我想到词。有时候我们讲一首很短的小词，可以有许多联想，这是词这一类作品的特色。王国维就说过，词的特色是"要眇宜修，能言诗之所不能言，而不能尽言诗之所能言。诗之境阔，词之言长"（《人间词话》）。很多人认为诗跟词都是韵文，都是美文，都能写景抒情，有什么分别呢？其实它们在本质上有很明显的区别。所谓"要眇"是深远的意思，"宜修"是一种女性的美。词所写的是一种深远幽微的、富于装饰性的、近于女性的这样一种美。所以词能够写出诗所不能说的、不能写出来的意思。可是有的时候，诗也能够写出词所不能够完全说出来的话。这是很神奇的。诗所能够写出来的世界有时候比较起来更博大，"阔"，就是博大。像高适、岑参的七言歌行能够写出边塞的各种风光，小词写不出来。而且小词就是写了，也表达不出来这种声调和口吻的气骨，因为短小的词，它不能形成这样的气势。可是，"词之言长"，它虽篇幅这么短，给我们的联想却很丰富。

"君不见，走马川，雪海边，平沙莽莽黄入天。"他说，你们没有看见吗？走马川这个地方就在一片万古都不融化的冰雪的雪海旁边。"莽莽"，是无边无际的、荒凉广阔的样子。那地方到处都是黄沙，一直接到天边。"轮台九月风夜吼，一川碎石大如斗，随风满地石乱走。"你念起来觉得他的声势极好。说到轮台九月的风，我们可以把《白雪歌送武判官归京》也结合起来一起看，那首诗中说："北风卷地白草折，胡天八月即飞雪。""卷地"，是扫在地面上吹起来。塞外的草都是干枯的，是一片白颜色，而且寒冷的狂风把那些干枯的草都吹断了。下雪一般在十一二月，可是岑参说，胡地的天这么冷，八月的时候就已经下雪了。那雪是什么样子？他写得果然好："忽如一夜春风来，千树万树梨花开。"塞外从来看不见花开，但下了一夜的雪，第二天早晨一看，所有的树枝都挂上白色的冰雪，好像梨花开了一样。他不但写得好，而且读起来声音好。你看，"北风卷地白草折，胡天八月即飞雪"，"折"和"雪"都是入声字，押一个韵；"忽如一夜春风来，千树万树梨花开"，换了平声韵。他要写那冰雪的摧伤，就用那么短促的入声字，让你觉得很紧张，很凛冽，很寒冷。"忽如一夜春风来，千树万树梨花开"，忽然间就变成平声韵，就仿佛春天来了。而且，"梨花开"三个字都是平声，一下子给你放松下来。所以，对于诗你要懂得从不同的角度去欣赏。有的诗需要你把它发挥；有的诗其特色就在它的形式，所以你要掌握住它的形式。岑参的诗把景物和声调结合得很好，他要紧缩时就紧缩，要放松时就放松，非常自如。

我们现在返回来看《走马川行》的"轮台九月风夜吼"。你想，"胡天八月"就有飞雪和这么大的风，何况九月。轮台九月的风尤其在夜间呼啸的声音特别大，而且还不止如此，还有"一川碎石大如斗，随风满地石乱走"。塞外风力那么强大，干涸的河底有许多斗大的碎石，风把这些石头都能吹得满地跑，那真是沙石滚滚的"沙暴"了。下边他说："匈奴草黄马正肥，金山西见烟尘飞，汉家大将西出师。"秋天，草都枯黄了。你要知道，草枯黄的日子就是适合打猎的日子，王维有一首《观猎》诗，其中有两句说"草枯鹰眼疾，雪尽马蹄轻"，那就是写在秋冬之际雪刚化时出去打猎的情景。"匈奴"在这里是泛指西北边疆常来入侵的游牧民族，他们常常借着出猎的机会，到边境来骚扰。而且，秋天正是粮食收割的时候，马也有很多草料可以吃，所以这时候就要防备战争了。"金山西见烟尘飞"的"金山"，就是阿尔泰山。"烟尘飞"是什么意思？《燕歌行》说"汉家烟尘在东北"，"烟尘"就代表了战争。你从金山向西北一望，烟尘滚滚，那是匈奴的兵马打过来了。兵来将挡，水来土掩，所以他后边说"汉家大将西出师"。这就是指封常清的出师西征。以上这三句是一个韵，下边就换韵了："将军金甲夜不脱，半夜军行戈相拨，风头如刀面如割。"这是写将军的勇敢和忠诚。他身上穿着金属做的盔甲，连夜里睡觉都不脱下来，兵不解甲，这是为了防备敌人夜袭。"半夜军行戈相拨"是说，不但白天要赶着进军，有时半夜里也要赶着进军。"戈"，是古代一种武器，"相拨"就是相碰。夜里行军谁也不许讲话，这时候你就只能听到走路的声音和身上佩带的刀枪偶尔相碰撞的声音。就如同欧阳修《秋声赋》所说的，"衔枚疾走，不闻号令，但闻人马之行声"。"风头如刀面如割"是说那风吹过来像刀刮在脸上一样，脸好像都被割破了。这是写行军的艰苦，后边他就写边塞的寒冷："马毛带雪汗气蒸，五花连钱旋作冰，幕中草檄砚水凝。"不要说人觉得很冷，你看那马，马的毛上都是雪，当马跑得出汗时，汗就把它背上的雪蒸化了。可是它一停下来，那化去的雪马上就结成了冰。"五花"，是黑白花的马；"连钱"，是马身上一块块圆的花斑；"旋"，是很快，雪水很快就结成了冰。"幕中草檄"，是说在将军的幕府之中起草檄文。檄文，是古代征召或宣告性质的公文，这里是指战争的文件。当幕府中的办公人员起草檄文的时候，"砚水凝"，那砚台里的墨水都冻结了，以致根本就拉不开笔，写不出字来。这几句，是极言边塞之寒冷。"虏骑闻之应胆慑，料知短兵不敢接，车师西门伫献捷"，是说当敌人的骑兵听到汉家大将西出师的消息之后一定会吓破了胆，他们绝对不敢和我们精锐之师短兵相接。所以，这场战争的胜利是指日可待的。"车师"，本是汉代西域国名，其故地就在北庭都护府的治所金满一带。"献捷"，是下属向上级呈报胜利消息并献上胜利品。所以这最后三句仍是把话题归结到对封常清的赞美，有恭维他此战必胜的意思。

附：

盛唐形成了以高适和岑参为代表的边塞诗派，又称"高岑诗派"。岑参不仅善于创作边塞题材，对于小题材的把握也是信手拈来。

戏问花门酒家翁

老人七十仍沽酒，千壶百瓮花门口[①]。
道傍榆荚仍似钱[②]，摘来沽酒君肯否。

唐玄宗天宝十载（751），高仙芝调任河西节度使，在其幕府供职的岑参便和其他幕僚一起追随高仙芝来到凉州城中。此时的凉州城春光初现，市井生活生意盎然，诗人心底也化开了融融暖意和丝丝喜悦，于是他截取了生活中的一个鲜活场景。诗的前两句用白描手法写出老翁待客、美酒飘香的情景；后两句从榆钱的外在特征上抓住了诗意，用诙谐的口吻戏问老翁是否可用榆钱沽酒。这首诗在葱茏的古意中融入了口语化、生活化的遣词造句，朴实自然，拙中见巧。颇具生活情趣的小诗也从一个侧面反映了安定富足的盛唐，塑造了百姓的乐观与豁达。

①花门口：花门楼口。花门楼为凉州客舍之名。
②榆荚：榆树的果实，因形似铜钱，也称榆钱。

却爱韦郎五字诗

　　韦应物是一个什么样的人呢？韦应物的家族在中国的历史上是一个贵族世家，特别是在唐朝的时候，他的祖先有很多人都是做官做到宰相的位置的。那时有一句俗话说："城南韦杜，去天尺五。"说城南的韦家和杜家，距离朝廷这么近，只有"尺五"，"天"代表天子、朝廷，极言其家族都是很高贵的。韦应物的祖先韦待价曾经在武后时期做过宰相，后来也是被迁贬了。韦应物生下来的时候他们家世就已经衰落了。

　　但不管怎么样说，韦应物的家族毕竟是世家，他十四五岁的时候，被选充去做了玄宗的侍卫。此时的他备受荣宠，年少轻狂。由于韦应物少年的时候去当侍卫，所以正应该念书的时候没有好好读书，后来很晚才"把笔学题诗"。他的诗五言比七言好，古体比近体好，而且是要透过一种思索才能体会到的好。我们要体会一个人的诗，该怎么样进去？如果他是从自然感发写出来的，那我们就从自然感发来欣赏它；如果他是用思索写出来的，那我们就要用思索去寻求它。

　　因为韦应物读书很晚，所以他学诗的时候曾经多方面学习和尝试过。有的时候他写的一些歌行，还有他的五言古诗、五言律诗都会反映当时的社会现实和民间疾苦。这一方面影响了和他同时或者是稍后的作者，如李贺。不过韦应物最有名的还是山水田园诗。人们习惯上常常把王、孟、韦、柳四家并称作唐代写山水自然的诗人。

现在我们来看他的《初发扬子寄元大校书》：

初发扬子寄元大校书

凄凄去亲爱，泛泛入烟雾。

归棹洛阳人，残钟广陵树。

今朝此为别，何处还相遇。

世事波上舟，沿洄安得住。

题目是《初发扬子寄元大校书》，韦应物曾经做过滁州、江州、苏州刺史，所以在扬子江上来往过很多次。一次他从扬子江出发，写诗寄给他的一个朋友，这个人做校书，姓元，排行老大。这首诗是把自己的感情融合在景物之中来写的。

"凄凄去亲爱"，是说我内心觉得非常悲戚，因为就要与我所亲爱的人离别了。"泛泛入烟雾"，航船出发的时候常常是早晨，而早晨水上又常常是有很多雾的。"泛泛"就是在水上飘摇不定的样子，有种前途茫茫的感觉。"归棹洛阳人"，"棹"是船桨，"归棹"代表归船，划着这个船我要回到洛阳去。"残钟广陵树"，我走的时候听到远远地从广陵那边，透过烟水，穿过树林，传过来的残钟渐渐远了，慢慢慢慢就听不见了。钟被敲响，当的一声过后，它还可以嗡嗡嗡嗡响很久，所以你就听到残余的钟声，隔着广陵树那么悠远地传过来了。由此就引起了他很多的怀念和回忆。

"今朝此为别，何处还相遇。"今天我跟你从这里离别后，什么时候才能再相见？大家记得王勃的"与君离别意，同是宦游人"吧？离别可以分几种情况：假如现在我们两个人是好朋友，如果我走了，你没有走，还留在这里，那我无论走得多么远，我都知道你在这里，只要有一天我回来的话，还可以再找到你。或者是你走了，我不走，只要有一个人是固定的，我们就有见面的希望，因为我知道到哪里可以找到你。可是现在我们同是"宦游人"，做官远游在外，身不由己。朝廷今天下命令叫我走了，明天可能也叫你走。那以后我们在哪里可以再相见？所以他说"何处还相遇"——我们在什么地方还会再见面？"世事波上舟"，世间事情的变化就好像水上的船一样飘摇不定。"沿洄安得住"，"沿"是顺水而下，"洄"是逆水而上。人生就像是在水上走的船，有的时候要顺流而下，有的时候要逆流而上。在哪里会停下来都是不由我们做主的，船到哪里我们就随之到哪里。你可以看到韦应物写的情景之间有一种融会，而且在感发之中有一种思致。这就是韦应物诗的一个特色。

"凄凄去亲爱，泛泛入烟雾。归棹洛阳人，残钟广陵树。"这两句是对句，因为"棹"是一个名词，"钟"是一个名词；"归"是一个动词当作形容词用，"残"也是形容词；"洛阳"是地名，"广陵"也是地名；"人"是一个名词，"树"是一个名词。我们在讲诗的时候说过有古体与近体之分，近体中的律诗是讲究平仄及对偶的。可是韦应物的这几句你一定要注意到，它只有词性是对的，至于平仄呢？平仄上不是完全对的。还不只如此，凡是一般的律诗，原则上都是押平声韵。"国破山河在，城春草木深。感时花溅泪，恨别鸟惊心。烽火连三月，家书抵万金。白头搔更短，浑欲不胜簪。"深、心、金、簪，是平声韵。韦应物的《初发扬子寄元大校书》的第二个字、第四个字、第六个字、第八个字是韵脚，即雾、树、遇、住这四个字押的是仄声韵，所以不是真正的近体诗。那么这种诗叫作什么呢？这一类中间对句、双句押仄韵的诗是在六朝的齐梁之间发展起来的，从那时起诗人们开始对中国文字的特色进行反省和认识，可是规矩和格律还没有完全形成，于是就形成了古律之间的诗。这一类的诗很特别，后来人们管它们叫作格诗。

附：

寄全椒山中道士

今朝郡斋冷，忽念山中客。
涧底束荆薪，归来煮白石。
欲持一瓢酒，远慰风雨夕。
落叶满空山，何处寻行迹。

这是一首五言古诗。风雨萧条寒冷寂寞之中，作者突然想起山中的道士来了。那这位"山中客"过的是什么生活？"涧底束荆薪"，道士就在山涧底下采摘一些荆棘当作木柴，然后"归来煮白石"。不是说这个道士真的煮白石，他这里用了一个典故。《神仙传》里说白石先生是中黄丈人的弟子，"尝煮白石为粮，因就白石山居，时人号曰白石先生"。魏晋之间的人喜欢服食"五石散"。据我现在推想，"五石散"大概就是五种矿物，这个也有一定的科学性，人体本来也需要一些矿物质，所以相传白石是可以吃的，他才用了这个典故。这个道人"煮白石"吃，也就是服食"五石散"、石乳这一类的东西来修炼以达到长生。"欲持一瓢酒，远慰风雨夕。"我非常想带一瓢酒去拜望你、看望你、安慰你。可是就算我去的话，也是"落叶满空山"，秋天到处是落叶，而你现在在山中的哪一个地方？贾岛有一首很短的小诗"松下问童子，言师采药去。只在此山中，云深不知处"，也是这么一种意境。我去何处寻找到你的行迹呢！所以韦应物的诗有的时候有一种高古、超逸的风格。

柳宗元的山水寂寞心

柳宗元先世的地位是很高的，从他的伯曾祖父在朝廷里受到当权派的打击被贬官贬到很远后，其家道才逐渐中落下来。他的父亲柳镇也曾经被贬到四川的夔州，柳镇被贬官的时候，柳宗元已经出世了，所以他小时候就曾经随父亲辗转各地，对于民间的疾苦是十分了解的。柳宗元又是柳家的独子，柳家以前的门第曾经显赫过，后来中途没落了，所以家人就对他的期望很大，希望他能够重振家风。柳宗元在二十多岁时就考中了进士，据韩愈《柳子厚墓志铭》记载，此时"众谓：柳氏有子也"。即大家都这么说："柳家现在真是有一个好的后代了。"由此可以看到他们家里对他的期待和盼望以及他当时表现的出色。韩愈还说柳子厚非常有才气，每当他跟人谈论起他的政治理想时总是"踔厉风发"，"踔"是脚步跑得很快、踏得很高的样子，"厉"是很强，很有力量，"风发"就是说很能感动人、很有风采的样子。于是，"诸公要人，争欲令出我门下"，当时当权的要人，就都想把这个有才干有希望的年轻人搜罗到自己的门下来。所以说柳宗元年轻时是很有前途的。

柳宗元做官的时候是在德宗跟顺宗之间的年代，此时唐朝的政治有什么样的弊端呢？当时有一种宫中定的办法叫作"宫市"，"市"就是做买卖，替皇帝、替朝廷、替宫中来买东西的。宫市的不合理就是采买人看到东西好，想给多少钱就是多少钱，百姓根本没有办法跟他争价钱。而且后来发展到连钱都不给，叫作"白望"，白望是看一看就拿走，根本不给钱，所以就养成这样一种封建官僚腐败的恶习。还不只是如此，皇帝做久了，一般不但政治上昏庸而且比较淫纵，喜欢享乐，所以他们就在宫中养了"五坊小儿"。坊就是区域，唐朝时把长安城划分为好几个区域。这五坊就是豢养供皇帝戏耍取乐的动物的地方。我们讲初唐王勃的时候曾经提到过，有两个王子斗鸡，唐朝许多王公贵族都喜欢这种娱乐，于是这些习惯就一路传接下来。凡是给上面当权派做事情的人就会倚仗人势、作威作福，所以这些五坊小儿就在邻里之间横行。

德宗以后就是顺宗，当顺宗还是太子的时候，有一个人就给太子做伴读，叫王叔文。王叔文不是正途出身，没有考中过进士，不是贵族家庭出身。他下棋下得很好，很得太子的宠爱，不但如此，因为王叔文出身底层，所以他常常给太子讲民间的疾苦。后来顺宗继位，王叔文就掌权了，为改革当时的弊政，他引用了柳宗元、刘禹锡，还有韩泰等八人，都是很好的人才，之后马上就把宫市、五坊小儿给罢掉了。顺宗的年号叫作永贞，所以这是唐朝很有名的一次改革，叫作"永贞革新"。

这些改革还是小事，他们最大的目标是削减宦官跟藩镇的权力。要削减他们的权力，最重要的是夺取兵权。可是宦官、藩镇这些有权的人能够老老实实让人把兵权夺去吗？当时的四川分成两部分，西部叫西川，东部叫东川。有一个节度使叫韦皋就说了，我要同时兼领东西川。那王叔文肯定认为这是不可以的，不能让节度使有这么大的权力。于是韦皋就说，你不答应我就要你好看，所以当时这些节度使就联合起来攻击王叔文等人。信任他们的顺宗皇帝中风了，外面的军阀和宫里的宦官就相互勾结，逼迫皇帝下诏，自己说我有病了，我辞去皇帝的位置，让我的儿子太子继位。他的儿子就是宪宗。宪宗不喜欢父亲的臣子，因为总是觉得他们跟自己的父亲是一辈的，不大容易接受新皇帝的控制，所以宪宗继位后，在不到一年的时间里，宦官重又得势，王叔文被赐死，柳宗元、刘禹锡等一共八个人都被贬出去了，贬到荒僻的外州去做司马，就叫作"八司马"。

　　柳宗元去做司马的地方就是永州，在今湖南零陵附近，山水是不错的，可是当时还是很荒僻的一个地方。司马是刺史下的一个属官，自己什么政治理想都不能表达的，让你干什么你就干什么。柳宗元在永州的生活很不如意，他的妻子不久前已去世，而且没有孩子，又没有兄弟，所以他是孤独一个人，无妻无子，孤苦伶仃。当这些打击都打在他身上时，他非常压抑和痛苦，身体又有疾病，所以没有一个解脱的办法。当然他并不甘心陷在痛苦之中，希望能从挫折痛苦中挣扎起来，所以柳宗元就曾经尝试用游山玩水来安慰自己，排遣忧伤。所以他在永州所写的山水游记和诗歌都有一个很特别的特色，这个特色就在于当他写山水游记或者诗歌的时候，表面上是写赏玩山水，而且有的时候故意要写得冷静、超逸，要摆脱，但他并不是真的冷静，也不是真的超逸。他表面上是借着山水来表现他的冷静和超越，但是透过表象，有着很深的痛苦。

　　柳宗元在永州住了有十年之久，元和十年（815）宪宗把这些被贬的人都召回来了，本来柳宗元觉得很高兴，可没有几天的时间，他就又去做柳州刺史了。唐朝的地理中，全国的州都是按等次分的，有上州、中州、下州，就是上等、中等和下等的州，像韦应物做刺史的江州和苏州都是上州，"上有天堂，下有苏杭"。之前柳宗元被贬的永州位于湖南零陵，是中州。柳州呢，位于广西的少数民族所在地，那里一切的文明建设都没有，近于原始。据柳宗元记载，当地的人民很迷信，生病不看医生，从来没有教育和读书。当地人打一点水要走好远好远的山路，到江边打水回来。所以柳宗元来了以后，为他们凿井，而且给这些完全没有什么法律和政治概念的柳州人以教育。他因人施教、因风俗施教，后来人民就接受了教化，开始读书受教育，广西一带的人都来跟柳宗元学习。

在这样痛苦的环境之中，一个人还能够做些什么？政治仕途上不能有所作为了，我们说太上有立德，其次有立功，而这两者都不成了，所以再其次的就是有立言了。柳宗元趁病隙伏案读书，同时他著书立言，写了很多有理论性的文章，如《天论》《封建论》等；还发展了寓言，像《黔之驴》和《临江之麋》这一类的文章，都是借着动物的小故事说明道理，类似于西方的《伊索寓言》；同时他还写了传记，如《种树郭橐驼传》《捕蛇者说》，不但反映了很多民间生活的疾苦和当地的风俗，而且提出了他的政治理想。

所以说柳宗元真的是一个有政治理想、有思想又有理论的人，同时他又极有热情，关心人民和国家，以他多病衰弱的身体为柳州的人民做了那么多的好事。所以当他死后，柳州的人民很怀念他，就在罗池给柳宗元立了一个庙来纪念他。

我们要对柳宗元的感发的心有一个认识，现在就要看他的一首诗，他被贬官到永州时所写的《溪居》：

溪　居

久为簪组累，幸此南夷谪。
闲依农圃邻，偶似山林客。
晓耕翻露草，夜榜响溪石。
来往不逢人，长歌楚天碧。

题目是"溪居"，"溪"指的是愚溪，愚溪是柳宗元给它取的名字。中国古话说大智若愚，柳宗元以为做人应该愚一点。此外，柳宗元在唐朝的党争之中属于失败的一个人，因此他把这个溪水起名做愚，不但有一种哲学智慧的意思，还有一种自我嘲讽的意思。

愚溪在哪里？在永州，就是湖南零陵，作者贬谪的时候曾经就在这条小溪边居住过。柳宗元后来死了，刘禹锡曾经写过《伤愚溪》的诗，就是悼念柳宗元的一首诗。

我们已经屡次地说过诗歌好坏的判断，主要是在于它里面要含有一种感发的生命，这种生命就是外在的物与内在的心相接触的时候，引起来你的一种内心的感动，所以说写诗是"情动于中而形于言"。那么外在的事物，不只是说你眼睛所看见的景物，当然这个也是使你引起感动的一个原因；那还有就是，你的经历，你所遭遇的。你遭遇到了一些不幸的事情，这时如果外在世界中的叶子落了，都会引起你的伤感，那么自己身上发生的悲欢离合当然更能使你感动了。而且每一个人内心原来的资质也是不一样的，同时在这种接触之间所发出来的感应以及诗人感应的态度也是不相同的，所以才有作品风格的不同。

上面我们简单介绍了柳宗元的生平，讲到永贞年间的革新，后来革新失败了，柳宗元在这一次政治斗争之中所受的伤害最大。前两天有个同学跟我讨论人生经历的幸与不幸的问题，我说有的人经历的不幸要多一些，有的人却没有经过什么大的不幸，只经过很小的不幸。因为每个人的本质不同，所以有同样的遭遇时各人受到的伤害也是不一样的。柳宗元跟刘禹锡都是在这一次受到挫折，但是他们两个人受到伤害的程度不一样。刘禹锡的伤害少一些，就是因为他对于盛衰的变化有一种通达的看法——一个人不是永远顺利的，我现在虽然受到挫折，没有关系，你们现在兴盛，将来你们也许会衰败的，那我现在衰败，将来也许会恢复的。他不止看到眼前的一点，刘禹锡对于盛衰变化有一个完整的通观，所以他的诗里边喜欢写关于历史兴亡的东西。而柳宗元就没有这种通达的看法，所以一个打击下来了，就整个地都打在他的身上，他却没有一个解脱的办法。当然每个人也不是说甘愿陷在痛苦之中，每个人都希望能从挫折伤害之中挣扎起来，柳宗元也试过，他的挣扎，是尝试以山水自慰，就是尝试用游山玩水来安慰自己，也就是说用一种排遣，你不要把这些忧愁都集中在你身上，你把它们都排远。"遣"，就是我们说的消遣、遣玩和欣赏，像苏东坡那样的，他说我现在眼睛都花了，我看不见外面春天的这些美景、这些花草，那没有关系，他说我可以"无数心花发桃李"（《独觉》）。柳宗元经过了自己的一番挣扎和努力，可是最终还是没有得到解脱，他整个的真正的内心还是充满了伤害，还是非常悲哀而且也非常痛苦的。

我们知道《溪居》正是柳宗元被贬官到永州，最痛苦最哀伤的时候所写的。"久为簪组累，幸此南夷谪。"你一定要了解，这是他说的反话，是他希望做而没有做到的。"簪"是头上插的头簪，"组"是身上绑的一条带子。"簪组"是什么？是做官的人所穿的衣服。柳宗元除了他的性格不能够经受打击以外，还有就是他家里边给他的心理负担很重。因为大家把振兴家族的责任都加到柳宗元的肩膀上了，很多人都认为他应该努力，应该奋发，应该光宗耀祖，这给了他很大的压力，所以对于仕宦他本来是相当积极的，很早就希望有一番成绩和作为，可是他现在却说我很久就被"簪组"——做官的事情，"累"是连累，被做官连累了，那是很不自由的。做官当然是不自由的，所以他说"幸此南夷谪"。柳宗元是被贬在永州，这个地方在唐朝时文化还不大开化。"南夷"，"夷"是蛮夷，荒蛮的不开化的地方；"谪"是个入声字，是贬的意思。现在他说"幸此"，来到这样遥远的南方的蛮荒的地方，他反而觉得是很幸运的，但这不是他的真话。

"闲依农圃邻，偶似山林客。"因为他在永州是做州政府底下的一个属官，不用负担重要的政治责任，所以他说"闲"。没有事情的时候，他就"依农圃邻"，"农"是种庄稼的，"圃"是种菜的。他说，我就靠近那农田菜圃跟农夫结成邻居了。"偶似山林客"，我偶然也像山林隐居的人那样去游山玩水，可是你要结合他的书信来看，你就能知道他游山玩水就跟囚犯出来放风一样。"晓耕翻露草，夜榜响溪石。"他说，早晨的时候我也和这些农夫一起去耕田，"翻露草"，种地的时候都是要翻土的，先要把土翻了才能撒种子。而地上都长着草，草上都有露水，要把带着露草的土翻过来。有的时候我夜里边游山玩水就坐着船。"榜"就是一种划船的工具，是划船的一种桨，他说我拿着桨来划船。"响溪石"，在充满了山石之间的流水上，船漂过去，就听到那哗啦哗啦的水响。"来往不逢人，长歌楚天碧"，表面上是写他游山玩水的逍遥自在，他说我来往都不会遇到闲杂的人。

一个人不管你读书还是做什么，都要"求诸己"而不要"求诸人"。如果你真是自我充实了，就是韩愈说的，是"足乎己无待于外"。

韩愈写过一篇文章是专门讲道的，叫作《原道》。"原"，是推究他的根源。中国常常说"道"，孔子也说"道"——"朝闻道，夕死可矣"（《论语·里仁》），老子也说"道"——"道可道，非常道"（《老子》），"天下有道"（《老子》）。那"道"究竟是什么呢？所以韩愈就说了："博爱之谓仁，行而宜之之谓义，由是而之焉之谓道，足乎己无待于外之谓德。"（《原道》）就是说你心里面有博爱的心，关怀外在的人世，有广泛的同情心，"博爱"之心，就是仁的心。"行而宜之"，你所做的每一件事情都是适当的，都是合理的，"行而宜之"就叫作义。"由是而之焉之谓道"，你有仁的心，你做的事情有义的表现，你就按照这条路走下去，那么这就是道。

你走这条道路的结果，就是内心果然感到一种充实了。"足乎己"，内心真的有一种爱，"无待于外"，你不再盲目地追求外在的满足了，那就叫"德"。这是韩愈对于中国所说的仁义道德的一个最简单的解释。总而言之，你是不是"足乎己"，如果你果然是"足乎己"了，那"来往不逢人"真是很好的一件事情。和外界没有什么关系，因为你根本不需要外在的一些赞美和影响，所以你有一种自得，于是"长歌楚天碧"，你就可以放声歌诵了。

柳宗元说"来往不逢人，长歌楚天碧"，尤其是在湖南，那是江南的地方。有人问我，什么叫作"沧浪"？沧浪是江水碧蓝的颜色，本来是指这样的水，凡是很清澈的江水都可以说是沧浪的水，有人说沧浪就是在楚的地方，沧浪可以特指一条水，是楚的地方的一条水，也可以泛指，凡是那清澈碧蓝的水都是沧浪的水。本来楚地不但是水沧浪，水是好的，天还是青的，所以大家常常说楚天，辛弃疾的词说"楚天千里清秋"（《水龙吟·登建康赏心亭》）。周邦彦有一首小词《浣溪沙》里说："楼上晴天碧四垂。楼前芳草接天涯。劝君莫上最高梯。""涯"字在这里押韵念yí，楼上的晴天是"碧四垂"的，上面是一望无际的天空，而楼底下呢？楼前的芳草是"接天涯"的，底下是一碧无际的芳草，可是就是在这上面的无尽碧天和下面的无穷芳草之间，这个人才孤立地突出来，才显出登楼的人在两者之间的那种寂寞。所以说，柳宗元"来往不逢人，长歌楚天碧"之中，表面上是表现了一种自得，好像是说我虽然是在寂寞地生活，我是"幸此南夷谪"，我觉得这里很好，很美，天这么开阔，可是其实他的真实情况是，他不是真正地开脱，把烦恼排遗掉了。柳宗元所有的诗都是有一种反面的哀伤在里面，所以"来往不逢人，长歌楚天碧"是在写他自己的寂寞。

附：

柳宗元以"愚"自称，以"愚"称溪。所谓"八愚"，是指愚溪、愚丘、愚泉、愚沟、愚池、愚堂、愚亭、愚岛。下文就是柳宗元为《八愚诗》所作的序文。

愚溪诗序（节选）

夫水，智者乐也。今是溪独见辱于愚，何哉？盖其流甚下，不可以溉灌。又峻急多坻石，大舟不可入也。幽邃浅狭，蛟龙不屑，不能兴云雨，无以利世，而适类于予，然则虽辱而愚之，可也。

宁武子"邦无道则愚"[①]，智而为愚者也；颜子"终日不违如愚"[②]，睿而为愚者也。皆不得为真愚。今予遭有道而违于理，悖于事，故凡为愚者，莫我若也。夫然，则天下莫能争是溪，予得专而名焉。

---

①宁武子"邦无道则愚"：《论语·公冶长》："子曰：宁武子，邦有道，则知；邦无道，则愚。其知可及也，其愚不可及也。"宁武子，名俞，春秋时卫国大夫。

②颜子"终日不违如愚"：《论语·为政》："子曰：吾与回言终日不违，如愚。退而省其私，亦足以发，回也不愚。"颜子，颜回。不违，没有异议。

溪虽莫利于世，而善鉴万类，清莹秀澈，锵鸣金石，能使愚者喜笑眷慕，乐而不能去也。予虽不合于俗，亦颇以文墨自慰，漱涤万物，牢笼百态，而无所避之。以愚辞歌愚溪，则茫然而不违，昏然而同归，超鸿蒙，混希夷①，寂寥而莫我知也。于是作《八愚诗》，纪于溪石上。

---

①超鸿蒙，混希夷：投身自然怀抱达到物我合一、身心俱忘的境界。鸿蒙，指宇宙之气，极宏观。希夷，《道德经》十四章："视之不见名曰夷，听之不闻名曰希"，无声无色。

自伤且自励、怀古亦叹今的刘禹锡

　　刘禹锡（772—842），字梦得，与白居易合称"刘白"。他仕途曲折，经历了中唐"永贞革新"，遭遇"二王八司马"的贬谪后，一直在边远的州县任官，贬谪生涯长达二十二年。直到晚年才被召回洛阳，最后官居礼部尚书，迁居长安。

　　现在我们要把柳宗元跟刘禹锡做一个对比。柳宗元跟刘禹锡的生年只差一年，他比刘禹锡大一岁，可是柳宗元在宪宗刚刚继位时就被贬出去了，在永州一待就是十年，后来又去了柳州，四年后，柳宗元没有办法承受这种痛苦，最后死在柳州。

　　宪宗以后还有什么皇帝呢？我现在要讲这几个皇帝，因为以后讲李商隐时还要讲到，宪宗以后是穆宗，穆宗以后是敬宗，敬宗以后是文宗，文宗以后就是武宗。刘禹锡一直活到武宗的时候，七十岁时才死，柳宗元四十几岁就死了，你看他们两个人受到的完全是同样的打击，都是同一年被贬，后来又连续被贬，可是两个人差别这么大，为什么呢？我说过，刘禹锡有一种通古今的对于盛衰得失的达观的看法。

　　既然诗是从诗人内心的感发写出来的，所以每一个诗人的诗歌都表现了他对人生的看法。宪宗元和十年，他们第一次从远州被召回来的时候，刘禹锡曾经写过一首诗，很有名的，是赠给那些玄都观看花的人，"观"，念guàn，是道教的庙宇，玄都观里边是以桃花著称的。刘禹锡的《元和十一年自朗州召至京戏赠看花诸君子》是这样的：

元和十一年自朗州召至京戏赠看花诸君子

紫陌红尘拂面来，无人不道看花回。

玄都观里桃千树，尽是刘郎去后栽。

"紫陌"是形容首都的街道，上面车马疾驰，飞扬着的都是尘土，"紫陌红尘拂面来"，大街上的尘土甚至扑到人脸上来，因为车马很多才"紫陌红尘拂面来"。为什么这么多车马？因为春天大家都讲究要去看花的，人常常都是这样子，就要赶这个热闹，人挤人都非要去不可，以至于紫陌红尘是拂面来，所以"无人不道看花回"，大家都认为玄都观的桃花太好了，非要去看。"玄都观里桃千树"，你们玄都观里有那么多的桃花，它们"尽是刘郎去后栽"。刘郎有两个意思：一个是他自己，他说我十年前在首都的时候，哪有你们玄都观的桃花啊？你们觉得桃花很了不起，这有什么了不起？我当年在的时候这桃花你们还没有种呢，现在才种出来。另一种意思则是他表面说的是桃花，其实不然，实际上说的是朝廷的新贵。这些新的当权得势的人，对他们被贬谪远方后回来的官一定很看不起。刘禹锡就说你们有什么了不起的，我当年在朝廷做官的时候你们还不知道在哪儿呢，是不是？而且这里还有一个典故，中国有一个神话传说，说是从前有一个人叫作刘晨，他和他的朋友阮肇曾经到天台山。两个人看到有桃花流水，沿着桃花走上去，碰到了天台山里的仙女，所以有刘晨、阮肇天台遇仙女的这么一个传说。于是刘禹锡可以把桃花跟刘郎联系在一起，说"尽是刘郎去后栽"。后来刘禹锡不是活了很久吗？后来他又被召回来，而且做官做到太子宾客，所以他现在的集子，叫《刘宾客集》。他第二次回来后，就又写了一首诗《再游玄都观》：

再游玄都观

百亩庭中半是苔，桃花净尽菜花开。

种桃道士归何处，前度刘郎今又来。

　　他又到了玄都观，玄都观桃花没有了，种桃的道士也没有了，现在的玄都观是百亩空庭，你想能种那么多桃花，一定是很大的一个院子，有一百亩那么大的一个院子，现在一半都长了青苔了。第二句，"桃花净尽"，桃树都被人砍走了，不知道怎么没有了，里面种了些青菜，这就是"桃花净尽菜花开"。"种桃道士归何处"，当年种桃花的道士到哪里去了？而我是"前度刘郎今又来"，我刘禹锡现在又回来了。

　　刘禹锡还不只是有这样一种把自己眼前的盛衰得失不放在心上的特点，不但他对自己有这样通达的看法，对于历史他也是有同样的通达的看法。所以刘禹锡喜欢写咏史的题目，最有名的，一首是《乌衣巷》，一首是《石头城》。这两首诗都属于他的"金陵五题"怀古系列，金陵就是现在的南京。

我们先看《乌衣巷》这首诗：

乌衣巷

朱雀桥边野草花，乌衣巷口夕阳斜。

旧时王谢堂前燕，飞入寻常百姓家。

刘禹锡诗里所表现的都是盛衰无常，正因为盛衰无常，所以你不要对眼前的一点点得失斤斤计较。可是你说盛衰无常，空口说的话这只是一个空洞的概念，所以要把这个盛衰无常表现得非常形象化。他说，现在春天的朱雀桥边开满了野草花，如果是有贵族住在这里，一定会有人整理园林和花草，不管是私家的还是官家的，可是现在没有人管了，是"朱雀桥边野草花，乌衣巷口夕阳斜"。乌衣巷的巷口有一片黄昏的斜阳，那当然是要表示一种寂寞荒凉的感觉，但还不只是寂寞荒凉的感觉，因为天地之间的运转循环，日月的交替是永远不会改变的，所以大家都很熟悉的《三国演义》开场白的词就说："青山依旧在，几度夕阳红。"一切都改变了，只有这个斜阳还是同晋朝那时候一样的斜阳，然而晋朝的王、谢贵族哪里去了？他说，"旧时王谢堂前燕"，原来王、谢家堂前的燕子，在这个贵族的家庭内筑巢的，现在已飞入寻常百姓家了。当年王、谢等贵族哪里去了？所以说盛衰贵贱都是无常的，不要那么拼命地想要和别人争权夺利，跟人家计较。盛衰本是无常的，贵贱也无常。昔日炙手可热的王、谢又如何呢？今天他们都到哪里去了？

下面我们再来看《石头城》：

石头城

山围故国周遭在，潮打空城寂寞回。

淮水东边旧时月，夜深还过女墙来。

我们不是常常有人赞美南京的地理形势吗？说龙盘虎踞石头城，它有长江，有钟山，有山有水，所以形势是很好的。因此他说"山围故国"。南京城是一个中国古老的都城，过去有多少朝代都建都于此，"山围故国周遭在"。"潮打空城寂寞回"，因为江上的潮水打到寂寞的空城，寂寞地打上来，又寂寞地退回去，潮水有涨有落，涨的时候打上来，落的时候退回去，"潮打空城寂寞回"，"回"是说潮水的升降来回。"淮水东边旧时月"，不是有秦淮河吗？他说就在淮水的东边，当年的月亮，王、谢等贵族都在这里的时候的月亮，"夜深"就还过"女墙"来。"女墙"是城上的小墙。他说夜深的时候，月亮还是从东边升上来，然后从西边落下去，从女墙上经过。这两首诗其实差不多，不过刚才那首《乌衣巷》说的是斜阳，太阳是永恒不变的，人间的盛衰贵贱改变不了它的；这里说的是月亮是永恒不变的，只有"淮水东边旧时月，夜深还过女墙来"。

你看刘禹锡写的都是物是人非的感受。你会发现，他很喜欢拿宇宙之间永恒的巡回不变的东西来跟无常多变的人世做对比。他说是"旧时王谢堂前燕"，"乌衣巷口夕阳斜"，燕子、夕阳还在；他说是"淮水东边旧时月"，淮水、月亮还在，但是那些六朝的高门贵族都不在了。所以说，刘禹锡是很会写这方面的感慨的。

附：

金陵怀古

潮满冶城渚，日斜征虏亭。
蔡洲新草绿，幕府旧烟青。
兴废由人事，山川空地形。
后庭花一曲，幽怨不堪听。

　　首联点题，描写金陵的景色，点明凭吊的对象："冶城渚"和"征虏亭"。冶城，是东吴著名的制造兵器之地；征虏亭，相传为东晋征虏将军谢石所建。诗人寻访当年的古迹，正逢潮水满溢江岸，水天空阔，夕阳的余晖洒落在征虏亭上，景色孤独且落寞，仿佛告诉人们一切都被时间淘洗，人事皆非。"满""斜"二字别具一番气势。

　　颔联诗人极目远眺，望见江心蔡洲上刚刚长出的嫩草和幕府山上青青的烟霭。真是春草年年绿，旧烟岁岁青啊——"草"与"烟"见证了这里发生的一切，"新"与"旧"的对比让我们深思：东晋陶侃、温峤曾起兵在蔡洲讨伐叛军，丞相王导曾在向称金陵门户的幕府山屯兵驻守，昔日的刀光剑影早已平息，山川风物在历史的长河中幻变如新。

　　"兴废由人事，山川空地形。"转入议论。诗人认为君主圣明、政事清明时，国运便昌盛；君主昏庸、政事混乱时，即便有险要的山川作为屏障，也无法挽回国家覆灭的命运。

诗人用他思接千古的智慧揭示了六朝兴亡的秘密，并示警当世。

尾联以陈朝的覆灭为例，进一步深化了诗歌的意蕴。此联中诗人由六朝兴替的遐想回到现实，当时的唐朝同样存在着国力衰弱、藩镇割据，统治者仰仗山河之险颟度日的情形，《玉树后庭花》的尚在流行暗示了唐代统治者仍沉溺于声色享乐之中，"不堪听"则真切表达了诗人的忧心忡忡与锥心之痛。

这是一首抒怀与咏史相结合的诗作，诗歌前两联极紧凑地点出了地名与事物，后两联由此生发议论，却又跳出了眼前的一事一物和历史上的一朝一地，既显示了诗人的严密笔法，又体现了他的不凡识见。

韩愈求变与韩诗之变

提到韩愈，大家会联想到唐宋八大家之首、《师说》《马说》、古文运动等，但不为大家所熟知的是，韩愈幼年早孤，由兄嫂抚养。传说他即将入学，嫂嫂郑氏想替他取一个含义深刻的学名，但是琢磨了很久也没选到一个合适的字。嫂嫂对他说："你大哥名会，二哥名介，都是人字作头，会乃聚集之意，介乃耿直之意，三弟的学名也须找个人字作头，含义更讲究的才好。"韩愈听完，立即说道："我就叫韩愈好了。'愈'，超越也。象征我长大之后，一定要做一番大事，决不当平庸之辈。"一个"愈"字，正是他少年胸怀的写照。后来韩愈考取功名，为官时几次直言进谏，虽满腹才华却也遭遇贬谪。

中唐时期，唐王朝已由盛转衰，面对社会现实，士人具有强烈的谏诤使命感，当时佛教盛行，唐宪宗时举行了一次大型的迎佛骨活动。这样的佛事劳民伤财，韩愈上表进谏，即《论佛骨表》，结果非但没有成功，自己还被贬为潮州刺史。

韩愈最突出的成就不在官场，而在文坛。他倡导古文运动，其实是摒弃六朝骈文的浮华空洞，提倡简洁的写作方式，他自己就是最积极的实践者。他的散文语言简洁有力，兼用长短句，并提出文以载道之说，开创了散文的新风气，苏东坡认为韩愈"文起八代之衰"，给予他极高的评价。还有他与贾岛之间发生的著名的"推敲"故事，早已被传为佳话。

韩愈受杜甫的影响，我们后面要讲的白居易、李商隐也是受杜甫的影响。所以，可以说中唐以后这几个大的诗歌派别的演变都是受了杜甫的影响。杜甫是一个很了不起的承先启后的集大成的诗人，他把前人的很多的长处都继承变化了，同时他给后代的诗人开拓出来很多的途径。都是继承杜甫，可是这里边就有一个分寸了，继承的结果是相似而不同的。因为树上都没有两片相同的树叶，人间绝没有两个完全相同的人，模仿的话你可以模仿到一部分，但是你根本上跟原作者是不一样的。所以他们这些诗人从杜甫那里所得到的是不同的。那么有什么不同呢？

韩愈得之于杜甫的是他的修辞方面。杜甫有这样一句诗："为人性僻耽佳句，语不惊人死不休。"（《江上值水如海势聊短述》）他说我平生有一个跟大家不同的癖好，那就是喜欢作诗。我们可以看到杜甫真是喜欢作诗，所有他平生的经历都反映在诗里边，他是一定要写诗，而且希望能够写得好，也就是"语不惊人死不休"。他说如果我的话说出来没有超过别人的地方，或者使别人惊讶的地方，我死了都不甘心。

那我们现在就来说说修辞。修辞好像只是文字上的修饰，中国的《易经》里有这样一句，说："修辞立其诚。"什么叫修辞？不是指作诗写文章时花花草草地往上面涂抹装饰，不是的。所谓"修辞"就是说要找到一句最合适的话传达你自己的思想情感。西方《包法利夫人》的作者福楼拜曾给莫泊桑写过一封信，在西方很有名的，我不知道法文怎么说，中文把它翻译叫作"一语说"。因为莫泊桑早年写过一堆小说寄给福楼拜，福楼拜一看，说你这小说写得还不够好，要写得精炼，找出最恰当的那一个字来，不管写人写物还是写情节，你都要把那最恰当的字用上。"海畔尖山似剑铓"（柳宗元《与浩初上人同看山寄京华亲故》），为什么用"尖"字？他为什么又说"似剑铓"？就因为这些字最能形象地表达出柳宗元的心情。所以"一语说"就是你创作的时候，要找到最恰当的那一个字来传达、代表你的感情。

杜甫虽说"语不惊人死不休"，而他最重要的一点是"修辞立其诚"。他的惊人的语句，是与他内心的感发相配合起来的，而且能配合得恰到好处。而后来的人就只注重外表用字，用他们的脑子来选择，寻找一个个出奇的字来让诗出奇制胜。我们不是说这些人绝对地不好，而韩愈这个人是很有才的，什么是有才？我们说一个诗人有才，就是说他的语汇很丰富，可以用的词语很多。作诗要有丰富的语汇，还有你对于语法的运用能力要过人。从这两方面来说，韩退之都是过人的。而且韩愈除了写诗还写古文，他对于语汇和语法的运用的才能很出色，所以他这方面绝对是好的。

我们说韩愈受杜甫的影响是在修辞造句这方面，要"为人性僻耽佳句，语不惊人死不休"，那么白居易跟元微之受杜甫的影响是什么呢？我们说过，杜甫是个写实的诗人，是个对社会有关怀的诗人，"穷年忧黎元，叹息肠内热"，"朱门酒肉臭，路有冻死骨"（《自京赴奉先县咏怀五百字》）。杜甫真的是关心人民，真的是关怀国家的，他的诗是流自肺腑，他一直到老，登上岳阳楼时还说"戎马关山北"，我要"凭轩涕泗流"（《登岳阳楼》）。这就是杜甫，是他的性情。他还说"葵藿倾太阳，物性固莫夺"（《自京赴奉先县咏怀五百字》）——我也知道，我干嘛这么傻，我可以不要管国家怎么样！但是这是我的本性，就好像葵花和藿叶一样总是倾向太阳。人的本性是没有其他人、没有什么办法可以改变的，所以说"物性固莫夺"。而你吃饱睡足之后说我也来关心人民，碰到一点挫折你就只自顾自己了，再也不关心人民了，这个就是层次的不同。不是说你的关心是不对的，但是你的关心不是那种流自肺腑的欲罢不能的深刻的关心。

杜甫是用他的心、他的感情来写诗，而韩退之跟白居易、元微之这些人都是用脑、用才来写诗的：找个好题目来作诗，像白居易他们的"新乐府"。乐府本来是汉朝出现的一种新体诗，有很多是民间的歌谣，反映的是民间的生活，他们就模仿乐府诗的这种作风，写了一大堆反映现实的作品，起了名字叫作"新乐府"。而杜甫不是，杜甫是因为他遭遇了很多眼见身受的经历，不得不然，它自己跑出来的，不是我去找个题目来写一首好诗，这完全是不同的。所以这两派都是从杜甫那里得来的，一个是逞才方面，在词语口吻上要惊人；一个是从杜甫反映现实那个方面继承下来的，可是他们已经变成了有心的，是故意地去找个题目来作诗，跟杜甫流自肺腑、出自肝肠的诗的性质是不同的。所以你讲杜甫不能不结合他的生平来讲，你讲辛弃疾不能不结合他的生平来讲，我已经说过中国最伟大的诗人是用他的生命来写作的，是真的付出了自己生活的代价来实践他的诗里面所说的东西。韩愈、白居易是以自己的生活追求为第一位，然后才去关怀国家人民的。当然，有这个关怀还是好的，但是层次是稍差一些。所以现在我们讲韩愈，可以放下他的生平，只看他的诗。

我们来看韩愈的《山石》，是这样写的：

山　石

山石荦确行径微，黄昏到寺蝙蝠飞。

升堂坐阶新雨足，芭蕉叶大栀子肥。

僧言古壁佛画好，以火来照所见稀。

铺床拂席置羹饭，疏粝亦足饱我饥。

夜深静卧百虫绝，清月出岭光入扉。

天明独去无道路，出入高下穷烟霏。

山红涧碧纷烂漫，时见松枥皆十围。

当流赤足踏涧石，水声激激风吹衣。

人生如此自可乐，岂必局束为人鞿。

嗟哉吾党二三子，安得至老不更归。

因为诗中头两个字是山石，所以他的题目叫《山石》。是写他有一次到这个山的庙里面过了一夜的种种见闻。"山石荦确行径微，黄昏到寺蝙蝠飞。升堂坐阶新雨足，芭蕉叶大栀子肥。"他说，他来到山中，"荦确"就是不平的样子，说山石高低不平当然可以，但是你要很直白地说"山石不平"，这个力量远远不够。而文字的使用这方面韩愈是很注重的，所以他不用"山石不平"，他说"山石荦确"。"荦确"两个字是很少见的，它们都是入声字，一般人都不知道它是怎么样念的，所以不管是它的声音，还是它的字形，都是新奇的。所以你可以看到韩愈是怎样用字，怎样"语不惊人死不休"的。"微"是很窄的意思，就是说上山的路很狭窄。"黄昏到寺蝙蝠飞"，他一直到黄昏才从山路上爬到这个庙，到庙里面天已经黑了，蝙蝠已经飞出来了。"升堂坐阶新雨足"，他就来到庙的大堂上，因为爬了一天的山累了，于是就坐在台阶上休息。那时刚下过雨，所以是"升堂坐阶新雨足"。庙里的芭蕉叶子长得很大，栀子花开得很肥，栀子花是白色的，晚上开很香很香的花，"芭蕉叶大栀子肥"。所以他写的都是什么？都是眼中所见的景物，我们可以说他的描写很好，他的选词用字都很恰当。可是它里面没有一个更深的东西，而杜甫的诗每一句都有很深的感情从里边流露出来。

"僧言古壁佛画好"，那里的和尚就告诉他说，我们庙里面的墙上画的佛像很好，你知道很多庙里面墙上都画有佛像的。"以火来照所见稀"，天就要黑了，古代没有电灯，所以他们就点了一个火把，由此能看得到壁画，可是这个火把是闪动的，光亮是模糊的，所以韩愈还是看不清楚。"铺床拂席置羹饭"，这个和尚就热情招待他，给他铺了床，把席都擦干净，还给他准备了汤。"置"就是准备，"羹"就是汤。同时还给他准备了饭，"疏粝亦足饱我饥"，"疏粝"就是粗米饭，和尚生活是很简朴的啊，所以就给他吃粗米饭。虽然是粗米饭，可是仍然可以"饱我饥"，毕竟爬了一天的山，已经很饿了。

"夜深静卧百虫绝"，等到深夜的时候我安静地睡在庙里面，所有虫子的声音都停了，要是天刚刚变黑，会有促织什么的在那里叫，可是真正到了后半夜，连虫子都不会叫了。那个时候，"清月出岭光入扉"，一轮明月从山那边升上来，清光从门缝里照进来，"扉"是门。他写的是很好，感受得很好。我不是说过诗歌有几个层次吗？感受的层次，感情的层次，感发的层次。从感受的层次来说，他真的是把那种感受恰到好处地表现出来了。第二天天亮了，"天明独去无道路，出入高下穷烟霏。"早晨我要下山了，可山上都是丛林，找不到下山的路。而且还不只是因为草木很茂盛遮蔽了道路，而且因为那天早晨有烟雾，下雾了。所以他说下山是"出入高下"，一下子从山林里走出来，一下子又钻到山林里去。一下子升高，一下子降低，好比你要是爬泰山一直向上没有向下的，可是你要是爬峨眉山，过一个峰头再过一个峰头，就是"出入高下穷烟霏"了，"穷"就是走遍了，完全走遍了。烟雾之中把这个山林都走遍了，那都看见些什么？

　　"山红涧碧纷烂漫，时见松枥皆十围。"山上有红花，"涧"是山涧，山涧里面有碧绿的水，"纷"是色彩众多，"烂漫"是彩色很鲜艳，山上的红花，山涧里面的绿水都是纷纭烂漫的。"时见松枥皆十围"，"我"看见松树、枥树都有"十围"那么大那么粗。"当流赤足蹋涧石，水声激激风吹衣。"有时候遇到一个小的水流，我就正当水流中间把我的鞋跟袜子都脱掉，赤足蹬踏到了山涧的石头上。这时你就听到脚底下水声激激——流水的声音，而且山风一阵一阵吹动我的衣襟。

　　"人生如此自可乐，岂必局束为人鞿。""鞿"是马头上的套子，暗指羁绊的意思。他说，人生能够这样游山玩水当然是快乐的，所以又何必被别人像马头一样套住呢？"嗟哉吾党二三子，安得至老不更归。""嗟哉"是哎呀，叹息。这个叹息不是悲哀，有的时候是赞美或者呼唤。他说，我的好朋友啊，我们何不跑到山中来游山玩水，陶醉于山水之美中而不归去了呢！

附：

韩愈倡导古文运动，因此在诗歌创作中也多有用散文手法写成的作品。清代诗评家方东树曾评价《山石》说："只是一篇游记，而叙写简妙，犹是古文手笔。"那么韩愈的文又是怎样才力充沛、奇崛横放？

古之君子，其责己也重以周，其待人也轻以约。重以周，故不怠；轻以约，故人乐为善。今之君子则不然。其责人也详，其待己也廉。详，故人难于为善；廉，故自取也少。己未有善，曰："我善是，是亦足矣。"己未有能，曰："我能是，是亦足矣。"外以欺于人，内以欺于心，未少有得而止矣，不亦待其身者已廉乎？其于人也，曰："彼虽能是，其人不足称也；彼虽善是，其用不足称也。"举其一，不计其十；究其旧，不图其新。恐恐然惟惧其人之有闻也。是不亦责于人者已详乎？夫是之谓不以众人待其身，而以圣人望于人，吾未见其尊己也。

虽然，为是者，有本有原，怠与忌之谓也。怠者不能修，而忌者畏人修。

（选自《原毁》）

【译文】

古时候的君子，对自己要求严格而全面，他对待别人宽容又简约。严格而全面，所以不怠惰；宽容又简约，所以人家都乐意做好事。现在的君子却不是这样，他对别人要求严苛，对自己却十分宽松。对人要求苛刻，所以人家难以做好事；对自己要求少，所以自己收获就少。自己没有什么优点，却说："我有这优点，这就够了。"自己没有什么才能，却说："我有这本领，这就够了。"对外欺骗别人，对内欺骗自己的心，还没有多少收获就止步不前，岂不是要求自身太少了吗？他们要求别人，说："他虽然能做这个，但他的人品不值得赞美；他虽然擅长这个，但他的才用不值得称道。"举出他一方面的欠缺，不考虑他多方面的长处，只追究他的既往，不考虑他的今天，成日提心吊胆，只怕别人有好的声望。这不也是对别人求全责备了吗？这就叫不用一般人的标准要求自己，却用圣人的标准希望别人，我看不出他是尊重自己的啊！

尽管如此，这样做是有他的根源的，就是所谓怠惰和忌妒啊。怠惰的人不能修养品行，而忌妒的人害怕别人进步。

白居易：歌诗合为事而作

　　白居易的家庭是一个世代业儒之家，其祖白锽、外祖父陈润都是诗人，父亲白季庚也是明经出身，做过多任地方官。这样的家庭环境，使白居易从小就受到良好的文学教育。

　　白居易五六岁时就开始学习作诗，少年时期便闻名乡里。后来他带着自己的诗稿去长安拜见大诗人顾况，顾况对于他所写的《赋得古原草送别》赞赏不已，认为此诗通俗中却蕴含耐人寻味的情感，尤其是对"野火烧不尽，春风吹又生"的境界最为欣赏，其实白居易的人生也如野草般顽强，始终保持着积极的姿态。后来白居易积极倡导诗歌革新的新乐府运动，体现现实主义。

　　白居易字乐天，"乐天"二字并非强加以名，而是名副其实的乐天派。他有一种从容闲适的为官方式和旷达知足的生活态度，诗歌、美酒、音乐是他生活中不可或缺的内容。同时，他也乐于交友，与元稹、刘禹锡、李建、崔玄亮等都有密切交往，特别是与元稹之间有非常多的唱和诗，是一生的挚友，两人合称"元白"。白居易仕途不顺，他曾被贬江州（九江，今属江西），当时元稹正在病中，知道这个消息后非常震惊，拖着病体给白居易写信表达他的关怀："残灯无焰影幢幢，此夕闻君谪九江。垂死病中惊坐起，暗风吹雨入寒窗。"一片哀景中述说着一片哀情。其实当时元稹也是贬谪在外，二人可谓同病相怜，后来白居易在浔阳江头遇见琵琶女，一句"江州司马青衫湿"读来让人感动不已，若非经历了曲折坎坷，又如何能理解"同是天涯沦落人"的相知相怜！

说到创作，我们说白居易注重文学的实用功能，所以在内容方面，他的主张是"歌诗合为事而作"，"合"字是应该的意思，就是说你的诗应该是为了反映某一件社会上的事件而作，如同从《诗经》可以看到民风，看到一个国家一个地方的风俗和政治，所以白居易认为诗歌是应该反映社会事件的，应该反映风俗跟政治的，这是他在内容方面的主张。

至于他在文字这一方面的主张呢？则是"老妪能解"，因为要注重实用功能，当然是懂得的人越多效果才会越好，要大家都能够懂得才最好。历史上记载，白居易写了诗以后就会念给一个没有受过教育的老太婆听，如果这个老太婆说懂了，那么他就觉得这很好，可以使得大家都懂，所以白居易的诗是注重实用功能的。白居易把自己的诗分成几类，最重要的一类诗叫作"讽喻诗"，比如《缭绫》和《卖炭翁》；而《长恨歌》《琵琶行》在他说起来不过是"杂诗"，是用歌诗叙述一个故事。《长恨歌》写的是天宝年间（742—756）杨贵妃和唐玄宗的故事。《琵琶行》写他在浔阳江上听到一个女子弹琵琶的故事，写这个琵琶女的丈夫远行了，她很孤单寂寞，而当年她在欢场之中是曾经得意过的，现在却是被冷落了。白居易就假借琵琶女而寄托他自己，因为他当时是被贬作江州司马，所以他就假借这个被冷落的女子来写他自己被冷落的仕宦。如果以故事性而言，是《长恨歌》写得更好，因为它曲折婉转，传达了一个动人的故事；如果真正以感情、诗人自己的感发的生命来说，《琵琶行》写得更好，因为其中有他自己更真实的感情。

我们以上是很简单地把白居易有名的几首诗，还有他自己的特别的诗歌主张做了一个简单的介绍，下面就来具体看白居易的《卖炭翁》：

卖炭翁

苦宫市也

卖炭翁，伐薪烧炭南山中。

满面尘灰烟火色，两鬓苍苍十指黑。

卖炭得钱何所营，身上衣裳口中食。

可怜身上衣正单，心忧炭贱愿天寒。

夜来城外一尺雪，晓驾炭车辗冰辙。

牛困人饥日已高，市南门外泥中歇。

翩翩两骑来是谁，黄衣使者白衫儿。

手把文书口称敕，回车叱牛牵向北。

一车炭，千余斤，宫使驱将惜不得。

半匹红绡一丈绫，系向牛头充炭直。

题目底下有四个小字，说是"苦宫市也"，这四个字好像是诗题前的一个小序，有一个简单的叙述，这种形式白居易是模仿《诗经》的，比如说《关雎》这一篇，毛序就说"关雎，后妃之德也"，写的是当时后妃的美好品德，所以他这是模仿《诗经》的。而诗之所以要这样写，是因为中国古代认为诗歌是反映民间风俗的，是反映政治跟教化的，所以一个题目必有一个主旨。他说《卖炭翁》写的是什么呢？是"苦宫市也"。宫市是指宫中强买强卖民间财物的情形，使老百姓非常痛苦，所以叫作"苦宫市"。"卖炭翁，伐薪烧炭南山中"，"中"跟"翁"，是押韵的。后面换了入声韵："满面尘灰烟火色，两鬓苍苍十指黑。卖炭得钱何所营，身上衣裳口中食。"这几句是押韵的。后面又换了韵："可怜身上衣正单，心忧炭贱愿天寒。"这两句押平声韵。后面又要换韵了："夜来城外一尺雪，晓驾炭车辗冰辙。牛困人饥日已高，市南门外泥中歇。""辙"和"歇"是押韵的。下面几句是换韵："翩翩两骑来是谁，黄衣使者白衫儿。"这两句是一个韵，"谁"跟"儿"是一个韵。后面再换韵："手把文书口称敕，回车叱牛牵向北。一车炭，千余斤，宫使驱将惜不得。半匹红绡一丈绫，系向牛头充炭直。"这最后是入声韵。

　　他说，有一个卖炭的老翁，"伐"是砍，"薪"是柴，老翁每天在寒山里面砍柴，然后烧成炭，因为他一天到晚做的都是这样的工作，所以满脸都是灰尘，好像烟火一样的颜色，两鬓的头发都已经苍白了，十个手指都是黑的颜色。他如此辛苦卖炭，得到钱是做什么用呢？不过是维持生计，是为了他身上穿的衣服、口中吃的食物。那么别人什么时候要炭？都是冬天的时候生火取暖，当然是特别冷的天气。但他自己"可怜身上衣正单"，这是作者的同情，他身上的衣服这么单薄，他很穷，没有那些个棉袄、皮裘穿。可是另外呢，他还希望天冷，"心忧炭贱愿天寒"，天越冷他的炭就越可以卖个好价钱，所以这都是写平民百姓疾苦的生活。自己没有衣服穿却希望天冷。"夜来城外一尺雪"，昨天夜里城外下了一尺厚的雪，所以他想今天的炭可以卖个好的价钱。"晓驾炭车辗冰辙"，清早他就驾着炭车从老远的地方过来，碾过满是冰雪中的车辙。后来牛也困了，人也饿了，太阳也已经升起来很高了，他驾着他的车来到街市的南门外面，就在那些冰雪泥泞的路途之中休息。忽然间"翩翩两骑来是谁"，这个"骑"字念jì，是骑马的人，这时有两个骑马的人，"翩翩"地潇洒地骑着马跑过来了，是谁呢？身上穿的是黄衣服，是宫中的使者，还有一个穿白衫的，是一个年轻人，也是宫中的使者。"手把文书口称敕"，手里拿着一个宫中的文件，口里边说这是"敕"，"敕"就是皇帝的命令。于是他们就"回车叱牛牵向北"，就把老翁的车拉回来，不让他进这个南门，赶着牛把牛牵到北边去了。"一车炭，千余斤，宫使驱将惜不得"，他好不容易运来一车炭，一千多斤，是指望拿着这个炭换他的衣食的，可是宫中的使者却把这个炭车赶走了，他就算爱惜也没有办法了，"惜不得"，没有什么办法，因为那是宫中的使者。可是宫中的使者交换给他的是什么呢？仅有半匹的红绡，一丈的丝绫，"系向牛头充炭直"，系在牛头上就说这个是卖炭的价钱了。这就是强买强卖的情况，当然后来呢还有所谓的白望，甚至连这半匹红绡和一丈绫都不给了，想拿走就拿走，所以白居易的诗确实是反映了当时的民间疾苦。

我们中国的文学批评常常把一个人的道德品格作为衡量诗的标准，因为杜甫这个人对于他的国家对于他的人民真的是忠爱缠绵，我们都看到杜甫从他年轻的时候就"致君尧舜上，再使风俗淳"（《奉赠韦左丞丈二十二韵》），"穷年忧黎元，叹息肠内热"（《自京赴奉先县咏怀五百字》），一直到他晚年临死了还说："戎马关山北，凭轩涕泗流。（《登岳阳楼》）"杜甫对于用字造句的选择是以他的感情、感受为基础的，结合了他深厚的感情，可是韩愈跟白居易他们两个人常常是用他们的知识跟分辨来写诗的。所以我讲诗推崇杜甫。

诗歌的好处永远是感发，不但自己有这个感发，而且用文字表达出来后，也能够使读者有这个感发。现代西方文学理论中有readers' respond之说，就是读者的反应是作为衡量文学作品价值的一个重要部分。读者有了一种反应，证明了你的感发传达出来了，成功了，你这首诗才是一首真正的好诗。所以杜甫的诗好，不是只因为说他总是关心国家人民就是好了，而是这一份忠爱缠绵的感情，非常地深厚、博大、真诚，并且他能够把这种感发的力量传达出来，千百年之下还能使我们感动。

下面我们来看《长恨歌》，这是包含在白居易所谓的"杂诗"里面的。

长恨歌

汉皇重色思倾国，御宇多年求不得。

杨家有女初长成，养在深闺人未识。

天生丽质难自弃，一朝选在君王侧。

回眸一笑百媚生，六宫粉黛无颜色。

春寒赐浴华清池，温泉水滑洗凝脂。

侍儿扶起娇无力，始是新承恩泽时。

云鬓花颜金步摇，芙蓉帐暖度春宵。

春宵苦短日高起，从此君王不早朝。

承欢侍宴无闲暇，春从春游夜专夜。

后宫佳丽三千人，三千宠爱在一身。

金屋妆成娇侍夜，玉楼宴罢醉和春。

姊妹弟兄皆列土，可怜光彩生门户。

遂令天下父母心，不重生男重生女。

骊宫高处入青云，仙乐风飘处处闻。

缓歌慢舞凝丝竹，尽日君王看不足。

渔阳鼙鼓动地来，惊破霓裳羽衣曲。

九重城阙烟尘生，千乘万骑西南行。

翠华摇摇行复止，西出都门百余里。

六军不发无奈何，宛转蛾眉马前死。

花钿委地无人收，翠翘金雀玉搔头。

君王掩面救不得，回看血泪相和流。

黄埃散漫风萧索，云栈萦纡登剑阁。

峨嵋山下少人行，旌旗无光日色薄。

蜀江水碧蜀山青，圣主朝朝暮暮情。

行宫见月伤心色，夜雨闻铃肠断声。

天旋地转回龙驭，到此踌躇不能去。

马嵬坡下泥土中，不见玉颜空死处。

君臣相顾尽沾衣，东望都门信马归。

归来池苑皆依旧，太液芙蓉未央柳。

芙蓉如面柳如眉，对此如何不泪垂。

春风桃李花开日，秋雨梧桐叶落时。

西宫南内多秋草，落叶满阶红不扫。

梨园弟子白发新，椒房阿监青娥老。

夕殿萤飞思悄然，孤灯挑尽未成眠。

迟迟钟鼓初长夜，耿耿星河欲曙天。

鸳鸯瓦冷霜华重，翡翠衾寒谁与共。

悠悠生死别经年，魂魄不曾来入梦。

临邛道士鸿都客，能以精诚致魂魄。

为感君王辗转思，遂教方士殷勤觅。

排空驭气奔如电，升天入地求之遍。

上穷碧落下黄泉，两处茫茫皆不见。

忽闻海上有仙山，山在虚无缥缈间。

楼阁玲珑五云起，其中绰约多仙子。

中有一人字太真，雪肤花貌参差是。

金阙西厢叩玉扃，转教小玉报双成。

闻道汉家天子使，九华帐里梦魂惊。

揽衣推枕起徘徊，珠箔银屏迤逦开。

云鬓半偏新睡觉，花冠不整下堂来。

风吹仙袂飘飘举，犹似霓裳羽衣舞。

玉容寂寞泪阑干，梨花一枝春带雨。

含情凝睇谢君王，一别音容两渺茫。

昭阳殿里恩爱绝，蓬莱宫中日月长。

回头下望人寰处，不见长安见尘雾。

惟将旧物表深情，钿合金钗寄将去。

钗留一股合一扇，钗擘黄金合分钿。

但教心似金钿坚，天上人间会相见。

临别殷勤重寄词，词中有誓两心知。

七月七日长生殿，夜半无人私语时。

在天愿作比翼鸟，在地愿为连理枝。

天长地久有时尽，此恨绵绵无绝期。

　　白居易《长恨歌》的这种形式跟风格为中国后来的诗开创了一条路子。《长恨歌》是属于歌行的体式，跟李太白所写的乐府歌行是差不多的。可是两者的形式是不一样的。有一种歌行，比如《长恨歌》，其实已经是受了律诗体式中声律的影响。本来它是乐府的歌行，形式应该是自由的，没有声律上的限制，像李太白才会写什么《远别离》，什么《长相思》，什么《将进酒》，都是完全自由的。

　　本来汉代的歌行有最早受《诗经》影响的四言体，有受《楚辞》影响的楚歌体，有汉朝新兴的形式五言体，有汉朝民间的杂言的形式，这是汉朝乐府的几种形式。李白的那个自由的体式是从汉朝乐府杂言的体式发展出来的，语句不整齐，不过他的变化更多，篇幅更长；白居易的歌行是乐府诗，而乐府诗在汉朝时没有声律，我们说过，声律及对偶是经过南北朝到初唐才完成的。白居易所继承的，是他篇幅的长短可以铺张的自由。还有就是他叙写一个故事的这样一种作风，这些都是从汉朝乐府继承来的。因为当时汉朝的乐府是没有声律的，可是白居易中间已经受了唐朝近体诗的影响，他写的乐府就有声律了，这是值得注意的。

举例子来看，《长恨歌》里说："春风桃李花开日，秋雨梧桐叶落时。"唐玄宗在往四川逃难的路上，杨贵妃被处死了，后来他的儿子肃宗收复长安，把玄宗请回到宫中来，每当春天的时候，玄宗就会想到杨贵妃在的时候"春风桃李花开日"会怎么样？玄宗和贵妃常到沉香亭去赏花，曾把李太白这个大天才叫来，作几首新歌，那是何等的美满的快乐的生活！如果是杨贵妃在的时候，便是"七月七日长生殿，夜半无人私语时"的柔情，两个人在一起，七月七日——七夕的时候海誓山盟，说"愿生生世世为夫妇"，我们是永远不分开的。现在已经到秋天了，可是杨贵妃不在了，"秋雨梧桐叶落时"，物是人非，大自然的风景跟从前一样，但死者却不能复生。这当然写得很好，"春风桃李花开日，秋雨梧桐叶落时"，平平平仄平平仄，平仄平平仄仄平。第一个字是可以通用的，第三个字有的时候是可以通用的，所以这句是完全合乎声律的，符合平平仄仄平平仄，仄仄平平仄仄平。这也是白居易歌行的一个特色。

我们现在简单地把《长恨歌》介绍一遍。从《春江花月夜》的时候就开始这种风格了，就是说每四句、每六句，或者是八句，是一个段落，然后每一个段落以后，可以换韵，一般说起来是用一个平声的韵，一个仄声的韵，平仄间隔着来用，大家来看是不是这样："汉皇重色思倾国，御宇多年求不得。杨家有女初长成，养在深闺人未识。天生丽质难自弃，一朝选在君王侧。回眸一笑百媚生，六宫粉黛无颜色。"这是第一个段落，押入声韵，"国""得""识""侧""色"是入声韵。下边换韵了："春寒赐浴华清池，温泉水滑洗凝脂。侍儿扶起娇无力，始是新承恩泽时。"刚才是八句，现在是四句。"池""脂""时"，押平声韵。每换韵的时候第一句是可以押韵的，然后都是双数的句子押韵。

下边再换韵："云鬓花颜金步摇，芙蓉帐暖度春宵。春宵苦短日高起，从此君王不早朝。"这是又换韵了，"摇""宵""朝"，一二四，第一句押韵然后双数的句子押韵。后边："承欢侍宴无闲暇，春从春游夜专夜。"这个"夜"字押韵，这是两句，就是"暇"字跟"夜"字押韵，这又是一个段落。

我刚才说四句、八句，前面应该加上还有是两句押韵的。后边再换："后宫佳丽三千人，三千宠爱在一身。金屋妆成娇侍夜，玉楼宴罢醉和春。"这是一个段落，是"人""身""春"押韵。然后再换韵："姊妹弟兄皆列土，可怜光彩生门户。遂令天下父母心，不重生男重生女。"这个"女"字可以念汝，韵脚是"土""户""女"，这是又换了一个韵了。后边再换韵："骊宫高处入青云，仙乐风飘处处闻。""云""闻"两字押韵。后边："缓歌慢舞凝丝竹，尽日君王看不足。渔阳鼙鼓动地来，惊破霓裳羽衣曲。"这个"曲"字是入声，"竹""足""曲"是一韵。

现在你看前面一段写的都是杨贵妃怎么样得到宠爱，怎么样歌舞宴乐，然后最后两句一转，到了"渔阳鼙鼓动地来，惊破霓裳羽衣曲"。前面的大量铺陈，这里只用两句就把情况转过来了。下面："九重城阙烟尘生，千乘万骑西南行。"又是两句，"烟尘生"，"西南行"，这两句押韵。"翠华摇摇行复止，西出都门百余里。六军不发无奈何，宛转蛾眉马前死。"这又是一个韵，"止""里""死"。杨贵妃已经死了，死了以后怎么样呢？白居易就描写了："花钿委地无人收，翠翘金雀玉搔头。君王掩面救不得，回看血泪相和流。"首饰都掉在地下了，虽然玄宗贵为天子，但也无法去挽救他所爱的女人。这是一个韵——"收""头""流"。

后边再换韵，唐玄宗就往四川去了："黄埃散漫风萧索，云栈萦纡登剑阁。峨嵋山下少人行，旌旗无光日色薄。"这四句押韵，"索""阁""薄"。然后再接着写四川的风光："蜀江水碧蜀山青，圣主朝朝暮暮情。行宫见月伤心色，夜雨闻铃肠断声。""蜀山青"，"暮暮情"，"肠断声"，押韵的。他在四川的时候每天都怀念杨贵妃，后来长安收复后，玄宗就回来了："天旋地转回龙驭，到此踌躇不能去。马嵬坡下泥土中，不见玉颜空死处。""驭""去""处"押韵，这几句一个韵。你知道他去四川的时候经过马嵬坡，杨贵妃死在这里，回长安时他还要再次经过马嵬坡呢，所以他说："君臣相顾尽沾衣，东望都门信马归。"这两句是一个段落，"衣"跟"归"是押韵的。后面他又换韵了："归来池苑皆依旧，太液芙蓉未央柳。""依旧"的"旧"，"未央柳"的"柳"这两句是押韵的，是一个小的段落。后面他说："芙蓉如面柳如眉，对此如何不泪垂。春风桃李花开日，秋雨梧桐叶落时。""眉""垂""时"这几句是一个韵。

然后他继续写回到宫中以后是："西宫南内多秋草，落叶满阶红不扫。梨园弟子白发新，椒房阿监青娥老。""草""扫""老"押韵，就是说当年的宫人现在也老了，椒房的阿监、梨园的弟子都老了。于是现在他就写对杨贵妃的怀念："夕殿萤飞思悄然，孤灯挑尽未成眠。迟迟钟鼓初长夜，耿耿星河欲曙天。""然""眠""天"这是一韵。然后再换："鸳鸯瓦冷霜华重，翡翠衾寒谁与共。悠悠生死别经年，魂魄不曾来入梦。"是写他连梦中都没有梦见过杨贵妃，虽然是非常地怀念她，但连做梦都梦不到她。于是他就找来一个道士："临邛道士鸿都客，能以精诚致魂魄。为感君王辗转思，遂教方士殷勤觅。""客""魄""觅"这三个字是押韵的，现在念起来不押韵，说广东话的同学念起来可能是押韵的，这是入声字。后边就写这个道士了："排空驭气奔如电，升天入地求之遍。上穷碧落下黄泉，两处茫茫皆不见。""电""遍""见"押韵，去找贵妃找不见，天上跟地下都没有。然后呢："忽闻海上有仙山，山在虚无缥缈间。""山"跟"间"押韵，这是一个小段落。然后他就来到了仙山，说："楼阁玲珑五云起，其中绰约多仙子。中有一人字太真，雪肤花貌参差是。""起""子""是"押韵，这个"是"字念为上声。于是就听说里面有一个人叫太真，参差就是大概、差不多，可能就是杨贵妃了，所以这个道士就来了："金阙西厢叩玉扃，转教小玉报双成。闻道汉家天子使，九华帐里梦魂惊。"所以他就在那个金的城楼西边的厢房底下敲敲玉质的房门，就叫小玉——一个丫鬟，中国丫鬟最流行的名字就叫小玉。"报双成"，双成是古代一个女神仙，全名叫董双成，这里指的就是杨贵妃。

　　王国维曾经赞美白居易的《长恨歌》，他说只有"小玉报双成"这一句用的是典故，其他的就是所谓的"白描"，就是直接写情景跟故事。后来清朝诗人吴梅村曾经写了一首模仿《长恨歌》的长诗,叫《圆圆曲》。圆圆即陈圆圆,是当时明朝一个将军吴三桂的爱妾。《圆圆曲》里就说"恸哭六军俱缟素,冲冠一怒为红颜"。吴梅村也是受了白居易的影响,写一个女子的爱情故事。可是王国维说吴梅村用的都是典故,就是说没有典故他就写不下去了,《圆圆曲》都是堆砌的。而白居易完全不用堆砌典故,光用白描就能写得这么好,只有这一句是典故。

那么接下来,"汉家"就指的是唐朝,因为古时候汉朝是非常兴盛的时代,现在我们还说汉族,而且汉唐的首都都是长安,所以唐朝总是自己比作汉。听说是汉家皇帝的使者到了,本来她正在九华帐里睡觉呢,此时就惊醒了。于是杨贵妃要出来见道士了,说:"揽衣推枕起徘徊,珠箔银屏迤逦开。云鬓半偏新睡觉,花冠不整下堂来。"这是说杨贵妃的样子,说她是"揽衣",把衣服收拾一下,"推枕",把枕头推开,起来犹豫徘徊了一下,看一看端整一下;然后"珠箔"是珠子串的帘子,"银屏"是银子做的屏风,慢慢地一个个打开了。珠帘打开了,屏风打开了,杨贵妃就出来了。因为她刚刚睡起来,这头发呢,发髻没有整理,所以出来以后她的发髻是偏在一边的,就下堂来见君王的使者。

当然一般人说起来,白居易这首诗写得很好,同时还有前面写的她刚刚见唐明皇的时候,"春寒赐浴华清池,温泉水滑洗凝脂",温泉的水很滑,洗她如同凝脂一般洁白的肌肤,然后"侍儿扶起娇无力,始是新承恩泽时",很多人就以为他这样描写就是很好,也有很多人以为这样是不好,因为格调不是很高。台湾诗人余光中说读者之中可以分作很多不同的层次，因为有第一流的作品、第二流的作品，所以第二流的作品自然有第二流的读者去欣赏，第二流的读者更多，一定是如此的。这些读者叫作什么？余光中把这些读者叫作半票读者，就好像是去电影院看电影，十二岁以下没有成年的小孩子可以打半票。他的意思就是说，这种读者的欣赏能力没有长成，不成熟，是小孩，是第二等的幼稚读者，所以他们只会欣赏这样的作品。可是第二流读者多，这是无可奈何的事情。一般人都认为《长恨歌》里这些描写都是写得很美，可是实际上这实在是第二流的，我不得不诚恳地告诉大家。

前面是一个段落，下面的"举"字开始换韵了："风吹仙袂飘飖举，犹似霓裳羽衣舞。玉容寂寞泪阑干，梨花一枝春带雨。""举""舞"跟"雨"是一段，说杨贵妃"玉容寂寞"，脸上流着泪水，就像"梨花一枝春带雨"。然后他就接下来写他们的谈话了："含情凝睇谢君王，一别音容两渺茫。昭阳殿里恩爱绝，蓬莱宫中日月长。""王""茫""长"押韵。她说自从跟明皇离别后，觉得自己生活在这个蓬莱宫中简直是度日如年。

后面再换了一个韵："回头下望人寰处，不见长安见尘雾。惟将旧物表深情，钿合金钗寄将去。""处""雾""去"押韵。因为她已经是神仙了，她说现在想看一看下界的人间，但是看不见长安，能看见的都是弥漫的烟雾，只有拿出旧日唐玄宗给她的东西，旧物表深情。你要知道，大概古今中外都是如此，就是男女恋爱的时候，常常有一种爱情的信物，就是说我送给你一个东西作为永久的纪念，是我们两个人爱情信誓旦旦、海枯石烂的保证。唐玄宗当年也给了杨贵妃信物，就是金钗钿合，金钗就是插在头发上的钗，一般下面是两条腿，然后上面有个凤凰啊什么的，有几个穗子垂下来。作为标志着感情的信物，金钗上面不是有两条腿吗？现在就把它分开，分成两半，你拿一半我拿一半，这两个可以合起来，是一种爱情的信物。所以她说，现在为了表深情就把旧物寄过去，所以："钗留一股合一扇，钗擘黄金合分钿。"钗留下的是一股，一股就是一半。"合"呢，就是一扇，也是一半。接下来她说："但教心似金钿坚，天上人间会相见。""扇""钿""见"这几个字是押的一个韵，这是一个大的段落。杨贵妃跟道士说，你把这一半盒子，一条股钗拿给皇上，你告诉他，只要我们两个人的心不变，感情不变，心就会像黄金一样坚定、坚固。将来不管是天上人间，我们一定会有再见面的日子。所以她就让这个道士把当时的定情物寄给玄宗。

后边就说了："临别殷勤重寄词，词中有誓两心知。七月七日长生殿，夜半无人私语时。"这个道士说，我光拿了这个黄金的盒子去，皇帝也许不信呢，也许有人模仿或者假造呢，你一定要说一些只有你和唐明皇两个人知道而别人都不知道的，才能证明我真的看见了你。杨贵妃想了想，有什么事情呢？有一年七月七日在长生殿我们两个人曾经在一起宣誓，愿生生世世为夫妇，你把这个话说给唐明皇，他就相信了。宣誓了什么呢？后面就是重复当年的话："在天愿作比翼鸟，在地愿为连理枝。"后面是诗人的话了，说："天长地久有时尽，此恨绵绵无绝期。"天永远不改变，地永远不改变，他说就算天地都改变了，"此恨"却"绵绵无绝期"。唐玄宗跟杨贵妃这种死生离别的长恨，是永远不会改变的，所以叫《长恨歌》。天地都要毁去了，他们这种爱情的悲恨还存在着。

这首诗影响了后来的风格，影响了很多。我1974年第一次回国时曾经写了一首很长的诗，有一千八百多字，叫作《祖国行》。那是什么样的体裁？就是《长恨歌》的体裁，我就是第二流的人，你要让我写出杜甫的《秋兴八首》，真的写不出来。可是《长恨歌》，你看吴梅村可以模仿，我也可以模仿，之所以说它不是最高的境界，就是因为它可以被模仿。

附：

早 蝉

月出先照山，风生先动水。

亦如早蝉声，先入闲人耳。

一闻愁意结，再听乡心起。

渭上新蝉声①，先听浑相似。

衡门有谁听②，日暮槐花里。

这首诗以蝉鸣之声触动了对故乡和家人的怀念。前四句是叙述，月亮的清辉最先洒落到高高的山头，起风之时最先摇荡起水面的涟漪。诗人以"闲人"自居，不仅有空闲之

---

① 新：一作"村"。
② 衡门：横木为门，指简陋的屋舍。此处指家乡。

时，更有敏感之心，敏锐察觉到早蝉之声。次一句"一闻愁意结，再听乡心起"直抒胸臆，声声蝉鸣，引发诗人无限的忧愁。"一闻"与"再听"的递进，实是诗人情感的层层深入，由漂泊之感进而生发出故园之思。"渭上新蝉声，先听浑相似"紧承上一句，此地的蝉声与家乡的蝉声浑然相似。诗人以蝉声为线索，沟通了羁旅之地与家乡，由此地的蝉鸣想到了家乡的蝉鸣，在思绪的转换中体现出浓浓的故园情。诗歌最后，诗人联想此时此刻故乡亲人中还有谁会在夕阳西下的槐花里听一声声的蝉鸣。"槐下听蝉"是故园生活的典型情景，此时也撩动诗人的乡愁达到顶点。唐人写槐又往往写到蝉，蝉声意象与槐花景象并置，强化了悲愁的情感张力。诗人以蝉鸣、槐花入诗，渲染出流寓他乡之人的不尽离愁与乡思。

李贺:"笔补造化"的旷世奇才

李贺是一个生命很短暂的天才,二十七岁就死了,而且平生仕宦很不得意。中国古代有讲究避讳的传统,就是要避开皇帝的讳、父母的讳,"讳"就是他们的名字。他们名字的声音你不能够说,字你也不能够写。比如《红楼梦》里林黛玉的母亲名叫贾敏,所以她小的时候念书,写"敏"字时就少写一笔,因为母亲的名字自己不可以随便写,要写的时候就缺一笔,而且不可念出声作mǐn,要念mǐ。李贺的父亲叫李晋肃,"晋"字和"进"字是同音,所以李贺就不能去参加进士考试。而在中国古代封建社会,所有的读书人都是要经过科举考试才能有前途、有希望,这样李贺的前途就完全断绝了。他这么年轻就遭到这样一个把所有的前途都断绝的打击,而且从他所写的诗歌,还有后人写的关于他的生平来看,李贺的身体很不健康,体弱多病。虽然他在现实生活中遭受了这样的挫折打击,但是他的感觉是非常敏锐的,想象力非常丰富。他虽然只活了二十几岁,生命非常短暂,可是他确实是在他的诗歌里面开创出来一份我们以前所讲的历代诗歌里面从来没有人写过的境界,真的是一种纯属于锐感跟奇险的境界,而这种境界甚至影响了后来的李商隐。

我们上次已经讲了,很多人其实都受杜甫的影响,比如韩愈跟白居易，李贺也不例外，不过所影响的方面不同。杜甫虽然说要"语不惊人死不休"，可是他只是在句法上、在字面上突破，诗的取材和形象的来源一般还都是现实中存在的形象。可是李贺诗里边的形象常常不是现实中所有的，而是非现实的，都是神仙鬼怪、神话人物这一类的形象。而李商隐的诗一方面继承了杜甫的写实，继承了杜甫七律的句法、形象的变化，另外一方面在形象上相当受李贺的影响，是一种充满了非现实的、假想之中的形象。而且因为李贺年岁活得很短，他生活的体验和经历实在不是很丰富，如果真正以内容情意来说，他跟李商隐是不能够比的。

还有一点不同，李商隐这个人不但感觉是非常敏锐的，而且他的感情还非常深厚，不但是锐感深情，而且关怀面非常广，他所关怀的真是社稷国家。而李贺纯粹以锐感取胜，在关怀的深情和宽广方面，比李商隐是有所不如的。当然李贺的诗里边也曾经写过《老夫采玉歌》，反映人民生活的疾苦，跟白居易比较相似，但是他所反映的，比较来说是一种对事件的外表观察，也许就是写了一份我对于他的一份同情。李商隐却不然，李商隐所写的关怀国家的诗歌，跟杜甫一样是出自肺腑的，是把人民的痛苦当作自己的痛苦一样写出来的，不是我看见他的痛苦我很同情，而是他的痛苦就是我的痛苦，这个层次是很不一样的。

现在我们看李贺的《浩歌》：

浩　歌

南风吹山作平地，帝遣天吴移海水。

王母桃花千遍红，彭祖巫咸几回死。

青毛骢马参差钱，娇春杨柳含细烟。

筝人劝我金屈卮，神血未凝身问谁。

不须浪饮丁都护，世上英雄本无主。

买丝绣作平原君，有酒惟浇赵州土。

漏催水咽玉蟾蜍，卫娘发薄不胜梳。

羞见秋眉换新绿，二十男儿那刺促。

　　我们来仔细分析这首诗："南风吹山作平地，帝遣天吴移海水。王母桃花千遍红，彭祖巫咸几回死。"这几句是押韵的，"地""水""死"。下面换韵："青毛骢马参差钱，娇春杨柳含细烟。"这两句"钱"跟"烟"是一个韵。"筝人劝我金屈卮，神血未凝身问谁。"这两句又是一个韵。"不须浪饮丁都护，世上英雄本无主。买丝绣作平原君，有酒惟浇赵州土。"这几句，"护""主""土"是一个韵。"漏催水咽玉蟾蜍，卫娘发薄不胜梳。"这个胜字念shēng，平声，玉蟾蜍的"蜍"跟"不胜梳"的"梳"是一个韵。"羞见秋眉换深绿，二十男儿那刺促。""绿"跟"促"是押一个韵。

　　这首诗说的是什么呢？他说的是世事的无常，宇宙之间的变化。《诗经》里边也写宇宙间的变化，比如有一首题目就叫作《十月之交》，写有一年的十月周朝大地震，说是"高岸为谷，深谷为陵"，那高岸一下子陷下去了，变成了深谷，原来的深谷则一下子涌起来了，变成一个高的山陵，这本来是写大地震之中地壳的变化，是比较写实的。可是你看李贺所写的，就不是写实而是他的一种奇幻的想象了，他说"南风吹山作平地"，就是南风把山吹成了平地，也许是大的飓风、旋风，把什么都卷起来，把什么都吹倒了，世界上真的发生过这样的事情？也许根本没有发生过，"高岸为谷，深谷为陵"的情况倒真的可能发生过，但现在李贺说的是"南风吹山作平地"，所以山都消失了。然后呢，是"帝遣天吴移海水"。"天吴"是古代神话之中的水神，"帝"是天上的天帝，说上帝就派遣天吴这个水神，把海水移到平地上来了，这是沧海变成桑田、桑田变成沧海的巨大变化，李贺写得真的很神奇。所以我们常常说诗歌的关键不仅仅在于它所说的内容是什么，还在于你怎么样去表现。你表现的内容是一个问题，你怎么样表现又是一个问题。所以李贺诗的风格之所以特殊的地方，就在于他的想象是出奇的。"王母桃花千遍红"，神话传说中西方有一个王母娘娘，她住的地方叫作瑶池，那里种的仙桃每三千年才开一次花。我们的树一年就开一次花，瑶池的仙桃要三千年才开一次花。他说王母的桃花千遍红，那这是过去多少年了？是几百万年、几亿年！王母桃花已经千遍红，这是李贺的口吻，主要写人世的无常，无常就是什么都不能够是永恒的，什么都在变化之中。你觉得南山是不变的，就有"南风吹山作平地"；你说海水是不变的，"帝遣天吴"就"移海水"，所以他所写的就是人世间的无常。可是他所用的形象，他所用的口吻，充满了这么神奇的想象，于是就显得这么新鲜、这么有力量。王母桃花既然是千遍红，都好几百万年了。下面"彭祖巫咸几回死"，彭祖是古代传说中很长寿的人，活了八百岁；巫咸是古代的神巫，可以跟神仙往来的，这些人寿命都很长的。可是这些人寿命怎么能算长呢？"王母桃花千遍红"的时候，就算他是彭祖、巫咸那样能活几百岁的人也不知道死了多少遍了，不是吗？

"青毛骢马参差钱，娇春杨柳含细烟。筝人劝我金屈卮，神血未凝身问谁。"说你现在有生命，这是很美好的。而且你还有一匹青毛骢马，所谓骢马就是花马、五花马，它的花纹是什么样的？是白色上面有黑色的连钱，一个个圆圆的像钱的形状，看起来很漂亮的，所以"青毛骢马参差钱"。"娇春杨柳含细烟"，在美丽的春天，当杨柳刚要发嫩芽的时候，好像含绕着一种黄色的芬芳的烟雾，颜色是鹅黄嫩绿。如果杨柳的叶子老了就会变成深绿色的，如果是刚刚发出的嫩芽，新鲜的，就带着嫩嫩的黄色，"娇春杨柳"是"含细烟"。"筝人劝我金屈卮"，弹筝的人，可能是歌女，就劝我喝一杯酒。给我敬酒时用的是什么酒杯？是"金屈卮"，就是有一个弯的柄的酒杯。"神血未凝身问谁"，这个话很值得深究，什么叫"神血未凝"？"神"就是精神、灵魂，"血"就是血肉，是你的身体，神和血凝结起来就有了你的身体，神和血没有凝结起来就没有你的身体，你的精神跟身体的血肉合起来才有了你的生命，"神血未凝"的话，你的精神跟血肉没有结合在一起，那就是你的身体都没有了。你知道你的身体吗？生以前在哪里？死以后在哪里？你都不知道。当你的精神和你的身体分离，不能够结合在一起，不能够有一个血肉的生命，也就是"神血未凝"的时候，你究竟是谁？所以你看他的想象，写人的生命是无穷的，又是短暂的，"筝人劝我金屈卮，神血未凝身问谁"？

"不须浪饮丁都护，世上英雄本无主。"丁都护是南北朝刘宋时候的一个隐士，当他不得意的时候就喝酒。李贺就说你也许会像丁都护，有这样的勇敢，有这样的才武，是这样的勇士，可是当你不得意的时候你就借着饮酒来消磨时光和生命吗？借酒来浇愁？他说你不须，你不用，虽然现在你不得别人的任用，但你也不要就沉溺在饮酒之中，因为"世上英雄本无主"，世上许多的英雄豪杰本来就找不到一个真正能认识他、欣赏他的合适的主公，自古都是如此的。所以，李贺的诗虽然没有李商隐那样深广的关怀，但是他却有他自己的一份悲慨，就是他人生的落魄。一个人你说我尝试过，我没有成功，所以你也没有什么话可说的。可是你根本连一个尝试的机会都没有，根本就不能有参加进士考试的机会，而且身体又多病，所以李贺诗歌里边的悲慨，是有他自己的个人的很深刻很痛切的一份悲哀的，所以他说真的是"不须浪饮丁都护，世上英雄本无主"。"买丝绣作平原君，有酒惟浇赵州土。"平原君是战国时代的一个公子。在战国时代，齐国有孟尝君，赵国有平原君，楚国有春申君，魏国有信陵君，这就是人们所说的四公子。这四公子都是养士的，就是说，他们都招待供给一些有才能的人的生活。据说平原君门下客有三千人。"买丝绣作平原君"，李贺说我愿意买丝线来绣平原君的像，因为古代的人表示对一个人的感激，就画出所感激的人的像，或者是更珍重的，用丝线绣一个像供奉起来。他说我真是愿意买丝线绣一幅平原君的像，因为平原君赏爱、看重有才能的人。赵州，即赵国，我买了酒只浇在赵国的土地上，因为平原君是在赵国的。为什么把酒浇在土地上？这是古代一种表示祭奠的方式，就是你要对亡者献酒。可是他已经死了，不能够举起酒杯来喝酒，所以你就举起酒杯为他行礼，然后把酒洒在地上，表示对死者的祭奠和哀悼。所以他说我要买丝线我就绣作平原君，我要有酒就只浇在赵州的土地上，只要有一个人欣赏我。

"漏催水咽玉蟾蜍，卫娘发薄不胜梳。""漏"是古代的铜壶滴漏，现在北京的故宫里面还有一个铜壶滴漏的模型在那里，上面有一个盛水的东西，有一根很细的管子通下来，下边也有一个盛水的东西接在底下，它一分钟或者一个钟头滴多少水下来是有定的，你可以看水的上涨，通过旁边刻的时间你就可以知道是十分钟、二十分钟、三十分钟、一个钟头，这个水滴下来有时候还可以听到滴答的声音。另外，古人在铜壶滴漏的出口处有一个装饰，就是诗里所说的，有一个"玉蟾蜍"。蟾蜍就是蛤蟆。铜壶里的水会滴到玉蟾蜍的口中，"咽"就是吞下去，所以说"水咽"。水是一滴一滴地往下流，不论在哪一时刻从不停止，十分钟、一刻钟、二十分钟、一个钟头，那底下的蟾蜍就每天这么不停止地把这个水吞下去，时间就这么分分秒秒过去了。光阴和生命是不等待人的，有一天大家都衰老了，所以说"卫娘发薄不胜梳"。卫娘是谁呢？卫娘是汉武帝曾经宠爱、喜欢的一个皇后，名叫卫子夫。汉朝曾经有一个有名的将军卫青，就是卫子夫的弟弟，皇亲国戚。据说卫子夫头发非常美，而古代女子的头发从不剪掉，都是盘起来的，所以头发特别长、特别黑、特别亮、特别美丽，她就是因为头发很美才得到宠爱的。可是不管当年卫子夫的头发多么浓厚、多么长、多么黑，她衰老后美丽的头发终究还是要脱落的，而且变得衰白稀少得"不胜梳"，梳子要梳都没的可梳了，"不胜"就是不能够，禁不住梳了，"卫娘发薄不胜梳"。"羞见秋眉换深绿"，你看李贺用的形象都是很奇怪的，他不过要说人的衰老，但是怎么说呢？因为古人通常都说年轻人的眉毛是黛眉，所以贾宝玉给林黛玉取了一个别号"颦卿"，"颦"是眉毛皱起来的样子，林黛玉的眉毛是天生就有一点微颦的样子。贾宝玉还说："西方有石名黛，可代画眉之墨。"古代常常把眉毛说成是黛眉。什么是黛？黛是一种青黑色。有的时候很深很深的黑色会发一种绿色或者蓝色的亮光，像野鸭子的那个羽毛，上面好像闪有蓝绿色光彩的样子。而中国古代颜色的定义又不是那么科学的，因为黑色带着青，而青呢就又说是绿，所以常常说一个人年轻时候的样子是绿鬓朱颜。你现在要是看到一个人长着绿头发、红脸面你会吓一跳，但在古代，朱是代表健康的，有血色的、年轻的，绿鬓就是黑色的，青黑色的鬓发，都代表着年轻。还不只是女的，男子也可以说，"不辞镜里朱颜瘦"（冯延巳《鹊踏枝》）。所以"新绿"，就是你很年轻的时候的这种新鲜的、黛色的眉毛，有一天你的眉毛也衰老脱落了，或者变白了，那就变成秋眉。眉毛哪里有春秋？这就是李贺的修辞。要形容人的衰老，李太白会说："君不见黄河之水天上来，奔流到海不复回；君不见高堂明镜悲白发，朝如青丝暮成雪。"（《将进酒》）他说得多清楚，早上还是青丝，晚上变成白雪了，别人从来没有把卫子夫的典故这么用过，但是李贺却说"卫娘发薄不胜梳"，这是他想出来的，说眉毛变白就变白就是了，但他说的是新绿的眉毛都变成秋天的眉毛了。"二十男儿那刺促"，刺促就是局促的意思，是说一个人已经二十岁了，已经成年了，应该有所作为了，可是我为什么还这样局促，局促就是没有发展、不得志。而人生又这么短暂，有一天就秋眉换新绿了，二十岁的一个男子怎么会这样的刺促。所以虽然他的关怀面不是很广，但李贺的诗有他的那种非常瑰奇的想象，其中也确实有他自己的真正的一份很深刻的悲慨。

附：

李贺，这位以"鬼才"著称的诗人，在描画光怪陆离颇具神秘色彩的世界之外，还以奇异的诗笔构建了一个宝马的世界。有时，他以神骏自许，有时以病马自嘲，诗歌有着浓郁的身世之感。他以组诗形式写下《马诗》二十三首，还有其他咏马的诗几十首。

马　诗

此马非凡马，房星本是星①。
向前敲瘦骨②，犹自带铜声③。

诗中的宝马骨力峻朗，风神卓越，自有一种自强刚劲的英雄气概。然而，尽管宝马颇具骨力之美，其命运却与之形

---

①房星：二十八星宿之一，也称天驷、天马，古人认为良马上应房星。
②瘦骨：良马遭遇不幸，困苦穷瘦。
③铜声：形容良马骏骨坚劲犹如铁打铜铸。

成了强烈的反差。宝马的骨相嶙峋、处境的困顿落拓、遭遇的辛酸悲凉，无不折射出诗人自己郁积于心的哀痛，呈现出他孤独寂寞、自怜自伤的灵魂。清人王琦说："俱是借题抒意，或美、或讥、或悲、或惜，大抵于当时所闻见之中各有所比。言马也，而意初不在马矣。"

言有尽而意无穷的义山诗

李商隐为什么总在追求，总在失落，总在怅惘哀伤之中呢？我曾经说过，一个诗人的形成，一定是有他本身的心性、禀赋的原因。在这些方面，每个人生来一定是不一样的，有的人天性就比较刚强，有的人天性就比较柔弱，虽然说后天可以有一点影响，但是先天一定是不同的。先天的心性、禀赋和后天的环境、遭遇，造成了李商隐的这种风格，一个是他在感情方面的怅惘哀伤，一个是他在表现方面的迷离恍惚。他说得不清楚，所以他给人一种孤独感。为什么会造成这样的一个结果呢？我们现在讲一下他的环境和遭遇。

李商隐的一生是很不幸的。他是怀州河内（今河南沁阳）人。小的时候，他的父亲在浙江附近做事。他父亲在他九岁（按照中国的传统来说是十岁）的时候就死去了，死在了浙江。当年，李商隐一个九岁的小孩子，就要亲自把父亲的棺材运回河南的故乡去。可是"四海无可归之地，九族无可倚之亲"，他就是在这样的艰难困苦的生活之中成长起来的。

作为家里的长子，李商隐"佣书贩舂"奉养他的母亲，也就是给人家做抄写工作，甚至于还要做舂米这种体力工作，来维持一家的生活。在这样困苦的条件下，李商隐仍然坚持苦读，他的文才得到当时河阳节度使令狐楚的欣赏。

李商隐去考进士，考了两次都没有考中，后来经过令狐楚和令狐绹的推荐，他考中了进士。可是他考中了进士不久，就被另一个叫作王茂元的高官看中了，选择他做女婿。而王茂元跟令狐楚两个人在朝廷里是敌对的。令狐楚属于牛党，牛党的领袖人物是牛僧孺。王茂元属于李党，李党的领袖人物是李德裕。关于这两党的非常复杂的政治斗争，你们要去看唐朝的历史才能了解。按照中国旧日士大夫的观念，令狐楚算是李商隐的恩主，王茂元更不用说，他是李商隐的岳父。可是，后来李商隐在这两个人之间发生了误会。令狐楚死后，儿子令狐绹做官做得很显贵，做到宰相的地位，而令狐绹对于李商隐一点也不肯帮助，所以李商隐心中有很多幽怨。就是说，都是最亲近的人，可是都得不到他们的谅解。他带着很深的幽怨，但他不直接地说，都是委婉曲折地去写，这是形成他的诗风的一个原因，是他个人的原因。

还有当时的时代背景的原因。从安史之乱以后，唐朝就已经出现了几种弊病，到了宪宗时，唐朝就出现了三种情形：宦官专权、藩镇跋扈以及朝廷内的党争。

李商隐就生在宪宗的时代，他的一生经过了宪宗、穆宗、敬宗、文宗、武宗、宣宗六位皇帝。李商隐只活了四十几岁，可是在这四十几年之中，唐朝就换了六个皇帝。宪宗是被宦官杀死的，敬宗也是被宦官杀死的。穆宗和武宗呢？穆宗喜欢求仙、服药，他和武宗都是服药致死的，都是很年轻就死了。文宗有心要改善政治，可是那个时候，国家的三种危险的弊病已经形成了，文宗没有办法挽回。

李商隐的诗之所以这样哀怨而且不肯明说，一个是因为他自己私人的感情如此，他对于令狐绹、王茂元的那种内心的感情，不能够直接讲；另一个是因为政治的原因，他对于宦官、对于藩镇的不满，他不敢直接地讲，所以他的诗形成了这样的风格。

李商隐的诗总体有两类，一类是与旧传统相近的，一类是有他自己的特色的。所谓他自己的特色，就是说，他用很多的典故，都是神话，而他究竟写的是什么样的感情、什么样的事件，我们很难说明白。那么，我们究竟应该用什么样的一个路子，来了解他这些不容易懂的诗呢？我个人的看法是，最好先从诗里边情感的本质去了解。就是说，这个情感是为什么而发生的，那些外在的具体的事件是难以确实地来指明的，所以我们就先从他的情感的本质来加以探寻。李商隐有的诗虽然在理性上难以说明，可是在感性上确实是可以感动你的，这是他的特色。

下面我们来看他的这首《锦瑟》：

锦　瑟

锦瑟无端五十弦，一弦一柱思华年。

庄生晓梦迷蝴蝶，望帝春心托杜鹃。

沧海月明珠有泪，蓝田日暖玉生烟。

此情可待成追忆，只是当时已惘然。

李商隐的诗有的时候叫作《无题》，有的时候他取开头的两个字作为诗的标题，像《锦瑟》。虽然诗的题目是《锦瑟》，但这首诗并不是真的只说这种乐器。诗中的形象很重要，但还有一个很重要的就是文字本身。你先不用管文字的意思，就文字本身，它的形状，它的声音，它的本意都是有作用的。"瑟"是一种乐器；所谓"锦"者，是说"瑟"上装饰得非常美丽，这就叫"锦瑟"。"锦瑟"两个字给人的印象是什么？一个就是它的美好；还有就是不管说"琴"，不管说"瑟"，它们奏出的音乐是可以传达情意的。中国对于琴瑟有一个传统，你心里边有什么样的感情，你就会弹出什么样的音乐来。古代有个钟子期，当俞伯牙弹琴的时候心里想的是高山，虽然他没有说出来，钟子期一听就知道他的情意在于高山；他弹琴的时候心里想的是流水，他不用说出来，钟子期一听就知道他想的是流水。中国的古人一直相信音乐是一定能够把你的内心的情意、品格都表达出来的。

"锦瑟"还有一个典故。古时候，天上的泰帝（是天上最高的神仙）手下有一个仙女，就是素女。有一次，泰帝请素女鼓瑟，弹什么样的瑟呢？就是这个锦瑟。据说，锦瑟上面有五十根弦。一般来讲，中国所说的琴有两种，有五弦的琴，有七弦的琴，中国所说的筝一般是十三弦，琵琶是四弦，可是这种瑟竟有五十根弦，它比所有的乐器都繁复，所以这种乐器弹出来的声音就比所有的乐器都悲哀。素女弹瑟发出的声音太悲哀了，使听者流泪，泣不可止。泰帝说，没有人能够忍受这样悲哀的音乐，就把瑟的弦减少了，"破其瑟为二十五弦"（《汉书·郊祀志》），所以后来的瑟最多只有二十五根弦。

所以说，光是"锦瑟"两个字在本身的文字上，在古典的联想上就有这么多的含义。"五十弦"所传达出的是那最繁复、最悲哀、使人不能忍受的感情。李商隐说"锦瑟无端五十弦"，无缘无故它为什么"五十弦"呢？其他的乐器是四弦、五弦、七弦，你干嘛是五十弦？每个人天生下来的禀赋是不一样的，为什么别人没有像李商隐这么敏锐的感受、这么深刻的悲哀？

"无端"，无缘无故为什么要这样？是它自己选择的吗？不是它自己选择的。它是生来就如此的，这是没有办法的一件事情，是与生俱来的。

"锦瑟无端五十弦"这一句就可以引起我们这么多的联想，就有这么多的感发。李商隐下一句说："一弦一柱思华年。"我们说，诗要看你怎么样去写，写出来以后，带着多少感情。假如说我们把第二句改一下，李商隐不是说"一弦一柱思华年"吗？"一弦一柱"就是说每一根弦每一根柱，但如果改成"每根弦柱思华年"那就很笨了，因为那样就只是在叙述和说明。李商隐说"一弦一柱"，他就一个一个地这么说，"柱"是弦底下的支柱，五十根弦，每根弦都有一个支柱才能弹，所以他说"锦瑟无端五十弦，一弦一柱思华年"。每一根弦只要你一碰它，每一个声音带出来的都是对于过去的"华年"的追思。"华年"是说美好的年华，"思"者，就已经是追思了。

"庄生晓梦迷蝴蝶"，李商隐用的是典故，这个典故是《庄子》里面的一个寓言故事。《庄子》里边有一篇文章叫《齐物论》，《齐物论》就是说万物都是一样的，要把万物看成跟自己是同样的。庄子做了一个比喻，他说，庄生有一天"梦为蝴蝶"，他在梦中变成了一只蝴蝶，他说当他变成蝴蝶的时候"栩栩然蝴蝶也"，"栩栩然"就是非常生动地飞来飞去的样子。后来庄子醒了，"蘧蘧然周也"，很清醒的，他又变成了庄周。我们说，用典故可以有多种不同的用法，可是李商隐"庄生晓梦迷蝴蝶"这一句中，他用《齐物论》中的寓言，用的却不是庄子本来的意思，与《齐物论》中的哲学思想完全没有关系。

　　"庄生""梦"这三个字，是《庄子》里边本来有的，"迷"字是李商隐加的，"晓"字也是李商隐加的。庄生梦为蝴蝶这个故事，经过李商隐的改造，说"庄生晓梦迷蝴蝶"，这种感觉就完全不一样了。所谓诗的好坏就是看诗人用的字怎么样，"晓"是说天快要亮了，"晓梦"是破晓以前的梦，这是言梦之短，因为天很快就要亮了，你马上就要醒了。人们常说"夜长梦多"，夜长，你爱做多少梦就做多少梦，所以"晓梦"极言其梦境之短暂。梦中变成了蝴蝶，蝴蝶给人的是一种美丽、多姿多彩的形象，蝴蝶的翅膀是彩色的，蝴蝶飞舞起来，高高下下，有很多的姿态，而且是活泼、飞动的，这就是形象给读者的提示。"迷"字，有的时候是说一种"痴迷"，是一种耽溺，当他梦为蝴蝶的时候，是多么美丽、多姿多彩，所以他就完全耽溺在这种美好的感情之中了。可是这种感情，如同梦一样，而且是同破晓的梦一样，这么短就醒了。那么美好的东西如同梦一样，只是一个短暂的幻影，所以佛教的《金刚经》上说"如梦幻泡影，如露亦如电"，就是说一切都是这么短暂，像露水一样就化了，像闪电一样就过去了，像梦幻一样转眼就清醒了，如同水上的水泡一样转眼就消失了。

"庄生晓梦迷蝴蝶"的对句是"望帝春心托杜鹃"。七言律诗里边的这两句要对偶，我们以前讲过名词对名词，动词对动词，但对偶也是有要求的，两句的意思不能完全相同，头一句是这个意思，后一句还是这个意思，是不可以的。你要让这两句对起来，而意思要改变。

"庄生"就是庄子，"望帝"是中国古代一个神话中的人物。传说，古时候在四川有一个国家，这个国家的君主就是望帝，后来，望帝把皇帝的位置给了他的一个大臣。这个故事本来是说，望帝做了一些错误的事情，他很惭愧，让位给臣子，他就离开了。望帝死去了以后，他的魂魄离开了他的国家，变成了一只鸟，叫杜鹃，但是他一直怀念他的故国，所以我们中国传说杜鹃的叫声好像是"不如归去，不如归去"，而且还传说，杜鹃总是要一直叫到啼血，就是说，要叫到口中流出鲜血。这是一个神话的传说，所谓望帝变成杜鹃，是神话中原来就有的，"春心"和"托"是李商隐加上去的，什么叫"春心托杜鹃"？

李商隐另外有一首诗，题目叫作《无题》，他说："飒飒东风细雨来，芙蓉塘外有轻雷。"你听到那长有荷花的池塘外有了轻轻的隐隐的雷声。雷声指的是什么？中国说"惊蛰"，就是说把在土地里边潜藏的、冬眠休息的那些虫子都惊醒了，所以当飒飒的东风、细雨飘下来的时候，听到那长有荷花的芙蓉塘外面有隐隐的雷声，把你所有的隐藏在心里边的东西都唤醒了。这首诗的最后两句是"春心莫共花争发，一寸相思一寸灰"。他说，春天来了，把草木唤醒了，把昆虫也唤醒了，把所有的生命、感情都唤醒了。看到花开，你心里边的感情也跟花一样开放了。可是李商隐最后说，你那份春天觉醒的、多情的感情不要跟花一样争着开放，"春心莫共花争发"，因为你把这么热烈、深刻的感情投入进去，你最后落到的下场是"一寸相思一寸灰"，你每一寸相思的爱情、你燃烧的结果是变成灰烬。"春心"在李商隐的诗里边表示相思、爱情。

我们再回到《锦瑟》这首诗中来，"庄生晓梦迷蝴蝶，望帝春心托杜鹃"，人生一切美好的东西，都是那么短暂的，是无可奈何的，他说就是死去了，也像望帝一样，有那一份多情的感情。那追求、向往的心变成蝴蝶，变成杜鹃，都不会消灭。"望帝"的"春心"还要"托杜鹃"，李商隐说，就算变成了一只鸟，还要说"不如归去"，还要啼号着流出鲜血来。

后边他又说："沧海月明珠有泪，蓝田日暖玉生烟。"这两句不像"庄生""望帝"那两句，有典故的故事，但这些文字都是有来历的。我们先说"沧海月明珠有泪"。古人比较迷信，比如，说柳絮掉在水里边就变成浮萍，科学上没有这回事，是恰好当柳絮飘落下来的时候，水里边的浮萍长出来了。古人还说草在秋天枯朽了，就变成萤火虫，其实也没有这回事，这是中国古人直觉上的一种想象。

中国古人对于蚌珠，就是水里边的蚌壳里的珍珠，有一个神话传说。古人说"月满则珠圆"，如果天上的月亮是圆的，那么蚌壳里的珠子就是圆的，如果月亮是缺的，那么珠子就不圆，这是一种想象。"沧海"是产珠的，"沧海月明"的晚上，月亮是圆的，那珠应该也是圆的，是美丽的。可是李商隐说"沧海月明珠有泪"，每一粒珍珠上面都是泪痕，这其实是结合了另外一个神话传说。中国古人说海底有一种人叫"鲛人"，鲛人可以织成一种布，那不是普通的布，是一种绡，绡是一种最薄的、透明的材料。鲛人哭泣时流出眼泪，可以泣泪成珠，他的眼泪就变成了珍珠。李商隐是把最美丽的东西跟最悲哀的感情结合在了一起。"沧海月明珠有泪，蓝田日暖玉生烟"，这两句看起来好像有一点合掌，因为都是说美好的东西结合着悲哀，玉被烟霭笼罩着，也是有一种悲哀，可是这两句不是合掌。为什么不是呢？因为前一句说"月明"，第二句说"日暖"；"沧海"这一句所表现的是一种寒冷的感觉，"蓝田日暖"所表现的是一种温暖的感觉；"沧海"是海，"蓝田"是山。中国陕西有一座山叫蓝田山，蓝田山是产玉的，在风和日丽的温暖的季节，太阳照在蓝田山上，那蓝田山上所产的玉石都在一片烟霭迷蒙之中，那么高远，那么美丽，那么温暖。这两句在对举之中使用了不同的形象，前面说月，后面说日，那就是说：无论是日，无论是夜，无论是冷，无论是暖，无论是海，无论是山，没有一个地方能够得到那么美丽的东西，永远是跟悲哀和失落结合在一起的。李商隐说，我所遇见的感情都是"珠有泪"和"玉生烟"，李商隐在对举之中有一种加强的意思。

"此情可待成追忆"，"可待"是一个表示疑问的口气，他说就是这样的感情，你要等待到成为追忆的时候，你才怅惘哀伤吗？这是说一般人，一般人等到真的失落了，他才怅惘哀伤。而李商隐说，他不是，"只是当时已惘然"，就在当时，就在我"迷蝴蝶"的时候，就在那"玉生烟"的时候，我已经惘然了。

　　我讲《锦瑟》这一首诗跟中国旧传统的讲法不大一样，我是从诗中的形象、用典故的口吻、结构来讲的，这些都可以给读者直接的感发。可是，中国过去的传统的讲诗的人，不是从这一方面讲解的。因为过去的传统认为只说感受是不够的，一定要用理性去说明。

　　对于李商隐的《锦瑟》诗就有很多种说法。第一种说法，有人认为《锦瑟》是一首悼亡诗。"悼亡"从字面上看就是哀悼一个人的死亡，可是中国人说的哀悼的对象，不是随便的一个人，凡是说"悼亡"，一定是丈夫哀悼妻子的死亡。李商隐跟他岳父之间的关系虽然不是很好，但是跟他妻子的感情是很好的，所以他的妻子死了以后，李商隐写了很多首诗怀念他的妻子。他的妻子死了以后，他到四川的一个幕府去做官的时候，曾经写过这样的诗句，他说"散关三尺雪，回梦旧鸳机"（《悼伤后赴东蜀辟至散关遇雪》），就是说，他经过大散关时，下了很深的大雪，他就回想，做了梦。旧日所谓的"鸳机"，就是女子织布的机器。他说，没有人再给他做衣服了，没有人给他寄寒衣来。他回到家里以后，又写了两句诗，这就是所以有人猜测《锦瑟》是悼亡诗的缘故。李商隐说"归来已不见，锦瑟长于人"（《房中曲》），他说，我回到家里来，妻子已经死去了，但她弹过的锦瑟还留在这里。锦瑟这么一个小乐器，它的生命比人还长。人有生命有感情，最后要死去，可是没有生命没有感情的这么小的一个东西却能留存下来。

　　认为《锦瑟》是悼亡诗的人对于这首诗是怎么讲的呢？关于

"锦瑟"有一个神话传说，天上的泰帝让素女弹瑟，瑟有五十根弦，发出的声音太悲哀了，泰帝就命令把瑟的五十弦分破为二十五弦。所以有的人就猜测，大概李商隐跟他妻子结婚的时候，两个人都是二十五岁。可是根据历史上的考证，没有这回事。

后边的诗句怎样讲呢？"沧海月明珠有泪"，说是赞美他的妻子有明眸，就是很美丽的眼睛；"蓝田日暖玉生烟"，说是形容她的姿色。"庄生晓梦迷蝴蝶"呢？因为《庄子》中有一个典故，就是"鼓盆而歌"。庄子的妻子死了，他不但不哭，还敲着瓦盆唱歌。他的朋友说，你的妻子死了，你不哭也就算了，还敲着瓦盆唱歌，这不是太过分了吗？庄子说，我回想了一下，世界上本来就没有我妻子这个人，偶然形成了这么一个人，她偶然又回到大自然去，就没有了，我有什么可悲哀的呢？这是庄子的一个理论。庄子"鼓盆而歌"，与他妻子的去世有关，所以有些人就说《锦瑟》是悼亡诗。

可是，如果这样解说的话，那就好像是说李商隐的《锦瑟》作得像谜语一样，他就不是通过感发来写的了，诗里面就没有感动的意思了，而且我们一句一句地这样解释，并不是完全都切合的，只是说有些人这么猜想。这是关于《锦瑟》的第一种解说。

第二种解说认为这首诗说的是党争。我们之前讲过李商隐的生平，他陷身在牛、李的党争之中，所以有的人就认为"沧海月明珠有泪"说的是李德裕死在崖州。李德裕在党争之中失败了，因为他得罪了宦官。李德裕被贬到崖州，崖州在今日的海南，后来他就死在了崖州。那么"蓝田日暖玉生烟"怎么解释呢？有些人认为说的是令狐楚的儿子令狐绹。我们刚刚讲过，令狐楚死了以后，令狐绹在宣宗的时候，做官做到宰相的地位，"蓝田日暖玉生烟"说的就是令狐绹的事业好像蓝田山一样崇高。这些人这样解释就是把诗当作谜语来猜。

除了这种猜法以外，还有人说，"锦瑟"是人名，是一个女子的名字。因为李商隐终生都在节度使的幕府之中做官，"锦瑟"一定是一个幕府府主家里边的一个女子。这首诗就是写李商隐跟这个女子的爱情故事。

还有第四种说法，近代有一位女作家叫苏雪林，她写了一本书叫《李义山恋爱事迹考》，她说李义山的很多诗都是写爱情的。《锦瑟》诗就是写爱情的，她说，李义山认识了两个宫女，她们是一对姐妹，一个叫飞鸾，一个叫轻凤。李商隐跟她们约会的时候，就带着锦瑟，他在墙外一弹，那对姐妹就出来跟他见面。这种说法跟作小说一样，都是猜想的故事。

还有人说，这首诗是李商隐的"自慨"，李商隐自己慨叹自己。自慨的内容是很广泛的，这里边可以包括爱情，可以包括党争，也可以包括悼亡。有人以为李商隐"自慨"是专门感慨他仕途不遇，我认为这种说法是比较可靠的。其实，我们也不必狭窄地说这首诗一定指仕途不遇，自慨可以包括很多内容，但李商隐在《锦瑟》诗中用了"梦蝶"的典故，其实李商隐还曾经写过这样两句诗："枕寒庄蝶去，窗冷胤萤销。"（《秋日晚思》）他说，因为我的枕头很冷，像庄生梦蝴蝶那样的梦没有了，所以说"庄蝶去"。我的窗子也很冷，"胤"指的是一个叫车胤的人，车胤小的时候，家里很贫穷，没有钱点油灯或者蜡烛，所以他就找了一个透明的纱制的口袋，抓很多萤火虫放到里面，晚上借着萤火虫的光来读书。可是现在是秋天了，没有萤火虫了，所以李商隐说"窗冷胤萤销"。李商隐还有一首诗是送给当时的一个节度使叫卢弘正的，诗里边有这样一句话："怜我秋斋梦蝴蝶。"（《偶成转韵七十二句赠四同舍》）他说，卢弘正请他到幕府去做官，因为卢弘正同情他在秋天寒冷的书斋之中只能空空地梦蝶。所以"梦蝶"在李商隐其他的诗中是出现过的，而这种梦从他给卢弘正的诗来看，是代表李商隐对于仕途的一个梦想。所以说，《锦瑟》是李商隐的"自慨"是可能的。

"沧海月明珠有泪"这一句也有很多意思在里面。中国有一个说法"沧海遗珠"，有一颗很美丽的珠子，可是没有被人采去。因为明珠要被采珠的女子采去，才会被做成很美的首饰，给人戴在头上。可是，沧海里边最美丽的珍珠，没有被人选择，没有被人采用，它就遗落在沧海之中了，"沧海月明珠有泪"，所以这"遗珠"是悲哀的。

我常常说，每一个诗人的感情、品格的境界各不相同，没有一个诗人能够超脱到时代以外。就是说，每一个诗人形成他的风格，一定有时代的背景在里边。李白的诗那样地飞扬，杜甫的诗这样地沉雄，都有他们的时代背景，因为他们都是经过"开元全盛日"的。他们的诗有一种开阔、博大的气象。虽然诗人本身的心灵、感情的个性不同，但是每个人都是被时代造就的，只是时代在"造"的时候，"造"出来不同的东西。如果你是玉石，你可以经过雕琢磨炼，成为一个什么样的东西；如果你是钢铁，你经过磨炼，可以成为一个什么样的东西。这个本质虽然不同，外边的环境给你的磨炼，一定是很重要的一件事情。如果这样比较起来，李义山就比李白和杜甫不幸。因为李白跟杜甫还有幸看到了"开元全盛日"，可是李义山没有，李义山一生经历了唐朝的六个皇帝，而那个时候的唐朝，经过了安史之乱之后，就没有再恢复起来，一直向下坡路走去了。而且李义山的寿命比李白、杜甫更短，他只活了四十几岁就死去了，李白是六十几岁才死的，杜甫是五十多岁快到六十岁的时候死的。李义山在他四十六七年的短短的生命之中就经历了六个皇帝。

下面把李商隐和杜甫、陶渊明做一个对比。

先从形象上来说。杜甫的诗所选取的形象，多半是现实中实有的形象。李商隐所写的常常是现实中所无的形象。陶渊明所写的是现实中概念的形象，比如他说一只鸟，不是真的有一只鸟，而是他心中的一只鸟，但鸟是现实中可以有的，所以是现实中概念的形象。

再从结构组织方面来说。杜甫是一个理性、感性两方面兼长并美的诗人，他不管是一句诗、一首诗，还是一组诗，结构都是有呼应的，理性是非常细腻的，他的安排是很好的，同时还有那么强大的感发。他的诗有非常完整的一种结构的呼应。

李商隐呢？他的诗中有很多非理性的形象，但是诗的结构有理性的组织。李商隐的特色是很奇怪的，不管是章法还是句法，他都是以理性的结构组织非理性的形象。李商隐的《锦瑟》诗中说"锦瑟无端五十弦，一弦一柱思华年"，这是一个回想，然后中间四句是他所回想的事情，然后说"此情可待成追忆，只是当时已惘然"是总结。所以说，他的诗有理性的结构，可是中间所结合的这些形象都是非理性的形象。

陶渊明写诗的时候有种种变化，有的时候是直叙，有的时候是层层转折，而他感发的作用在转折之中没有断绝，是连贯下来的，而且就像宋朝人赞美他的，说他"自写胸中之妙"，是自己写他内心之中的一种感觉，是很微妙的一种感情和思想。他不像白居易，也不像韩退之，因为白居易跟韩退之写诗的时候总要先想到别人。白居易说，我写的诗一定要老妪都能理解，每一个人都懂才可以；韩退之说，我一定要写得很奇怪，让大家都不解才可以。可是，陶渊明写诗是直接地写，平铺直叙，他也不怕人家说，这个人怎么这么笨呢？老是平铺直叙地说。这没有关系，因为陶渊明的思想感情就是这样进行的，所以就这样写下来了。当他层层转折的时候，别人可能看不懂，看不懂没有关系，"知音苟不存，已矣何所悲"，你们尽管不懂，我的思想感情是这样进行的，我就这样把它写下来。这就是陶渊明之所以为陶渊明，所以"自写胸中之妙"。还要再加一层，陶渊明的诗有的时候用形象，有的时候就只是说明。

所以说，诗歌的好坏不是绝对的，不是说一定要诗中有形象就是好诗，没有形象就是坏诗；也不是说大家都能看懂，平铺直叙的就是好诗，或者一定要让人家看不懂才是好诗。写诗的时候，表现方法有很多种，只要你表现得好，都可以称为好诗。

附：

安定城楼

迢递高城百尺楼，绿杨枝外尽汀洲。

贾生年少虚垂涕，王粲春来更远游。

永忆江湖归白发，欲回天地入扁舟。

不知腐鼠成滋味，猜意鹓雏竟未休。

　　我们先说诗的题目。题目叫作《安定城楼》，"安定"是一个郡城的名字，"安定"的郡城在泾州，在唐朝的时候，泾州的安定城是被泾原节度使控制的，这个地方在现在的甘肃。李商隐为什么到泾原这个地方来了呢？因为他的岳父王茂元做了泾原节度使。当时，李商隐是以一个没有职业的寄人篱下的身份来到泾原节度使王茂元幕下的。我们从历史上的记载来看，王茂元不止一个女儿，他有好几个女儿。而中国的家庭，一般世俗的习惯，要"比女婿"，女婿跟女婿之间争斗，如果哪个女婿不如人，那是很羞耻的。所以，当时李商隐的心情是很不好的，他就写了《安定城楼》。

　　《安定城楼》第一句就写得非常好，"迢递"这两个字本身就有李商隐很多的感慨在里面。按照中国的传统，登高的时候，容易引起人的感慨，宋朝的柳永说"对潇潇暮雨洒江天，一番洗清秋。渐霜风凄紧，关河冷落，残照当楼"（《八声甘州》），这也是登高的感慨。晏殊说"昨夜西风凋碧树，独上高楼，望尽天涯路"（《蝶恋花》），那是晏殊登高的感慨。李商隐说，我登高就看到了"绿杨枝外尽汀洲"。就在那杨柳岸的远方，是一片水中的沙洲，这句诗一半是理性，另一半是很难用理性解释的。"尽"是说完全都是，就完全都是一个沙洲接着一个沙洲。一方面可以说明他看得很遥远，一方面是说沙洲众多，还有一方面是说沙洲分布的形式迂回曲折，这种意思很难讲，就是说你可以有这种感受，但是你很难把它说出来，所以是介于理性与非理性之间的。"迢递高城百尺楼，绿杨枝外尽汀洲"这两句完全都是感发，但是造成他悲哀感慨的这种感情的原因没有写出来。

我要告诉大家，写诗有两种情形：一种你可以有些地方写得很幽隐，很含蓄，可是，有的时候你要有一两句，点明一个主旨。你可能用了很多形象，而且有的时候排得很杂乱，不能形成一种集中的感动，但是在这些杂乱的形象之中，你只要有一两句点明一个线索，马上就可以把它们串起来，感发的力量马上就加大了。"贾生年少虚垂涕，王粲春来更远游"，这就是李商隐的主旨，他用了典故。"贾生"是汉朝的贾谊，他曾经给皇帝上过《治安策》。《治安策》说："臣窃惟事势，可为痛哭者一，可为流涕者二，可为长太息者六。"就是说可以为之痛哭的事情有一件，可以让我流下泪来的事情有两件，可以让我长叹息的事情有六件，可见当时的国家有很多弊病。贾谊上《治安策》的时候，就是二十多岁，当时李商隐到泾原的时候，也是二十多岁，所以他以贾生自比。他说，我也像贾生一样，我也很年少，我看到现在天下的大事，可为痛哭、可为流涕、可为叹息的，比贾生的时候还要多。"贾生年少虚垂涕"，我现在落到什么样的下场呢？他说，"王粲春来更远游"。

王粲是东汉末年三国时代的人。东汉的首都本来是洛阳，因为董卓叛乱，他胁迫汉献帝迁都到了长安。来到长安以后，天下的军阀纷纷起兵，名义上是讨伐董卓，其实都想在战争中得到一点便宜，巩固自己的军权、地位。所以就在长安发生了很大的战乱，遍地都是白骨，洛阳被大火烧掉了。洛阳、长安，中国两个古都都遭到了灾难。在这种灾难之中，王粲离开了长安，他去了荆州，当时荆州的地方长官是刘表。王粲写过一篇很有名的文章叫《登楼赋》，他在《登楼赋》中说，"登兹楼以四望兮，聊暇日以销忧"，"虽信美而非吾土兮，曾何足以少留"。王粲《登楼赋》说，我就登上了这座楼远望，"聊"是说姑且，姑且借着一个闲暇的日子，我登上了这座楼，我本来是要"销忧"的，就是排遣我的忧愁。我向下一望，这个地方的风景真的是美，"信"就是果然、实在的意思，虽然这里的风景很美，可那不是我的故乡，我在这里是寄人篱下的，这个地方如何值得我停留！这些句子与李商隐的诗有连带的关系。李商隐写的"王粲春来更远游"和"迢递高城百尺楼"是有呼应的。

"迢递高城百尺楼，绿杨枝外尽汀洲"，李商隐在安定城楼所见的景色难道不美？但这不是李商隐愿意在的地方，所以他说："贾生年少虚垂涕，王粲春来更远游。"在春天这么美好的季节，我来到一个我所不归属的地方，我怎么寄人篱下来到这里了呢？李商隐下面还有两句诗说："永忆江湖归白发，欲回天地入扁舟。"这两句是句式颠倒的句子，他说，我永远都在想的一件事情，"忆"就是思念的意思，他永远都思念的一件事情是什么呢？是"江湖归白发"。这一句的句式是颠倒的，应该是"白发归江湖"，我永远思念的是将来有一天我老了，我要回到江湖去。"江湖"在中国一向都是代表隐居的。李商隐的意思是说，我不是赖在一个官位上不肯下台，他说，我将来一定是要隐居的，到我白发的时候要回到"江湖"，这是我永远不会忘记的，但是，我现在还不愿意，为什么？"欲回天地入扁舟"，我是想要把天地都挽回来，就是说要把现在的情形完全改造，把这个世界的不合理的现象都纠正过来。李商隐常常表现这种"欲回天地"的愿望，他写过一首《寄远》："姮娥捣药无时已，玉女投壶未肯休。何日桑田俱变了，不教伊水向东流。"他说，我就跟传说中的月亮里面的嫦娥一样，因为嫦娥总是在那里捣药，是"无时已"，像"玉女投壶"一样，永远不停止。我愿意付出我一切的劳力的代价，我不断地追求，我所追求的是有一天"桑田俱变了"，天下的沧海桑田的面貌都改变了，把现在不合理的现象都改变过来，那个时候我就找一条小船，到江湖去隐居。为什么要到江湖去隐居呢？隐居的人有很多是在山里边，为什么非要说"江湖"和"扁舟"呢？这又有一个典故，春秋的时候有一个人叫范蠡，他是越国人。当时吴国和越国打仗，越国被吴国打败了。范蠡就要复仇，他找到了一个很漂亮的叫西施的女孩子，献给吴王。吴王非常宠爱西施，不理朝政，所以后来越国就把吴国灭掉了。越王当时想酬劳范蠡，给他官做。范蠡知道越王这个人只可以在他危难的时候帮助他，可是他真正把吴国打败了，你再留在这里，他就嫉妒你，怕你谋权夺位。范蠡有先见之明，他就把西施从吴国接回来，带着她泛舟于五湖。

　　"永忆江湖归白发，欲回天地入扁舟。"这两句是李义山很有名的句子，过去很多在政治上有理想的读书人都引用过这两句话。可是，在李商隐生活的时代，没有人认识他的这种理想，他们那些人所追求的都是名利和禄位，而且为了追求名利、禄位，彼此钩心斗角，互相排挤、侵害，所以李商隐说："不知腐鼠成滋味，猜意鹓雏竟未休。"李义山说，我要到朝廷上去做事，我是"欲回天地入扁舟"，我不是看中那些名利富贵，我真的是有我的理想要实现，可是，你们这些人就在党争的钩心斗角之中把我排挤出来了，你们是那些喜欢吃臭老鼠的人，你们以为我跟你们一样，要抢你们的臭老鼠。李商隐常常用极端的口吻写诗，他写他低回婉转的追求的感情，但他要是批评他不满意的事件，他也批评得非常极端，"不知腐鼠成滋味，猜意鹓雏竟未休"就表现了这种感情。

豪丽之中见真淳的杜牧诗

诗之为物真是很奇怪。我常常以为，你如果要了解一个人，了解他真正的性情本质是什么，他的感情人格的本质是什么，你如果看他的论文不大能够知道，因为那都是很理性的，只要你收集资料把它安排整理得很好就可以。可是你如果一看他的诗，因为每个人的天性不同，他写出来的诗的风格自然就不一样。西方的一个哲学家叔本华就曾经说：风格是作者心灵的面貌。不同的人就有不同的风格，每个人的长处不同，这是没有办法的一件事情。我们说杜甫以其感情的博大深厚见长；韩退之以他的"气盛"，就是他说出来的那个气势见长；而李商隐呢？是以一种内思，一种反省的内思，是向里面去追寻的。那么杜牧的风格是什么？杜牧一般说起来是豪丽的，就是说他在豪放之中带着一种华丽的风格，是豪放而且华丽的。

杜牧，字牧之，京兆万年人。对于他的生平，历史上记载说，杜牧是唐朝一个很有名的学者杜佑的孙子，杜佑写过一本很有名的书，研究中国历史的文物制度，叫作《通典》，所以杜牧是有家学渊源的。而且他们家在京兆万年，所谓京兆万年就是现在的陕西西安附近的地方，是唐朝的首都长安附近的人。而杜牧弱冠——年纪不过二十岁左右就进士及第了，而且，他进士及第以后不久便通过了制科的考试。李商隐考中进士以后去考制科，被中书的长者把他的名字刷下来了；而杜牧是"连捷"，就是说考中了进士不久就又中了制科的考试，可以说他是少年得意的。你要注意到，他出于世家名门，住在首都附近，而且少年的时候就是进士跟制科接连及第，所以他的豪放与华丽的性格是从他少年时代就养成的。

不但如此，杜牧除豪放华丽之外，这个人还很风流浪漫，历史上流传了很多杜牧风流浪漫的故事。当时长安城有一个地方叫作平康里，都是那些歌妓舞女居住的地方。杜牧小时候就喜欢在那里听歌看舞，还不止喜欢听歌看舞，据说他自己在音乐歌舞这方面也是具有特长的。我们讲李商隐的时候，说当时有牛李党争，李党的领袖是李德裕，牛党的领袖是牛僧孺。当年牛僧孺到扬州去做节度使的时候，杜牧之在牛僧孺的幕府之中做掌书记。扬州是中国长江北岸的一个很有名很繁华的城市，杜牧之在扬州的时候，据说他每天都出去冶游，每天晚上都出去听歌看舞。牛僧孺觉得这个少年很有才华，于是很爱护他，担心他万一做出什么不正当的事情来，所以杜牧之每天晚上出去冶游的时候，牛僧孺就偷偷派了手下的小吏穿便服化装成平民跟着他去，其实是为了保护他，可是都没有说破。过了好几年以后，当杜牧之要离开牛僧孺幕府的时候，牛僧孺就勉励他说：你年轻，很有才华，这当然很好，可将来你到别的地方去工作的时候，要注意行为上应该检点些。杜牧之以为牛僧孺并不知道他冶游的事情，就说：你的嘱咐我很感谢，但是我从来不做这样的事情。牛僧孺就叫他手下的人拿出一个大篓子，这篓子里都是一张一张的纸条，写着杜牧之哪一天晚上到哪一家去，哪一天晚上到哪一家去，全记下来了。杜牧之一看非常惭愧，泣拜致谢。总之有这么一段故事，而且杜牧在他的诗集里面也留下了很多写扬州冶游的诗歌。我想大家都记得他的"落拓江湖载酒行"那首诗，就是他将要离开扬州时所写的，说什么"落拓江湖载酒行，楚腰纤细掌中轻。十年一觉扬州梦，赢得青楼薄幸名"（《遣怀》）。在中国旧日的传统中，都以为在中央政府任职才是一件好事情，外放到别的地方就算落拓江湖。而扬州虽然是一个很繁华的城市，但是在南方，在外面，所以他说是"落拓江湖"。

后来，他回到长安，有一段时间做了监察御史。你要知道，监察御史是执掌国家法律的谏官。杜牧做监察御史的时候，曾经一度"分司东都"。在唐朝，长安是首都，算是西都；洛阳是陪都，算是东都。杜牧以监察御史分司在东都，掌管法纪。洛阳也是中国历史上一个有名的繁华城市，据说当时有一个曾经做过司徒的李姓官员，退休家居，生活依旧很奢华。有一次李司徒在家里宴客，邀请了当地很多名人，而且有一大批当时最著名的歌妓舞女也参加。因为杜牧只是个管法纪的监察御史，所以没有请他。可是杜牧就喜欢这样的事情，于是他叫他的门客透露消息，说他愿意来参加这次宴会。那李司徒想：他要来就请他来好了！所以就把杜牧也请来了。因为他是后来才请的，所以他到的时候那些社会名流和歌妓酒女们都已经先到了。

到了以后，他堂堂地走进来，坐在那里喝了三杯酒，然后对着那些歌妓酒女一个一个地瞪着眼睛看，接着问主人李司徒：我听说有个女子叫作紫云的，"素有艳名"，是女孩子里面最漂亮的，不知哪个才是呢？李司徒忙告诉他哪个是紫云。他一看果然名不虚传，果然很漂亮！他说"宜相惠"——应该送给我。你想，一个监察御史跑来参加这种宴会，而且瞪着那些女子看，大言不惭地说那些话，所以那些女孩子都看着他笑，于是杜牧之写了一首诗："华堂今日绮筵开，谁唤分司御史来。偶发狂言惊满坐，三重粉面一时回。"（《兵部尚书席上作》）"华堂今日"是写实，他说，谁把我这个分司的御史请来参加这次宴会？"偶发狂言"，你看他大庭广众之下就问哪个是紫云？是不是很漂亮啊？可以送给我吗？直听得"三重粉面一时回"——陪酒的女孩子都回过头来看着他笑，所以杜牧真是有一种很狂放的性格。他这一类的诗，当然是风流浪漫的，并没有很高很深厚的思想可言。

但是，天下的事情真的很难说，就是说他尽管写这种诗，可他的品格不卑下。有的人一写就让你觉得下流。杜牧虽然很狂放，可是他写得风流而不至于下流，有一种气势在里边。他的七言绝句写得最好，因为是近体诗，平平仄仄、仄仄平平，在声调上容易表现一种气势的美，杜牧的长处正在于善于掌握七言绝句的好处。而且七言绝句很短，他把这种狂放的兴致即兴写下来，轻松自然，没有一点造作的痕迹，就好像是口语——"华堂今日绮筵开"，就这么写下来了。所以他的七言绝句写得非常好、非常多、非常自然，而且这一类诗也是很出名的。于是，杜牧在扬州十年的浪漫故事就成为中国历史上一个有名的典故，后来人一写到少年时期狂放浪漫的生活，往往用到扬州杜牧的典故。像南宋的姜夔就写过一首词，叫作《扬州慢》，整首词里面用的都是杜牧的典故；他在另一首《琵琶仙》的词中也说"十里扬州，三生杜牧"，这都是很有名的。

我们知道，杜牧善于写七言绝句。那么除了写风流浪漫的爱情以外，杜牧还用七言绝句写什么呢？他还有一部分七绝是感慨盛衰的。

我们以前讲刘禹锡的时候，我说过，刘禹锡的诗有一种历史感，他常常在诗歌里面表现一种盛衰的感慨。他说："种桃道士今何在？前度刘郎今又来。"他喜欢写盛衰感慨。而杜牧也有几首写感慨盛衰的七言绝句，很有名，大家都可以随时背诵出来。比如《赤壁》这首诗，他说："折戟沉沙铁未销，自将磨洗认前朝。东风不与周郎便，铜雀春深锁二乔。"还有一首诗《泊秦淮》，也是感慨历史盛衰的："烟笼寒水月笼沙，夜泊秦淮近酒家。商女不知亡国恨，隔江犹唱后庭花。"杜牧的这些绝句很流行，传诵众口，因为它辞藻华丽，声调响亮。

下面我们看一首更好的七言绝句《将赴吴兴登乐游原一绝》：

将赴吴兴登乐游原一绝

清时有味是无能，闲爱孤云静爱僧。

欲把一麾江海去，乐游原上望昭陵。

我认为这首诗是杜牧七言绝句里的一首好诗，因为别的那些诗虽然音调响亮，写得很豪放，可一般说起来，杜牧的长处和短处都在这里，就是写得过于显露，缺少含蓄的意蕴，他都说出来就显得太显露了。而这首《将赴吴兴登乐游原一绝》比较含蓄，能够补救他过于显露的缺点，而且也是比较有深意的，他果然有感慨的深意。题目是"将赴吴兴登乐游原"，吴兴是地名，宣宗大中四年，杜牧之由吏部员外郎出任湖州刺史，所以这是一次外放，就是说从中央政府的首都外放到湖州去。

杜牧在题目中说：我将要外放到吴兴去，登上了乐游原。乐游原是长安城东南角上的一个高的山坡，唐朝时很多士女在游春的时候或者秋天郊游的时候就到乐游原上来，可是他写的不止如此，我们讲到最后你就知道了。他说"清时有味是无能"，这句话写得非常好，很有深意，你看起来很简单的一句话，可他的感慨是很深的。他的意思是说，现在是一个清平的时代，而清平时代最有滋味的一件事情是什么？就是我没有才能——国家既然太平，没有危难，不需要有才能的人，我们这些做官的人就可以优游享乐。可是这并不是他的本意！这句话他是在反讽，他是从反面来说的，他真正的意思是说他有才能却不被重用。我有才能，但我不能像周郎那样得到一个很好的机遇来建立我的功业，所以"清时有味是无能"，这句话里面有很多的感慨。怎么样？就"闲爱孤云静爱僧"。你看，同样的形象，不同的人就用它写出不同的情意来。陶渊明所写的孤云是一种孤独寂寞的象征，而杜牧却把孤云看作是一种悠闲的形象，逍遥自在，无拘无束，多么自然，随风飘荡，这似乎是很悠闲的一件事情。所以他说，因为我自己也悠闲，所以我就对天上那悠闲地飘来飘去的白云产生了一种共鸣，这是"闲爱孤云"。"静爱僧"呢？我的生活是很安静的，所以我也欣赏那些和尚的安静生活。"清时有味是无能，闲爱孤云静爱僧"，这两句都是反讽，就是他不被重用，有很好的才能却被弃置，每天都只能过这样的生活。

不是我说他有感慨他就有感慨，怎么见得他真是有感慨？看最后这两句"欲把一麾江海去"，"麾"是什么呢？这个"麾"字本来是指挥的那个"挥"，是用来指挥的旌旗或旌旄，包括一个竿、一面旗子，这个叫作旌麾，本来是作战的时候用来指挥的。凡是古代出使的人，带有朝廷指挥的这种使命的，就拿着一个麾。像苏武出使到匈奴，手里面不就拿着一个代表使节的"节旄"吗？而杜牧现在被外放，当时不见得手里真有这样的"旌旄"，可是因为古人是用旌旄象征到外面出使的，所以他就用了这个"麾"字。他说，我现在要离开长安到湖州去了，所以我手里一直要拿着这个旌麾到江海去。他将要到吴兴去，而吴兴在长江流域，又是东南近海，所以说是"江海去"。他说，我有才能却不被重用，只能过这种说起来美好、闲散而且安定的生活，实际上却是百无聊赖，是"闲爱孤云静爱憎"，而现在我要走了，"欲把一麾江海去"。接着呢？"乐游原上望昭陵。"所以他就站在乐游原上远望。"昭陵"是唐太宗的陵墓，而唐太宗时代的"贞观之治"那才是真正的太平盛世。在将要离开国都长安的时候还要登乐游原而远望昭陵，他自己那一种不舍的、落寞的复杂心情也就写出来了。

附：

题宣州开元寺水阁

阁下宛溪，夹溪居人

六朝文物草连空，天淡云闲今古同。

鸟去鸟来山色里，人歌人哭水声中。

深秋帘幕千家雨，落日楼台一笛风。

惆怅无因见范蠡，参差烟树五湖东。

这首七律作于唐文宗开成三年（838），当时杜牧任宣州团练判官。南朝诗人谢朓曾在这里做过太守，因此杜牧在另一首诗里把这里称为"诗人小谢城"。城中开元寺建于东晋，是名胜之一，在任期间，杜牧常到开元寺游赏。

这首诗抒写了诗人登临寺院水阁上，城东宛溪潺湲，秀丽的敬亭山绵延，宜人景色映入眼底，不禁发出六朝文物俱已消亡，唯有自然风物还保持着原来模样的古今之慨。

诗歌首联写六朝文物都被芳草淹没，只有淡淡的天、悠闲的云依然故我，这种感慨固然与登临有关，但联系诗人经历，此时诗人已是第二次来到宣城，他于大和二年（828）入仕后，曾应沈传师之邀赴宣州幕府，辗转十年，一朝登临，自是加深了他那种人世变易之感。

颔联紧承首联写自己对宣城，乃至对人生的印象。鸟儿在水光山色中或栖或起，或来或往，而这里的人呢？伴着水声传达出自己的喜怒哀乐。"歌哭"出自《礼记·檀弓》："晋献文子成室，晋大夫发焉。张老曰：'美哉轮焉！美哉奂焉！'歌于斯，哭于斯，聚国族于斯。"虽然"鸟去鸟来""人歌人哭"不过是两个片段的截取，但却呈现出一种永恒的状态，人的，自然界的，不同的个体不断地重复着这一状态。

颈联进一步选取了两组自然风物。细雨如帘笼罩了这方山水，笼罩了溪水两岸的人家，深秋的背景弥散出了清冷；而晴日的宣城又呈现另一种别样的美，风载着悠扬的笛声飘然而来，又消散而去，笛音化入风中，随风势的起伏而变化。诗人用细腻的笔触向我们传达自然风物明丽之美的同时，又流露出悲凉的基调。"深秋"和"落日"皆为凋敝衰败的意象，正是作者抱负不遂、仕途偃蹇、困顿失意的心底写照。

中国文人的思想自古就在仕与隐之间徘徊，尾联中诗人因景生情，心头开起对范蠡的怀念，实际上是寄寓了自己旨在归隐的人生态度。